SINA BLACKWOOD
DIE MAGIER VON TARRONN – 5

Sina Blackwood

Die Magier von Tarronn

Band 5

Fantasy

Bibliografische Informationen der Deutschen Nationalbibliothek Die Deutsche Nationalbibliothek verzeichnet diese Publikation in der Deutschen Nationalbibliografie; detaillierte bibliografische Daten sind im Internet über http://dnb.d-nb.de abrufbar.

© Sina Blackwood - Geschichtenzauber Edition April 2016

Coverbild: 29737036 - Space flare© frenta - Fotolia.com
Umschlaggestaltung: Sina Blackwood
Layout: Sina Blackwood

Herstellung und Verlag:
BoD – Books on Demand, Norderstedt
ISBN: 9783739249414

Die Personen und Namen in diesem Buch sind frei erfunden. Ähnlichkeiten mit heute lebenden Personen sind rein zufällig und nicht beabsichtigt.

Kleine und große Geheimnisse

Fast neunzehn Jahre sind vergangen, seit die vereinte Raumflotte aus Atlan, Tarronn, Asen und Helion Seth in die Knie gezwungen hat.
Trotzdem trainieren die Magier weiter, um auch zukünftig ihren neuen Heimatplaneten und die befreundeten Sternenvölker verteidigen zu können, denn es existieren noch unzählige Caiphas-Splitter, die buchstäblich überall aufzutauchen vermögen.

„Bereit machen zum Andocken!", befahl Horus und beobachtete, wie Ron den Raumgleiter in die ideale Position brachte. „Das war's, Leute! Endlich acht Wochen Urlaub!"
„Hier oder in Neu-Atla?", fragte Jako mit lustigem Blinzeln.
Der Commander grinste. „Na, was denkt ihr, warum ich außen andocken und nicht in den Hangar fliegen lasse?"
Begeisterter Beifall von allen Seiten. Darina lächelte still in sich hinein. In zwei Tagen war die nächste Nacht der magischen Monde und ein wenig Unterstützung auf dem Weg zu dem so lange ersehnten Baby konnte sicher nicht schaden. Vielleicht erlaubten es die Drakon, dass sie mit Horus diese Nacht am See, tief im Urwald, verbringen durfte.
Sie werden sicher nichts dagegen haben, hörte sie Horus in ihren Gedanken, als er ihr den Arm um die Taille legte.
Gemeinsam betraten sie das Schleusensystem, an dessen Ende sie sein Sohn Duamutef, als ranghöchster Offizier, herzlich zu Hause willkommen hieß.
„Warten, Treibstoff auffüllen und startklar machen", wies Horus an.
„Zu Befehl, Commander!"
Jetzt flog ein Lächeln über Horus' Gesicht. Er schloss seinen Sohn in die Arme. „Schön, dich wiederzusehen."
„Ganz meinerseits. Bleibt ihr noch zum Essen oder fliegt ihr gleich auf die gute alte Kugel weiter?" Duamutef reichte Darina beide Hände zum Gruß.
„In drei Stunden machen wir uns davon", erklärte Horus. „Gibt es irgendwelche Neuigkeiten?"
„Wie man es nimmt." Duamutef öffnete die Tür zur Kommando-

zentrale. „Hier ist alles in Ordnung. Auf Tarronn ist auch alles bestens."

„Aber?"

„Na ja, die Drakonat treten seit ein paar Tagen einzeln gegen beide Drakon gleichzeitig an."

„Wie?" Horus und Darina schauten Duamutef völlig verblüfft an.

„Könnt ihr ruhig glauben. Wir registrieren die Energieausbrüche sogar hier in der Station, obwohl die anderen Magier da unten Schutzschilde errichten, bevor es zur Sache geht." Duamutef amüsierte sich über die entsetzten Gesichter. „Dem großen Rest der Familie geht es blendend. Unser Jüngster musiziert in vollendeter Perfektion und deine Enkel werden immer wieder in den Rat mit einbezogen."

„Wir waren doch aber nur drei Jahre weg!", rief Darina, nachdem sie argwöhnisch die Anzeigen der Messinstrumente abgelesen hatte.

Horus lachte herzlich, wobei ihm der Stolz deutlich anzusehen war. „Wundert dich das wirklich? Es sind Sobeks und Zaids Kinder. Denk nur daran, auf welche Weise Leon damals Neris Heiligtum gegen jeglichen Zugriff gesichert hatte." Sich an Duamutef wendend, fragte er: „Gibt es sonst noch wissenswerte Neuigkeiten?"

„Seschat ist von Helion zurück."

Horus machte eine wegwerfende Handbewegung. „Ich werde kaum dienstlich mit ihr zu tun haben und der Rest ist Schweigen."

„Nachrichten über den Verbleib von Sachmet?"

„Keine."

„Das macht mir eher Sorgen. Wohin, um alles im Universum, hat sie sich verzogen? Fatal wäre, wenn sie in den Besitz eines Splitters gelangen würde."

„Meinst du, dass sie aktiv danach suchen könnte?" Darina verzog das Gesicht.

„Es ist nicht ausgeschlossen", entgegneten die Männer synchron.

„Meine Güte! Das Leben könnte jetzt so friedlich und so harmonisch sein!"

„Wenn da nicht gewisse Kriegsgötter wären", vollendete Horus Darinas Gedankengang. „Unsere beiden Geheimwaffen werden nicht zulassen, dass sie Unheil stiften."

„Du meinst die Drakonat?"

„Nein. Ich meine die Paare Imset/Neri und Sobek/Zaid. Die schaffen es, auch ohne Fusion, mit den schwarzmagischen Brocken fertig zu werden, wenn sie alle vier gemeinsam agieren. Reden wir lieber von etwas Schönem."

Duamutef hob den Zeigfinger. „Im Palastgarten gedeihen die Erdenpflanzen prächtig und die Honigspringer haben begonnen, auch außerhalb des Areals wieder Nester zu bauen. Osiris hat offiziell zum achtzehnten großen Sonnenfest nach seiner Genesung aufgerufen und die Atlan liefern den begehrten Honig. Auch wenn wir das Gebäck mit echten Zutaten etwas rationieren müssen, wird es wieder ein Ereignis werden, das man so schnell nicht vergisst."

„Das höre ich mit äußerstem Wohlbehagen", freute sich Horus. „Zaid hat den Stein ins Rollen gebracht und Isis hat ihm zusätzlichen Schwung gegeben. Ein Hoch auf die Frauen!"

„Da stimme ich gern ein, zumal du eine an deiner Seite hast, die deiner wirklich würdig ist."

Darina schenkte dem zweitältesten Horussohn ein dankbares Lächeln. „Ich bin glücklich, dass ihr mich nicht als Fremdkörper in der Familie betrachtet."

Duamutef schüttelte amüsiert den Kopf. „Hätte ich ernsthaft solche Gedanken, dann müsste ich Prügel bekommen. Du bist die erste und wohl auch einzige Frau, die ihm jemals das Gefühl von Sicherheit gegeben hat. Du hast nach seinem Befinden gefragt, als er völlig am Boden lag und du hast ihn wieder aufgerichtet. Ich hoffe inständig, dass Neris Wunsch bald wahr wird."

„Wirklich?" Darina schaute ihn erstaunt an.

„Ja, natürlich. Neid hat es bei uns noch nie gegeben. Wir vier Großen teilen Vaters Liebe gern mit Ihi, warum also nicht mit einem weiteren Geschwisterchen? Da fällt mir übrigens noch was ein. Die Drakon stehen kurz vor der Paarungszeit."

Horus hob die Augenbrauen. „Interessant! Ein rundum gesundes und kräftiges Drachen-Junges haben wir ja schon. Das wäre Neris zweiter Wunsch, der sich in allen Punkten erfüllt hätte."

„Wieso der zweite? Bist du wirklich sicher, dass die Schicksalsgötter die Atlan in Ruhe lassen?", fragte Duamutef.

„Ganz sicher. Es könnte ihren Tod bedeuten, würden sie zwei so mächtige Wesen wie die Drakonat verraten."

Darina lachte. „Klingt vielleicht verrückt, aber mich beruhigt diese Tatsache." Sie lehnte sich an Horus' Schulter. „Ach, ich freue mich auf die Clanmitglieder und all unsere Freunde. Uuuuund", sie dehnte das Wort genüsslich, „auf eine deftige Kürbissuppe mit echten Zutaten."

„Auf geröstete Kürbiskerne und frisch gebackenes Brot mit jenen Kernen und …"

Horus kam nicht zum Weitersprechen, denn Duamutefs Magen knurrte lang und anhaltend.

Der Horussohn lachte. „Wenn der wüsste, dass er jetzt nur Automatenkost bekommt, dann würde er glatt noch jämmerlicher winseln."

„Lass Darina die Tasten drücken", schlug Horus vor. „Dann schmeckt es fast so gut wie in Neu-Atla."

Bester Laune machten sie sich in den großen Saal auf, wo die Mannschaft des Gleiters schon vor gefüllten Tellern saß.

Darina entlockte dem Automaten für Duamutef ein Menü aus gegrilltem Fisch mit verschiedenen Beilagen. Dankend, mit leuchtenden Augen, nahm er es entgegen. Der Duft ließ einige neugierig die Köpfe heben und hingebungsvoll schnuppern.

„Ah! Die Genießer sind zurück!", rief Torn, der Chef der Reparaturbrigade. „Wie ich euch kenne, fliegt ihr doch sicher gleich weiter. Grüßt die Atlan von uns!"

„Das machen wir gern", antwortete Tim.

Horus wechselte amüsierte Blicke mit seinem Sohn und Darina. Die Frage, ob jemand von seiner Crew den Urlaub lieber hier in der Taris-Raumbasis verbringen wolle, brauchte er eigentlich nicht zu stellen, tat es aber, der Dienstvorschrift wegen, trotzdem.

Duamutef lachte. „War ja klar."

„Ich brauche einen Freiwilligen", sagte Horus laut, sich erhebend.

„Hier!" Ehe überhaupt jemand zum Nachdenken kam, sprang Torn auf. Der Commander hatte ihm so oft Sonderwünsche erfüllt, dass ihm diese Gelegenheit, sich zu bedanken, sehr zu passe kam.

„Gut. Du wirst für die nächsten acht Wochen deinen Vertreter in alle nötigen Aufgaben einweihen und pünktlich in einer Stunde mit vollem Gepäck in meinem Gleiter zum Dienst antreten", wies Horus an.

Torn salutierte überrascht und verschwand eilends, um zu packen und den Dienstplan ändern zu lassen.

„Ich glaube, das hat er sich auch redlich verdient", warf Duamutef lakonisch ein. „Er spricht so oft von Sobek und Maris, dass ich ihm den Job bei dir von Herzen gönne."

„Kommst du auch ein paar Tage runter nach Tarronn?"

„Das dürfte zu machen sein. Die anderen sind bestimmt froh, wenn ich ihnen nicht ständig auf die Finger schaue."

Horus klopfte seinem Sohn auf die Schulter. „Hab mir aus berufenem Mund sagen lassen, du hättest viel von deinem Vater. Ich kann mir schlecht vorstellen, dass sich jemand durch deine Anwesenheit eingeengt fühlen sollte."

Duamutef zuckte als Antwort fröhlich mit den Schultern.

Torn folgten unzählige Blicke, als er den Saal verließ, um packen zu gehen. Die Abenteuer der Horus-Mannschaft hatten sich nach jedem Einsatz wie Lauffeuer verbreitet und die meisten hätten sonstwas dafür gegeben, wenigstens ein Mal mit ihm fliegen zu dürfen. So war es auch nicht verwunderlich, dass sich der Glückspilz des Tages besonders freute, obwohl er keinen blassen Schimmer hatte, wofür ihn der Commander einsetzen werde. Er meldete sich pünktlich an Bord des Langestreckengleiters, bezog sein Quartier und harrte der Dinge, die kommen sollten.

Kurz darauf war die Mannschaft vollzählig versammelt und Horus bat um Starterlaubnis. Staunend registrierte Torn, wie der Planet Tarronn im Panzerglas des Cockpits immer größer wurde.

„Wo fliegen wir denn eigentlich hin?", fragte er Jako mit tiefster Verwunderung in der Stimme.

„In den Urlaub nach Neu-Atla!", lautete die Antwort aus einem genüsslich grinsenden Gesicht.

„Wie?", rutschte es dem verdatterten Chef der Reparaturbrigaden heraus, wobei er Horus einen schon fast verzweifelten Blick hinüber sandte.

Der lachte. „Das entspricht, Buchstabe für Buchstabe, der Wahrheit. Meine Crew würde mich unter Tränen anflehen, käme ich auf die Idee, sie acht Wochen auf Taris einzusperren. Du wirst den ganz normalen Überwachungsdienst in dieser Zeit übernehmen."

„Zu Befehl!", strahlte Torn. Das hieß, er würde nach den täglichen sechs Stunden Dienst das Raumschiff auf Automatik setzen und bis zum nächsten Morgen eine Menge Spaß mit seinen Freunden haben können. „Schnelligkeit als Freiwilliger zahlt sich eben doch aus!", lachte er dann.

„Unbestritten." Jako klopfte ihm auf die Schulter.

Darina, die Kommunikationstechnikerin, übergab Horus einen Hologrammwürfel mit den Worten: „Direkt vom Palast."

Horus nickte dankend, zog sich in einen Nebenraum zurück und sichtete sofort den Inhalt. Mit einem Schmunzeln deponierte er den Quader schließlich zugriffsicher in seinem Privatquartier. Osiris' Heilung und die Gefangennahme Seths hatten genügt, um die Atlan im ganzen Universum zu Übergöttern aufsteigen zu lassen. Dass die beiden Drakonat diesen Stand tatsächlich erreicht hatten, lag außer jedem Zweifel.

Ron schaute auf die Uhr, was die anderen mit einem breiten Grinsen quittierten. Sie zählten ja selbst schon die Minuten bis zur Landung. Nur war die, ab diesen Koordinaten, noch immer exakt sechs Stunden, zwanzig Minuten und vier Sekunden entfernt.

Darina schien plötzlich zu lauschen. Auf Horus' fragenden Blick legte sie den Zeigefinger auf die Lippen und schloss die Augen. Offensichtlich konzentrierte sie sich auf eine telepathische Unterhaltung. Bisher hatte sie sich mit solchen Dingen sehr schwergetan. Dann öffnete sie die Augen. „Das war gerade Zaid. Sie wollte wissen, wie viele Gäste sie zum Essen einplanen soll. Ich habe gesagt, dass wir zu sechst antraben werden."

„Zaid?", fragten alle völlig überrascht.

„Und die zweite Frage wäre: Seit wann kannst du auf die Entfernung telepathieren?", fügte Horus, überaus zufrieden, hinzu.

„Seit gerade eben, wenn ich es recht bedenke", kicherte Darina amüsiert.

„Interessant, interessant", murmelte Horus. „Zaid hat also die höheren Weihen der Magie ganz nebenbei empfangen und du offensichtlich auch. Es sind nicht viele, die, außerhalb der alten guten Kugel da unten, miteinander kommunizieren können." Er fasste sie um die Taille, grinste in die Runde: „Alle mal wegschauen!" Dann gab er ihr einen zärtlichen Kuss, wohl wissend, dass die anderen nun gerade dabei zusehen würden. „Dann werden wir heute also einen ganz gemütlichen Abend erleben", sinnierte er behaglich vor sich hin.

Darina lachte hellauf. „Na klar, aber mit den Bewohnern der ganzen Siedlung auf dem Festplatz. Die Drakon sind schon auf Fischfang und Cheiron ist bereits mit Imset unterwegs, um ein Schaf zu schlachten."

Tim rieb sich vergnügt die Hände. „Alles andere hätte mich auch fast schon gewundert. Hmmm! Gegrilltes Schaf! Frisches Gemüse! Fische, Eier und Honig aus der Natur!"

Die Crew brach in Gelächter aus. Darina hatte ihnen zwar täglich leckere Spezialitäten am Automaten erzeugt, aber was war das schon gegen die Gaumenfreuden mit echten Zutaten bei den Atlan.

Lauras Entscheidung

Nach fast zwölf Stunden Flug trat der Langstreckengleiter in die Atmosphäre des Heimatplaneten ein, wo er sofort von den beiden erwachsenen Drakon im Empfang genommen und zum Landeplatz eskortiert wurde. Die Magier warteten mit ihren Familien schon auf die Gäste, allen voran Imset und Sobek. Torn wandte sich den Monitoren zu, als er eine Hand auf der Schulter spürte.

„Die Begrüßung darfst du nicht verpassen, deinen Job kannst du auch in einer halben Stunde antreten", hörte er Horus sagen, der ihn einfach herumdrehte und zur Rampe dirigierte.

„Heh, heh, schau, schau! Wen haben wir denn da?!", rief Maris bei seinem Anblick. „Brauchst wohl mal ein paar Tage, in denen du keine Technik siehst?"

Torn reichte ihm beide Hände. „Unsinn! Ich habe Sehnsucht nach euren Flatterhemden", womit er für Heiterkeit bei den Versammelten sorgte.

Jeder hatte noch gut die Berichte von Sobek, Maris und Horus im Ohr, wie skeptisch der Chef der Reparaturbrigaden gegenüber den beiden jungen Männern in ihren Faltengewändern, ähnlich denen der späteren römischen Tuniken, gewesen war und wie er wenig später Horus förmlich bekniet hatte, um die beiden Magier noch länger im Team behalten zu dürfen.

Ein rötlicher Drache segelte heran und landete neben dem Großgleiter.

„Siri hatte ich irgendwie größer in Erinnerung", sagte Torn nachdenklich.

Maris lachte. „Das ist ihre Tochter Chima. Die beiden Großen sitzen da hinten."

„Ach, stimmt! Ich hatte schon wieder vergessen, dass ihr drei Drakon habt. Lässt sie sich streicheln?"

„Aber nichts lieber als das! Chima, komm schmusen!", lockte Maris.

Erfreut schob sich das Drachenjunge an die Rampe heran. Mit großen grünen Augen musterte es Torn, befand ihn für sympathisch, rieb die Wange an seiner Schulter und schnurrte fast wie eine übergroße Katze, als er es zwischen den Hörnern kraulte.

„Wie heißt du?", fragte es neugierig.

„Ich bin Torn."

„Und du bist ein Tarronn, wenn ich mich nicht irre."

„Stimmt."

„Bleibst du ein paar Tage hier oder musst du gleich wieder wegfliegen?"

„Ich bleibe eine Weile", schmunzelte Torn.

Siri und Drakos waren heran gekommen. „Fragt sie dir Löcher in den Bauch?", witzelte Drakos.

Torn lachte. „Sie muss doch schließlich wissen, welche Fremden sich hier plötzlich herumtreiben."

Chima nickte heftig, dann machte sie sich lieber davon, ehe Vater vielleicht doch noch schimpfte, weil sie so neugierig gewesen war.

„Wie alt ist sie jetzt?", wollte Torn wissen.

„Siebzehn", entgegnete Siri. „In wenigen Wochen wird sie sich eine eigene Höhle suchen müssen. Sie ist eine gute Jägerin und beherrscht die Regeln des Zusammenlebens in unserer Vielvölkergemeinde."

Der Tarronn schaute Siri nachdenklich an.

Siri erwiderte den Blick, genau fühlend, welche Frage er nicht aussprach. „Keine Sorge, eines Tages, wenn sie alt genug ist, wird auch sie eine Chance auf Nachwuchs haben. Hat es Drakos früher geschafft, mehr als zwanzig Weibchen für sich zu begeistern, dann schafft er das spielend bei zweien. Bis dahin werden nur noch rund dreißig Jahre vergehen."

„So lange?!", staunte Torn.

„Gut Ding will Weile haben." Drakos blinzelte ihm zu. „Auch wenn wir in jeder Saison fliegen werden, wird es trotzdem höchstens alle zweihundert Jahre ein Junges geben und nicht einmal das ist ganz sicher."

Torn schüttelte ungläubig den Kopf.

„Der Paarungsflug gilt nicht nur neuem Nachwuchs, sondern auch dazu, die tiefe Liebe immer aufs Neue zu besiegeln", erklärte Siri.

„Klingt plausibel", murmelte Torn. „Egal, was auch immer, ich bin froh, dass es euch endlich wieder gibt." Er streichelte beide. „Nun muss ich aber wieder rein, ich bin im Dienst."

Maris und Sobek versüßten ihm die erste Stunde durch ihre Anwesenheit.

„Jetzt, wo die Kinder erwachsen sind, ist es nicht ganz abwegig, dass wir wieder mal nach Taris kommen", bemerkte Sobek ganz nebenbei.

„Haben sie schon feste Partner?"

„I wo! Die lassen sich viel, viel Zeit. Sogar mit dem Erwachsen werden", kicherte Maris. „In dem Alter haben wir schon Bäume ausgerissen."

„Wie steht es mit dem magischen Potenzial?"

Maris wiegte mit dem Kopf. „Messbare Kräfte haben nur Sobeks Zwillinge. Mein Sohn beschäftigt sich zwar mit Heilkunde, aber eben nicht mit dem Eifer, mit dem ich damals bei der Sache war. Aber schließlich kann nicht ein ganzes Volk nur aus Magiern bestehen. Neue Kämpfer gibt es gar nicht mehr."

„Dafür sind die Mädchen durchweg sehr geschickt, wenn es um die Handarbeit geht. Sie weben, nähen, spinnen und sticken, da kann man nur staunen", fügte Sobek zur Ehrenrettung der jungen Leute an. „Die Männer arbeiten auf den Feldern oder bereiten die begehrten Quark- und Käsesorten zu und zwei oder drei haben sich von Arko zu Handwerkern ausbilden lassen."

Torn schaute auf. „Hat es auch schon mal jemand mit solcher Technik versucht?" Er deutete auf das Steuerpult des Großgleiters.

„Aber natürlich", schmunzelte Sobek. „Da fallen mir zuerst Leon, Ariel, Ihi, Sami und Laura ein. Die haben schon ein paar kurze Probeflüge hinter sich. Osiris hatte das ganze interessierte junge Volk für ein paar Tage in den Palast eingeladen, wo ihnen Jamal Intensivunterricht gegeben hat. Besonders Solons Sami hat sich da ein paar Belobigungen außer der Reihe eingehandelt. Ihm würde er jederzeit einen Gleiter anvertrauen, hat Jamal gesagt und das ist mehr, als nur ein Lob. Die anderen, im selben Alter, haben es mal probiert und wissen, wovon die Rede ist."

„Nicht übel", freute sich der Tarronn.

Horus und Darina erreichten irgendwann ihr Häuschen, nachdem sie unzählige Fragen beantworten und genau so viele Hände schütteln mussten. Imset hatte das geahnt, kurzerhand das Gepäck der beiden vor die Hautür teleportiert und ihnen einen Korb mit frischen Nahrungsmitteln daneben gestellt.

Darinas Augen strahlten freudig auf, als sie gewahrte, was die heimlichen Helfer schon für sie getan hatten. „Wir sind zu Hause", seufzte sie dankbar und aus allertiefster Seele.

Maris teleportierte Torns persönliche Dinge auch gleich in das, diesem zugedachte, Gästehäuschen. Chima überflog mehrfach die Siedlung, traute sich aber nicht zu landen. Talos winkte sie schließlich heran.

Er hielt ihr einen Liksia-Korb entgegen. „Hast du Lust ein bisschen Obst für unsere Gäste zu pflücken?"

„Oh, natürlich." Sie betrachtete ihre Krallen. „Schimpft auch niemand, wenn vielleicht nicht alles ganz heil bleibt?"

„Bestimmt nicht", versprach der Magier und das Drachenweibchen verschwand mit dem Korb in Richtung der Pflanzungen.

Für die Gäste, hatte Talos gesagt! Vorsichtig, wie wohl nie zuvor, griff sie mit den schuppigen Klauen nach den Früchten.

„So geht das nicht", murmelte sie, als der erste Apfel völlig zermatschte. Verzweifelt aß sie ihn schnell auf. Dann nahm sie den Nächsten ins Visier. Sie legte ihre Klaue darunter und schloss die scharfkralligen Finger wie einen Käfig. Ein leichter Ruck und schon riss der Stiel vom Zweig, der Apfel war unversehrt geblieben. Behutsam ließ sie ihn zwischen Daumen- und Zeigefingerkralle hindurch in den Korb rollen. Flink griff sie noch einen und noch ein paar und – sie erschrak.

Talos hatte Obst gesagt, nicht Äpfel. Also wechselte sie zu den Birnbäumen hinüber, später zu den Apfelsinen. Als der Korb voll war, trennte sie zwei große Melonen mit einem Stück Ranke ab, an denen sie die Früchte gut festhalten konnte, ohne mit ihren scharfen Krallen Risse in die Schalen zu machen. In den Henkel hakte sie einen Eckzahn ein, um nicht zufällig noch Schaden am Transportbehälter zu verursachen.

Schwer beladen hob sie ab und steuerte direkt den Festplatz an. Siri und Drakos kamen soeben vom Meer, in den Fängen zwei riesige Golddorsche. Neugierig schauten sie ihrer Tochter entgegen. Die landete auf zwei Beinen, legte die Melonen ab, dann setzte sie den Korb auf den Boden.

„Bin wieder da!", rief sie fröhlich zu Talos hinüber.

Der kam sofort zu ihr und untersuchte staunend die Früchte. „Alles in Ordnung, keine Risse, keine Druckstellen. Ich bin sehr stolz auf dich."

Chima rieb ihre Wange an der seinen und flüsterte kaum hörbar. „Ich bin auch ganz stolz auf mich."

Natürlich schauten sich auch alle anderen an, was die Kleine mit etwas Geduld zuwege gebracht hatte und lobten sie sehr.

„Wenn du das jetzt an drei Tagen hintereinander schaffst, dann kannst du auch bald Fische für uns fangen", erklärte Imset.

Die grünen Drachenaugen leuchten in Vorfreude wie kleine Laternen. Bisher hatten Chimas Mitbringsel ja nur als Hundefutter getaugt.

Inzwischen füllte sich der Festplatz. Die Magier saßen mit ihren Familien bei den Drakon, die, wie immer, den Grill bewachten. Sami, der stille Sohn Solons, drehte lieber mit Cheiron und Safi das Grillgut, statt sich mit den anderen jungen Leuten wilde Abenteuer auszudenken. Ein grünliches Leuchten zog über den Festplatz und im nächsten Augenblick standen Isis und Osiris am Tisch des Clans.

„Ich dachte schon, ihr habt heute keine Lust auf Party!", witzelte Imset und machte auf der Bank Platz für die beiden.

„Ha! Das glaubst du doch wohl selber nicht!", rief Osiris lachend. „Habe ich, seit ich wieder richtig leben kann, auch nur eine kleine Feier verpasst?"

Sobek zog ein gespielt komisches Denkergesicht. „Äh, lass mich mal überlegen…"

Kebechsenef grinste. „Wer so hochgradig vom Atla-Virus infiziert ist, der heißt mit zweitem Namen *Party*."

„Eben!" Isis nahm dankend ihren Fischteller von Sami entgegen.

Als Nachtisch suchte sie sich einen duftenden roten Apfel aus der flachen Schale in der Mitte des Tisches. Sie strich mit den Fingerspitzen über die Schale. „Unser Obst wächst ja auch prächtig, aber eures schmeckt trotzdem besser."

„Und diesmal ist es mit besonderer Liebe und Vorsicht geerntet worden", erklärte Talos und deutete mit dem Kopf zu Chima hinüber, die am Rande des Platzes mit den Hunden spielte.

„Erstaunliche Fortschritte in den letzten Wochen", murmelte Osiris. „Wie läuft der Unterricht?"

„Bestens. Sie wird sowohl von ihren Eltern, als auch von Solon, mir und natürlich auch Cheiron unterrichtet. Wenn Thor seinen jährlichen *Erlebnisurlaub* macht, lernt sie auch etwas über die Geheimnisse von Asgard. Sobald sie die Drachenflamme erzeugen kann, werden

Imset und Sobek das Kampftraining mit ihr aufnehmen."

„Wie steht es mit der Teleportation?", fragte Isis.

„Wir werden sehen", antwortete Imset nachdenklich. „Nicht alle Drakon beherrschten früher diese Technik. Wir dürfen sie nicht überfordern. Wenn es ihr wirklich gegeben ist, dann wird sie diese Fähigkeit auch irgendwann für sich entdecken."

„Apropos Technik und entdecken!", rief Leon vom anderen Ende des Tisches. „Wir würden gern einen kurzen Ausflug zum Nordmeer machen." Er zeigte auf sich, Laura, Ihi und Ariel.

„Darüber lässt sich reden", entgegnete Horus. „Mein kleiner Viersitzer steht im Hangar des Palastes."

Laura machte eine überraschte Geste, die nur Sami auffiel, weil er ihr soeben ein Stück Fischfilet vom Grill reichte. Auch den sorgenvollen Zug in ihrem Gesicht konnte nur er für einen winzigen Moment sehen.

Probleme? Hörte sie seine Stimme im Kopf, obwohl er geschäftig mit Tellern hin und her eilte.

Die Antwort war ein telepathisches Seufzen.

Sag, wenn du Hilfe brauchst, kam sofort zurück.

Sie quittierte es mit einem winzigen Lächeln.

Als die erste Sättigungsphase etwas Ruhe brachte, kam Sami am Grill endlich dazu, sich selbst ein Menü zusammenzustellen. Laura brachte ihm eine Schüssel Gurkensalat.

Er fasste nach ihrem Handgelenk. „Leistest du mir ein wenig Gesellschaft? Zu zweit schmeckt es besser."

Laura ließ sich neben ihm nieder. „Das ist allerdings wahr."

„Probleme lassen sich mitunter auch gemeinsam besser lösen", sagte Sami, ihr tief in die Augen blickend. „Was ist passiert?"

„Es ist wegen des Ausflugs", flüsterte Laura. „Reden wir in einer halben Stunde bei einem kleinen Strandbummel darüber."

Sami nickte. Wenn sie sich so schwertat, dann musste sie handfeste Gründe haben. Da Imset und Safi den Platz am Grill übernahmen, fiel es auch nicht weiter auf, dass er sich vom Festplatz entfernte. Laura wartete schon am Strand. Schweigend gingen sie eine Weile nebeneinander her.

Laura atmete tief durch. „Du weißt ja, dass ich manchmal Bilder aus der Zukunft empfange", begann sie endlich, zu erklären. „Noch lange nicht so perfekt wie Neri, aber immerhin…" Laura blieb stehen und schaute zu den Sternen auf. „Ich habe Horus' Gleiter gesehen – mit meinem Bruder, Ihi und Ariel an Bord – er kam nicht mehr hierher zurück."

Sami schaute sie erschrocken an. „Was war passiert? Oder vielmehr was wird passieren?"

„Ja, das weiß ich eben nicht", murmelte Laura verzweifelt. „Ich habe Leon gesagt, dass ich ein ungutes Gefühl habe, wenn die drei allein unterwegs sind, und dass ich mit will."

„Wie???" Sami packte sie am Arm.

Laura nickte. „Ich kann meinen Bruder doch damit nicht allein lassen. Er ist zwar ein Magier, aber er sieht das Unglück nicht kommen. Vielleicht habe ich zeitig genug eine Vision, damit er es abwenden kann."

„Wer wird den Gleiter fliegen?"

Laura zuckte völlig hilflos mit den Schultern.

Sami schüttelte ungläubig den Kopf. Keiner der vier hatte genügend Kenntnisse, um den Silbervogel zu bedienen. „Ich werde mit Leon reden."

„Was willst du ihm sagen? Dass ich Albträume habe?" Sie winkte traurig ab.

Sami streichelte tröstend ihre Hand. „Er weiß doch besser als jeder andere, dass du die Gabe hast, in die Zukunft zu schauen."

„Er ist ein Magier und wird sich wegen meiner dummen Ängste kaum umstimmen lassen. Tut mir leid, dass ich dich damit belaste."

„Schon in Ordnung", wiegelte Sami ab, obwohl für ihn überhaupt nichts in Ordnung war.

Er begleitete Laura zum Festplatz zurück. Sie kamen gerade noch rechtzeitig, um den Feuerzauber der Drachenwesen in voller Länge zu erleben. Die Drachen und die Drakonat standen sich, wie meist, diagonal gegenüber. Sie spien zuerst Flammen, dann farbige Energieimpulse in den Himmel, die sich genau in der Mitte des Platzes zu einem Wirbel verbanden. Wie zufällig ging Imset genau ins Zentrum. Plötzlich schossen die beiden Drakon gleichzeitig ihren Feueratem auf den Drakonat ab. Die Zuschauer schrien entsetzt auf. Es dauerte einige Sekunden, bis sie begriffen, dass dies ein Teil der grandiosen Show war. Unverletzt, aber mit rot glühendem Drachenpanzer, stand

Imset am Ende vor ihnen. Sobek warf ihm einen dicken Ast zu, welcher im Bruchteil eines Lidschlags als Asche zu Boden rieselte. Dann tauschten sie die Plätze. Zuletzt ging der glühende Drakonat Sobek von Holzstapel zu Holzstapel, um sie, allein durch die Berührung mit den Händen, zu entflammen. Frenetischer Jubel brandete auf.

„Meine Güte! Ihr habt mir zwar erzählt, dass sie einzeln gegen die Drakon kämpfen, aber wenn man dies hier gesehen hat, dann kann man sich erst wirklich ein Bild davon machen!", rief Osiris beeindruckt.

Isis ging vorsichtig auf die beiden zu. „Kann man euch wieder anfassen?"

Nicken.

„Exoten! Nur Exoten in diesem Clan! Und ihr zwei seid mit Abstand die Verrücktesten!" Mit einem Jubelschrei fiel sie ihnen um den Hals.

Torn bekam große Augen. Er hatte die Königin nie zuvor so voller Überschwang erlebt. Schon die Tatsache, dass sich das Königspaar hier überhaupt nicht von den anderen abhob, imponierte ihm. Osiris schmuste mit den Hunden, die überall zwischen den Tischen herumschlichen und auf schmackhafte Bröckchen warteten, streichelte Chima, die immer wieder neugierig am Tisch der Magier auftauchte und freute sich, wenn ihn Hippomaia mit ihrem weichen Maul freundschaftlich anstupste.

Meist war die Stute mit ihrer ungleichen Zwillingsschwester Eos unterwegs, die wie eine Amazone auf ihrem Rücken saß. Die beiden betrachteten den König, seit er ihnen das Leben gerettet hatte, als Patenonkel. Osiris kauerte aber auch immer wieder unter den Schwingen der Drakon, wo er den kleinen Kindern Legenden der Tarronn erzählte. Wenn es dabei um den Caiphas, den Planeten des Bösen ging, gesellte sich auch immer wieder Leon mit dazu.

Irgendwann, das war nun schon fast ein halbes Jahr her, wurde Sobek aufmerksam.

„Sag mal, Laura, gibt es irgendwas, das ich wissen sollte?"

„Wie meinst du das?"

Sobek deutete auf Leon, der interessiert den Ausführungen seines Urururgroßvaters Osiris lauschte. „Er hat die Berichte doch schon tausendmal gehört."

„Ich habe zumindest keine Visionen gehabt, wenn du das meinst", antwortete sie ihrem Vater, Leon nun ebenfalls genauer beobachtend.

Auch am heutigen Abend lauschte er wieder einem Bericht, wie vor Zehntausenden von Jahren die damals lebenden Drakon die schwarzmagischen Reste des explodierten Planeten auf Tarronn eingesammelt und schließlich vernichtet hatten.

Leon wollte gerade wieder gehen, als ein kleines Mädchen fragte: „Waren die bösen Splitter überall?" und Osiris antwortete: „Auf dem Land waren wenige, die meisten lagen auf dem Grund des Nordmeeres. Die Stellen werden bis heute immer wieder auf Reststrahlung kontrolliert. Aber wir fliegen nur über dieses Gebiet, wenn es gar nicht anders geht."

„Denkst du, was ich denke?" Leon grinste Ihi breit an.

„Dass wir mal nachschauen sollten?"

Laura trat zu den beiden. „Ich kann euch sagen, was Sobek denkt – nämlich, dass sich Leon, für seinen Geschmack, zu auffällig über den Caiphas und das Nordmeer erkundigt."

Der Angesprochene fuhr herum, seine Schwester erschrocken musternd. „Er hat mich vor einiger Zeit darauf angesprochen."

„Wirklich?"

„Würde ich es sonst sagen?" Laura schaute ihrem Zwillingsbruder tief in die Augen. „Was heckt ihr aus?"

Ertappt seufzte Leon. „Wir wollen eine kurze Spritztour machen, wenn Horus wieder da ist. Sicher leiht er uns seinen kleinen Flitzer."

Laura zog die Augenbrauen zusammen. „Du willst immer noch genau wissen, was damals mit Tabea passierte?"

„Ja, natürlich! Ist das so abwegig?"

„Ich will mit." Laura drehte sich um und ging. Die beiden jungen Männer schauten verblüfft hinterher. Damit hatten sie nun wirklich nicht gerechnet.

Absturz im Eismeer

Spät in der Nacht ging das Begrüßungsfest für Horus und Darina zu Ende, ohne dass Sami eine passende Gelegenheit gefunden hatte, mit Leon über Lauras Sorgen zu sprechen. Er nahm sich vor, am nächsten Morgen die Augen und Ohren weit offen zu halten. Hilfe holte er sich bei Chima.

„Gibst du mir bitte sofort Bescheid, wenn irgendein neuer Gleiter hier landet?", flüsterte er ihr zu.

„Versprochen!"

Drei Tage später war es so weit. *Gleiter im Anflug*, hörte Sami die telepathische Stimme des Drachenweibchens.

Danke! Ich revanchiere mich, gab er zurück, sich sofort auf den Weg zum Landeplatz machend. Hinter einem Felsblock beobachtete er ungesehen, was sich zutrug. Der Pilot, ein Mann aus Jamals Team im Palast, verriegelte von außen das Fluggerät.

Als Horus eintraf, übergab er es an Leon. „Alle Systeme gecheckt und flugbereit."

Leon schaute ihn fragend an. Horus begann zu lachen.

„Reinkommen müsst ihr schon selber! Wie wollt ihr fliegen, wenn ihr nicht mal dazu in der Lage seid?"

Leon warf Ihi und Ariel verlegene Blicke zu.

Gib den telepathischen Code gelb-orange-blau-dreizehn an das System, hörte er plötzlich Samis Stimme in seinem Kopf.

Der Tipp funktionierte und Leon enterte die ausklappende Rampe. Seine Freunde folgten ihm mit Horus. Es dauerte nicht lange, da fragte Leon bei Sami nach dem Startcode an. Mit einem Kopfschütteln gab dieser Auskunft. Ein paar Minuten später hob der Gleiter im Normalflugmodus ab.

Sami schaute nachdenklich hinterher. Hier ging es wohl nicht mehr darum, mit Leon über Lauras Gedanken zu sprechen, sondern darum, zu verhindern, dass ihr ein Leid geschähe, wenn sie mit diesen drei Crashpiloten flöge. Bestärkt wurde er in dieser Annahme durch die vielen hilflosen Nachfragen ihres Bruders während des zwanzigminütigen Testfluges.

Sami gab Auskunft unter Anwendung jeglicher Abschirmung, sodass Horus zu der Überzeugung kommen musste und schließlich auch kam, dass Leon durchaus in der Lage sei, selbstständig diesen Gleiter zu fliegen. Soeben landete er wieder.

„Viel Spaß", wünschte Horus, ehe er sich auf den Weg zu Darina machte.

„Ich hole Laura", rief Ihi.

Ariel und Leon blieben neben dem Gleiter stehen, wobei Letzterer ziemlich nervös wirkte.

Ariel wandte sich ihm zu, kaum dass Horus außer Hörweite war. „Meine Güte! Du hast dir den ganzen Krempel gemerkt? Magier müsste man sein!"

„Eben nicht!", gab Leon kleinlaut zu. „Sami war unser eigentlicher Pilot. Ich wäre weder in das Ding rein, noch damit klar gekommen. Wäre Sami nicht gewesen, dann hätte ich mich voll zum Idioten gemacht."

„Dann sollten wir ihn bitten, mit uns zu fliegen", riet Ariel.

„Geht nicht. Ist nur ein Viersitzer und Laura kann ich nicht hier lassen."

„Pass auf! Klartext: Ich habe erstens das große Flattern, wenn keiner von uns den vollen Durchblick hat. Zweitens wollt ihr was aus der Vergangenheit eures Clans herausfinden, wo ich nicht unbedingt dabei sein muss. Drittens solltest du auf meinen Rat hören und auf der Stelle Sami als Pilot anheuern. Tust du es nicht, werde ich dich als Viertes bei Horus verpfeifen oder noch besser, bei deinem Vater. Alles klar?"

„Erpresser!", grollte Leon, dabei klopfte er Ariel dankbar die Schulter.

Im nächsten Moment hörte Sami seine Bitte, sofort zum Landeplatz zu kommen. Solons Sohn hatte der gesamten Unterhaltung gelauscht. Nun ließ er sich Zeit. Nach zehn Minuten kam er gemächlich hinter seinem Felsem hervor, als wäre er gerade von der Schafweide über die Wiesen gelaufen.

„Wo brennt es denn?", fragte er gespielt naiv.

Leon schluckte. „Ich brauche einen fähigen Piloten."

„Und da kommst du zu mir?" Sami setzte ein so ungläubig-staunendes Gesicht auf, dass ihm Leon das Theater problemlos abkaufte.

„Hast mir vorhin den Hintern gerettet", gab der junge Magier unumwunden zu. „Würdest du bitte das Ding für uns fliegen?"

„Wenn es nicht zu vermeiden ist. Wo soll es denn hin gehen?"

„Zum Nordmeer."

Sami blieb seiner Rolle treu. „Oh-ha!"

Leon winkte ab. „Mann! Ich bin ein Magier!"

Sich am Ohr kratzend, fragte Sami: „Mit Magie lässt sich der Silbervogel wohl nicht bedienen?"

Statt einer Antwort schnaufte Leon nur unwillig, denn Ihi tauchte soeben mit Laura auf.

Ariel klopfte Sami auf die Schulter. „Bring sie gut ans Ziel."

„Ich werde mir Mühe geben." Sami betrat wortlos den Gleiter, um vor dem Start noch einmal die Instrumente zu checken.

„Habt ihr euch überworfen?" Laura deutete auf den davoneilenden Ariel, der ihr im Vorbeihuschen zugewinkt hatte.

„Eigentlich nicht. Er wollte nur nicht mit Dilettanten fliegen und hat gemeint, ich solle lieber Sami mitnehmen, weil der etwas von der Sache versteht."

„Horus hat euch doch aber sein Flugzeug gegeben, weil der Probeflug erfolgreich war", murmelte Laura irritiert. Sie schaute unbewusst in die Richtung, in welche Ariel verschwunden war.

Leon grinste breit. „Wir hatten eine Fernsteuerung und die habe ich als Piloten angeheuert. Sami sitzt schon im Cockpit."

„Wenigstens einer, der vernünftig ist", seufzte die junge Frau, „Hoffentlich nimmt das hier ein gutes Ende."

„Du immer mit deinen Befürchtungen. Vergiss nicht, ich bin ein Magier und nicht einmal ein schlechter."

„Eindeutig größenwahnsinnig", murmelte Laura und ging zu Sami hinein.

Ein kurzer Blickwechsel, dann wussten beide, dass Reden sinnlos war und man einfach das Beste aus der verfahrenen Situation machen musste.

„Es kann losgehen!", rief Leon beim Betreten der kleinen Zentrale.

Sami nickte. „Systeme gecheckt, Luken geschlossen, Start in drei Sekunden."

Sanft hob der Gleiter ab, drehte um 180 Grad und flog direkt auf das offene Meer hinaus.

„Genaue Zielkoordinaten…"

„Keine", grinste Sami. „Geradeaus, dann links zum Nordmeer und einfach Spaß haben."

„Sag mal, spinnst du?" Laura funkelte Leon wütend an. „Wenn du einen Piloten brauchst, dann gib ihm gefälligst in ordentlichem Ton die nötigen Daten." Nach einem kurzen Blick auf den Monitor mit der Karte der nördlichen Regionen wandte sie sich an Sami. „Flieg bitte die Randsiedlung direkt an, dann fünf Grad nordwestlich, Kurs auf die letzte Messstation im Eis."

„Danke." Sami programmierte um. „Automatisches Positionssignal alle fünf Minuten", gab er bekannt.

„Warum denn das?", fragte Leon überrascht und ziemlich unangenehm berührt.

„Weil das so Vorschrift ist." Sami drehte sich nicht einmal zu ihm um. „Hier gelten die Regeln für gesperrte und extrem gefährliche Gebiete." Seine Miene blieb völlig reglos und auch sein Energielevel auf kompletter Abschottung, seit er die Flugmaschine betreten hatte.

Laura versuchte, von der Seite in seinem Gesicht zu lesen – ohne Erfolg, was sie noch mehr erstaunte. Solche Beherrschung der Energien war eigentlich nur einem Magier möglich. Sami war bisher durch keinerlei besondere Fähigkeiten hervorgetreten. Sie beschloss, später mit ihm darüber zu reden.

„Wir erreichen die letzte Station in zehn Sekunden", gab Sami bekannt.

Alle schauten aus dem gepanzerten Panoramafenster. Der Gleiter überflog das Nordmeer, genau an der Stelle, wo Zaids Mutter vor tausenden Jahren den tödlichen Unfall erlitten hatte.

„Keine Anomalien", gab Ihi, nach einem kurzen Blick auf die Instrumente, bekannt.

„Mag sein, hier lauert trotzdem was", murmelte Leon. „Ich kann es fühlen."

Sami warf Laura einen schnellen Blick zu. Sie, die Enkelin Neris und mit fast den gleichen Gaben ausgestattet, hatte nur ihm von ihrer Vision erzählt, die sie für einen banalen Traum gehalten hatte. Sie war auf den letzten Kilometern immer stiller und in sich gekehrter geworden.

„Und ich wette, Laura geht es ebenso", fügte Leon gerade noch hinzu.

„Zweifellos", pflichtete ihm Sami bei. „Sie sie dir nur an! Wenn es nach ihr gegangen wäre, dann hätten wir eine andere Flugroute eingeschlagen oder wenigstens einen der Drakonat gebeten, uns auf dem ersten eigenständigen Abenteuer zu begleiten."

Ihi versuchte abzuwiegeln. „Noch ist ja nichts passiert."

„Noch. Genau, wie du sagst." Sami ließ die Finger rasch über die Tasten des Steuerpultes gleiten. Tausende zusätzliche Scanns erstellten ein genaues Bild des Untergrundes, der hier löchrig wie Käse zu sein schien. Dabei drangen diese Öffnungen mehrere hundert Meter tief in den Boden des Planeten ein.

„Weiß eigentlich jemand, wie diese Kanäle entstanden sind?", fragte Ihi plötzlich.

Allgemeines Kopfschütteln antwortete ihm.

„Wisst ihr es nicht oder weiß es keiner?", präzisierte er grinsend.

Laura verdrehte die Augen. „Männer!", schnaufte sie. „Ich schau einfach mal nach. Irgendwo in den Speichern muss es ja geologische und geschichtliche Daten geben." Ein paar Minuten verstrichen, in denen sie die Texte äußerst intensiv zu studieren schien. Dann hob sie langsam den Kopf. „Caiphas!"

„Oh, oh!", die jungen Männer umringten sie, um mitzulesen. Ein unangenehmes Kribbeln im Nacken ließ Leon plötzlich herumkreiseln.

„Achtung! Hinlegen!", schrie er und riss Laura zu Boden. Ob die anderen schnell genug waren, konnte er nicht sehen. Kunststoff splitterte, der Antrieb setzte immer wieder aus und das Geräusch zerreißenden Metalls malträtierte die Ohren.

„Aufschlag in etwa drei Sekunden", schrie Sami und zählte an: „Eins – zwei…"

Bei drei bohrte sich der Rumpf des Fluggerätes in die Eisdecke des Ozeans. Die Abenteurer wurden wie Stoffpuppen herumgeschleudert, knallten gegen die Reste des Steuerpultes und rissen sich an den unzähligen Splittern der Panzerglasscheibe tiefe Wunden. Einer fluchte, der andere stöhnte. Sami biss die Zähne zusammen und robbte bäuchlings zu Laura, die mit geschlossenen Augen verkrümmt in der Ecke lag und keinerlei Lebenszeichen von sich gab.

„Raus hier!", flüsterte Leon. „Sofort raus!"

Er half Ihi auf die Beine, um sich gleich darauf Laura zuzuwenden, die von Sami soeben auf die Arme genommen wurde. Der schüttelte den Kopf und trug sie allein aus den Trümmern. Überall Blutspuren im Schnee hinterlassend, schleppten sie sich einige Meter vom Wrack weg, welches immer tiefer einsackte, um schließlich vom Ozean verschlungen zu werden.

Entsetzt schauten die drei zu, ohne zu wissen, was genau geschehen war. Dann besannen sie sich endlich darauf, ihre Wunden zu behandeln. Ihi musste auf die Hilfe von Leon warten. Der junge Magier beugte sich schließlich über seine Schwester, deren Kopf Sami in seinen Schoß gebettet hielt und die sich noch immer nicht regte.

„Sie lebt", stellte er sofort fest und legte ihr die Hände an die Schläfen. „Magie hilft hier nicht. Hast du ein wenig Energie übrig, die du ihr spenden kannst?", bat er Sami.

Der nickte sofort. „Aber natürlich. Nimm soviel, wie sie wirklich braucht."

Leon legte ihm eine Hand auf die Brust, die andere an Lauras Stirn und begann vorsichtig mit dem Transfer. Keine drei Sekunden später öffnete Laura mit einem tiefen Seufzer die Augen. Der Blick, mit dem sie Sami bedachte, ließ Leon aufhorchen. Da schien wohl mehr als blanke Hilfsbereitschaft im Spiel gewesen zu sein.

So, wie seine Schwester auf die Energie reagierte, schien sie mit dieser tiefe Gefühle empfangen zu haben, von denen bisher keiner etwas gemerkt hatte.

Nicht uninteressant, schmunzelte er still in sich hinein.

Ihi hatte inzwischen erfolglos versucht, telepathischen Kontakt zu den Magiern aufzunehmen. Irgendetwas schirmte die Gedankenübertragung vollständig ab. Nicht einmal die vier Drachenwesen konnte er erreichen.

„Mist! Hier in der Gegend ist absolut tote Hose!", resignierte er schließlich. „Versuch du mal dein Glück!", wandte er sich an Leon.

In dessen Augen trat der stählerne Glanz, wie immer, wenn er mit der großen Kobra, dem Strom der Magie, kommunizierte. Zur gleichen Zeit breitete sich auf dem Eis, in fast fünfzig Metern Umkreis, ein bläuliches Leuchten aus, welches aus der Tiefe zu kommen schien und Sami mit äußerstem Unbehagen erfüllte.

Niedergeschlagen verzog Leon schließlich das Gesicht. „Sie antwortet nicht, obwohl sie meinen Ruf vernommen haben muss. Vielleicht tut sie es auch nicht, um Schlimmeres zu verhindern. Ich habe wohl mit meinen Kräften die Restmagie des Splitters aktiviert." Er deutete auf das blaue Licht.

Ihi klopfte ihm auf die Schulter. „Lasst uns verschwinden, ehe hier die Hölle ausbricht."

„Wie meist du das?"

„Ich kann mich irren, aber mir wird immer wärmer. Ist euch nicht aufgefallen, dass wir dünn bekleidet inmitten einer Eiswüste sitzen und die Kälte nicht spüren? Hab keine Lust, zu schwimmen, falls hier magisch das Eis taut."

Sami half Laura beim Aufstehen. „Guter Vorschlag! Wie ist die Richtung?"

„Da lang." Ihi deutete nach Westen. „Laut der Karte, die Laura aufgeschlagen hatte, soll es dort eine ziemlich große felsige Insel geben, auf der wir Zuflucht suchen könnten."

„Entfernung?", fragte Sami kurz.

„Schätzungsweise fünf Kilometer."

Sami wechselte einen schnellen Blick mit den Männern. „Wirst du durchhalten?", wandte er sich an Laura.

„Weiß nicht. Ich versuche es."

„Gib Bescheid, wenn es nicht mehr geht", bat er. *Ich werde dich dann sofort tragen*, setzte er telepathisch hinzu.

„Hast du es ihnen gesagt?", fragte sie ihn, scheinbar ohne jeden Zusammenhang.

Sami schüttelte den Kopf. „Nein. Nicht weil ich deinen Fähigkeiten nicht vertraue, sondern um die beiden nicht jetzt schon zur Resignation zu treiben."

Verblüfft blieben Ihi und Leon stehen.

„Worüber sprecht ihr?"

Laura seufzte. „Darüber, dass Sami der Einzige von uns ist, der eine Chance darauf hat, diesen Horrortrip zu überleben. Magie funktioniert nicht und er ist erstklassig durchtrainiert." Sie ließ die Männer einfach stehen und machte sich auf den kilometerlangen Weg. Schweigend folgten ihr die drei. Am Rande des fahlen Lichtes, welches von unten durch das Eis drang, blieb Laura stehen.

„Was hast du?", flüsterte Leon.

„Es wird uns folgen, egal, wohin wir gehen", gab sie zurück.

Tatsächlich! Kaum setzte sie ihren Fuß über die Grenze, begann sich der Schein, um genau diesen einen Schritt auszuweiten.

„Seht ihr?"

„Das hat natürlich den Vorteil, dass wir vorerst nicht erfrieren müssen", warf Ihi ein und auf die pikierten Blicke der anderen hin: „Na, irgendwie muss man sich motivieren, wenn die Chancen fast null sind."

„Hm", brummte Leon. „Schwarzer Humor ist immerhin besser als gar keiner."

„Was hast du in deiner Vision noch gesehen?", wollte Ihi von Laura wissen.

Sie drehte sich nicht einmal um. „Das hättet ihr euch vorher anhören sollen!"

Leon atmete tief durch. „Okay, du bist zu Recht sauer auf mich. Ich habe mich wirklich für unbesiegbar gehalten. Das war dumm, nun aber leider nicht zu ändern. Ich weiß auch, dass ich euch alle durch diese Eitelkeit in große Gefahr gebracht habe und verspreche, dass ich in Zukunft deine Warnungen sehr ernst nehmen werde. Falls es denn eine Zukunft für uns gibt."

Du weißt aber, dass man das Schicksal auch ändern kann, hörte Laura in dem Augenblick Samis Stimme in ihren Gedanken.

Sag du es ihnen, gab sie ebenso zurück. *Vielleicht hast du ja recht und wir können einigen Widrigkeiten besser begegnen, wenn wir alle unsere mentalen Fähigkeiten bündeln.*

Sami räusperte sich. „Wir werden etwa nach zwei Dritteln der Strecke damit zu kämpfen haben, dass die dünner werdenden Schollen zu brechen beginnen, sich übereinander schieben und sich Wasserlachen auf dem tiefer liegenden Eis bilden. Uns fehlt die Zeit, um diese Areale zu umgehen. Am Ziel werden wir eine Grotte finden, die uns vor dem eisigen Wind schützen wird.

Irgendwo im Umkreis müsste es ein paar Baumstämme geben, denn im Sommer ist die Insel eisfrei und teilweise grün. Vielleicht schaffen wir es ja, ein Feuer zu machen, damit wir uns nicht zu Tode erkälten, falls wir nicht vorher ertrinken."

Leon war sich in diesem Moment ganz sicher, dass Sami nur an dem Ausflug teilgenommen hatte, um Laura beschützen zu können, und diese wiederum, weil sie ihren Bruder nicht im Stich lassen wollte. Sie wusste, dass er notfalls mit Ihi allein auf Entdeckung gegangen wäre.

„Horus hat sicher schon einen Suchtrupp losgeschickt", mutmaßte Ihi.

„Ach ja?", rief Laura sarkastisch. „Dass du dich da mal nicht täuschst! Wir werden diese Suppe bis zum letzten Tropfen ganz allein auslöffeln. So sieht es aus, mein Lieber! Wer unbedingt eine böse Magie reizen muss, der muss auch zusehen, wie er seinen Hintern ohne fremde Hilfe aus der Gefahrenzone bekommt! Halt einfach die Klappe und laufe um dein Leben." Sie trabte tapfer weiter.

Sami lächelte innerlich, wobei er natürlich die Umgebung scharf im Auge behielt. Der blaue Schein eilte ihnen inzwischen voraus. Gar nicht gut, wie er fand. Das Eis würde also schon mitten im Schmelzprozess stehen. Dabei waren in der Ferne bereits deutlich die Konturen der Insel zu erkennen.

„Es wird glitschig", warnte Laura, die soeben den ersten dünnen Wasserfilm auf den Schollen bemerkte.

Noch vier Schritte, dann sackte sie mit einem Entsetzensschrei weg. Leon konnte gerade noch sehen, wie sie unter dem Eis verschwand, nachdem ihre Hand vom Rand abgeglitten war, wo sie sich noch festzuhalten versuchte. Sami war im Bruchteil einer Sekunde am Ort des Geschehens. Er konnte den dunklen Körper durch das Eis schimmern sehen.

„Macht, dass ihr weiterkommt! Das hier ist meine Aufgabe!" Er kniete am Rand des Loches im Eis und fischte blindlings, bis er eine von Lauras Händen zu fassen bekam.

Vorsichtig, um sie nicht zu verletzen, dirigierte er sie an den Rand des Loches, krallte seine zweite Hand am Rücken in den dünnen Stoff und hievte sie aus dem Wasser. Dann warf er sie sich über die Schulter und eilte, so schnell es die Wegverhältnisse zuließen, den anderen hinterher.

Stehenbleiben, um sich Laura zu widmen, war völlig unmöglich, denn das Eis riss und Sami hatte Mühe, nicht mitsamt der Geretteten auf Nimmerwiedersehen im Wasser zu verschwinden.

Laura begann das geschluckte Salzwasser auszuwürgen. Sami konnte darauf keine Rücksicht nehmen. Er rannte um beider Leben.

„Hier rüber!", hörte er Ihi rufen.

In etwa einhundert Metern tauchten die ersten felsigen Ausläufer der Insel auf. Sami änderte sofort die Richtung, um in die trügerische Sicherheit zu kommen, die Ihi und Leon soeben erreicht hatten. Knietiefe Pfützen machten es ihm nicht leicht, mit seiner Last auf der Schulter nicht ins Straucheln zu kommen.

Bevor die nächste Scholle unter ihm wegsackte, fassten helfende Hände nach Laura und zogen auch ihn aus dem Wasser.

„Das war knapp!", kommentierte Sami, völlig außer Atem. „Und hier ist es verdammt kalt", stellte er im gleichen Atemzug fest.

Leon drückte seine Hand. „Danke."

Sami nickte wortlos. Er beugte sich über Laura, deren Gesicht eine wachsartige Blässe angenommen hatte und der jämmerlich vor Kälte die Zähne klapperten.

„Suchen wir die Grotte, ehe sie erfriert", gebot er den anderen.

Lauras langes Haar erstarrte bereits zu einem unförmigen Eiszapfen. Sami nahm sie in die Arme und versuchte wenigstens den böigen Wind von ihr abzuhalten. Ihre, sich langsam blau färbenden, Lippen verhießen nichts Gutes. Leon schaute sich immer wieder suchend um, während Ihi, wie an einer Schnur gezogen, die Richtung beibehielt.

„Ich habe die Karte im Kopf", erklärte er kurz und kraxelte weiter. „Da! Gefunden!"

Ein paar Meter vor ihnen gähnte ein finsterer Schlund. Sami stürmte hinein und legte Laura ab. „Besorgt bitte Holz."

Die Männer machten sich sofort auf den Weg, während Sami leise auf Laura einsprach, die kaum noch reagierte. Sorgenvoll betrachtete er die junge Frau. Sie musste umgehend aus dieser völlig durchnässten Kleidung. Schnell fasste er einen Plan. Egal, was die anderen davon halten würden.

Er erklärte ihr, nicht wissend, ob sie ihn wirklich hören konnte, was er zu tun gedachte und begann, sie auszuziehen. Möglicherweise würde es ihm eine saftige Ohrfeige von ihr einbringen, aber er hatte keine Wahl. Seufzend versuchte er, die vielen schönen Dinge zu ignorieren, die unter dem letzten Stoff zum Vorschein kamen. Stattdessen begann, er ihren Körper warm zu reiben. Laura stockte ein paar Mal der Atem und Sami glaubte, sie hätte ihren letzten Seufzer getan.

„Verdammt! Und wenn sie mich für den letzten Ausbund halten, es geht nicht anders!", rief er, zog sich ebenfalls nackt aus, legte sich zu ihr und versuchte, sie mit seinem ganzen Körper zu wärmen. Wenige Sekunden später schien es ihm, als habe sich Laura bewegt. Kurz darauf war er ganz sicher. Ihre eisigen Hände, die er an seine Brust genommen hatte, gingen auf Wanderschaft, huschten über seinen Rücken und zogen ihn deutlich spürbar an sich.

Der plötzlich einsetzende Sturm der Gefühle heizte Sami auch körperlich ein, wobei Laura die Wärme nur zu gern annahm. Als er endlich wieder einen halbwegs klaren Gedanken fassen konnte, lag er zwischen ihren Schenkeln, ohne zu wissen, wie er dahin gekommen war und hörte ihre Stimme flüstern: „Worauf wartest du?"

Leon kehrte mit Ihi unverrichteter Dinge zur Grotte zurück. Bäume schien es überall, nur eben nicht in diesem Areal zu geben. Das mühsam unterdrückte Stöhnen aus dem Inneren ließ sie schneller laufen. Der vorn gehende Leon blieb abrupt stehen, bekam große Augen, drehte sich blitzartig um und schob Ihi wortlos in Richtung Ausgang zurück.

„Wie jetzt?", fragte der völlig verdattert. Er hatte gehofft, sich endlich ausruhen zu können.

Leon setzte sich mit dem Rücken an die Wand, deutete in das Halbdunkel und erklärte grinsend: „Die beiden brauchen jetzt ganz bestimmt nicht unsere Hilfe. Sie haben die wohl beste Methode entdeckt, um sich gegenseitig schön warm zu machen. Und sie genießen es, darauf würde ich glatt meinen Hintern verwetten."

Endlich dämmerte es auch Ihi, womit sich die beiden gerade beschäftigten.

„Ich Trottel hab es erst heute auf dem Flug zufällig gemerkt, dass Sami erheblich mehr als freundschaftliches Interesse an ihr hat. Er ist mir als Schwager jedenfalls höchst willkommen", schmunzelte Leon.

Kommt ruhig ran, hörten sie etwas später Samis telepathische Stimme.

Zögernd betraten sie den hinteren Teil der Höhle, welcher in einem violetten Licht erstrahlte. Das Pärchen lag noch immer nackt und fest umschlungen, hatte aber die verfänglichen Stellen mit Samis Kleidung notdürftig zugedeckt. Das Leuchten ging direkt von den beiden aus und bildete eine regelrechte Schutzglocke, in die nun auch Ihi und Leon staunend und mit hochroten Köpfen schlüpften.

Angenehme Wärme empfing sie.

Sami zuckte mit den Schultern. „An diesen Anblick müsst ihr euch gewöhnen oder draußen einsam vor euch hin frieren. Wenn wir uns trennen, verschwindet die Glocke."

„Außerdem bin ich viel zu müde, um nachzudenken, was ihr darüber denkt", erklärte Laura mit einem unübersehbar glücklichen Lächeln, kuschelte sich noch enger an Sami und schlief im selben Augenblick ein.

„Schlaf schön." Sami hauchte ihr einen Kuss auf die Stirn.

Leon rieb sich zufrieden die Hände. „Freut mich wahnsinnig für euch beide. Vater und Großvater werden sich ebenfalls ganz behaglich dabei fühlen."

Ihi schüttelte ungläubig den Kopf. Dieser Sami! Still, unergründlich und eroberte quasi im Vorbeigehen das Herz einer der begehrtesten jungen Frauen.

Sami strich Laura zärtlich übers Haar. „Dabei hatte ich die ernsthafte Befürchtung, sie würde mir die Augen auskratzen, als ich sie entkleidete, damit sie sich nicht erkältet", erzählte er leise. „Und plötzlich war alles anders. Ich liebe sie schon lange, ohne zu ahnen, dass sie meine Gefühle erwidern würde." Er hing ein paar Augenblicke seinen Gedanken nach.

Mit den Worten: „Trockne bitte für morgen ihre Kleidung", wandte er sich an den verblüfften Leon. „Ich werde jetzt mit Sobek Kontakt aufnehmen. Ich möchte nicht, dass er es von euch erfährt. Schau nicht so ungläubig! Mit solch einer Energie aus reiner Liebe haben damals deine Eltern im All einen ganzen Splitter in die Flucht geschlagen, da wird die Schutzglocke doch wohl halten, was ich mir von ihr verspreche."

Ihi reichte kommentarlos die nasse Wäsche zu Leon hinüber, während Sami die Augen schloss, um sich konzentrieren zu können.

Die Magier hatten das Verschwinden des Gleiters in der Tat nicht bemerkt. Horus, Imset, Sobek und Solon saßen mit ihren Frauen gemütlich im Garten, als Zaid zusammenzuckte. Mit weit aufgerissen Augen schaute sie starr hinüber zur Pyramide. Die anderen wechselten beunruhigte Blicke.

„Der Gleiter ist über dem Eismeer abgestürzt", hauchte Zaid und begann, hemmungslos zu weinen.

„Woher weißt du das?" Sobek war aufgesprungen.

„Die Quelle hat es mir erzählt. Sie hatten Kontakt mit der Caiphas-Magie."

„Verdammt!" Imset ballte die Fäuste. „Ich hätte sie von diesem Flug abhalten sollen!"

„Dann wären sie heimlich gegangen", warf Horus ein. „Immerhin sind sie am Leben, sonst hätte sich Anubis schon bei uns gemeldet."

„Auch wieder wahr." Zaid beruhigte sich etwas.

Sobek schaute zur Pyramide hinüber. „Zumindest haben sie es geschafft einen indirekten Hilferuf abzusetzen. Irgendwas sagt mir, dass sie nicht völlig hilflos sind. Immerhin haben sie einen Magier und einen Magieranwärter an ihrer Seite. Er wollte noch etwas hinzufügen, als er telepathisch von sehr weit her angesprochen wurde.

„Sami??? Ja, natürlich!", rief er verbal und telepathisch aus, ehe er sofort auf Hologrammübertragung für alle ging.

Völlig verblüfft schauten die Versammelten auf die ungewöhnliche Szene.

„Ich wollte, dass du es von mir persönlich erfährst", erklärte Solons Sohn, auf die nackt neben ihm schlummernde Laura deutend. „Ich würde mein Leben für sie geben."

„Das ist für uns alle auf den ersten Blick zu sehen, denn nur eine wirklich tiefe Liebe kann diese Magie erzeugen, die euch offensichtlich das Überleben sichert", entgegnete Sobek mit äußerster Zufriedenheit in der Stimme.

„Leon und Ihi geht es auch gut", fuhr Sami fort. „Ach, ich übertrage euch am besten alles, was geschehen ist." Er begann, ohne zu zögern, mit seinem telepathischen Bericht.

Sobek bedankte sich im Namen aller. „Ich schicke euch sofort Hilfe raus", versprach er noch, ehe die Verbindung erlosch. Mit einem zufriedenen Lächeln schaute er in die Runde. „Sie hat eine wirklich gute Wahl getroffen. Ich bin echt stolz auf unsere Kleine."

Imset nickte freudig. „Du sprichst mir aus der Seele. Was kann es Schöneres geben, als dass der Sohn meines Ziehvaters meine Enkelin zur Gefährtin bekommt?"

Solon war sprachlos. „Das ist nun schon der Zweite, der auf Freiersfüßen gewandelt ist, ohne dass ich es gemerkt habe."

„Und der von einer Seherin erwählt wurde", fügte Imset hinzu, Neri in die Arme ziehend.

„So gesehen, wäre es ja schon der Dritte", schmunzelte Solon. „Ach Leute, ich bin glücklich!"

„Damit das Glück perfekt wird, mache ich mich mit Imset und unseren Frauen sofort auf den Weg, um die vier da raus zu holen", erklärte Sobek. „Warum nur wir vier, muss ich euch sicher nicht erst erklären?"

„Viel Glück!", wünschte Horus. „Ihr kennt euch ja bestens aus."

„Stimmt! Sowohl mit der Technik, als auch damit, wie man dieser vermaledeiten Caiphas-Magie begegnen kann." Die Drakonat teleportierten sich mit den Frauen direkt in Horus großen Gleiter.

„Diese Nachricht muss gefeiert werden, wenn alle wieder da sind!", schwärmte Horus. „Der Sohn des Mannes, dem ich das Leben eines meiner Söhne verdanke, macht meine Urenkelin glücklich und sorgt dafür, dass einer meiner anderen Söhne und ein Urenkel unbeschadet eine teuflische Magie überstehen."

„Solltest du nicht schleunigst einen Replikator basteln?", fragte Darina lachend.

„Aber ja doch! Sobald das Fluggerät glücklich von der Rettungsmission zurück ist." Horus strahlte über das ganze Gesicht.

„Mit den beiden anderen werden wir wohl ins Gebet gehen müssen", schlug sie noch vor.

„Meinst du nicht, dass Leon seine Lektion von ganz allein gelernt hat?", warf Solon ein. „Ihi ist ein magischer Künstler und Träumer – nehmt es ihm nicht allzu übel", bat er.

Mira sagte nichts, lehnte an Solons Schulter und lächelte selig. Luna würde wahnsinnig stolz auf ihren Bruder sein, so viel stand felsenfest.

Ein neuer Magiermeister

Imset ließ den Gleiter im Normalflugmodus von der anderen Seite die Insel im Nordmeer ansteuern. Sobek spürte Zaids Hand in der seinen.

„Ja, sie haben genau da die Gewalt über den Gleiter verloren, wo deine Mutter verunglückte", bestätigte er ihre Befürchtungen. „Sieht ganz so aus, als hätten sie Spuren und Gründe suchen wollen."

„Und scheinbar auch etwas gefunden", ließ sich Imset vernehmen.

Neri wiegte eigentümlich den Kopf. „Für mich sieht es so aus, als wären sie gefunden worden."

„Ach, da ist ja das Eiland! Gehen wir direkt vor dem Eingang runter!" Imset gab das Landeprogramm frei. „Ihr beide geht rein. Ich bleibe mit Neri hier und halte euch den Rücken frei."

Sobek und Zaid griffen nach ihren warmen Jacken und ein paar Decken für die jungen Leute.

„Ich höre Geräusche", flüsterte Ihi im Inneren der Grotte.

Sami und Leon lauschten. Sie nahmen zwar nichts wahr, kannten aber das phänomenale Gehör des jüngsten Horus-Sohnes.

„Stimmt, es klingt, als würden sich Schritte nähern", gab Leon nach einigen Minuten flüsternd zurück. Beide stellten sich schützend vor Laura und Sami.

„Vater! Mutter!", rief er erfreut. „Schön, euch zu sehen!"

„Das glaube ich dir gerne!", schmunzelte Sobek, mit Zaid in die Glocke aus reiner Energie tretend.

„Laura und ich sind nicht ganz gesellschaftsfähig", murmelte Sami, mit einem leichten Anflug von Röte, ohne seine Liebste loszulassen.

Zaid reichte ihm eine Decke. „Halte die Verbindung, so lange es geht."

Sami weckte die Schlummernde vorsichtig. Ganz verschlafen blinzelte sie in die Runde, erkannte ihre Eltern, und barg erschreckt und sehr verlegen ihr Gesicht an Samis Brust. Zaid blinzelte ihr fröhlich zu und wiederholte noch einmal ihre Worte. Laura nickte, dann ließ sie sich von Sami auf die Arme nehmen.

Zaid legte ihnen noch die zweite Decke um. Ihi raffte die Kleidung der Liebenden auf, rollte das Bündel zusammen und folgte ihnen, bemüht, den Schutz der Glocke nicht zu verlassen. Den Schlussmann machte Sobek. Ohne Zwischenfälle erreichten sie den Gleiter, welcher abhob, sobald sich das Schott hermetisch geschlossen hatte. Sami hielt Laura auch in den nächsten Minuten noch auf seinem Schoß fest im Arm. Schließlich gab Imset Entwarnung.

„Wenn ihr wollt, die Zeit reicht zum Duschen." Neri deutete auf den Sanitärtrakt.

„Oh ja, bitte", hauchte Laura und Sami trug sie direkt hinüber.

Zaid legte ihnen frische Wäsche bereit. Als sie zurückkam, schmunzelte sie. „Siamesische Zwillinge."

Sobek grinste. „Ich wäre auch nahtlos zum Rückenwaschen übergegangen."

„Kann ich bestätigen", kicherte Zaid fröhlich. Dann wandte sie sich den beiden jungen Männern zu, die mit hängenden Köpfen am Tisch saßen. „Nun?"

„Wäre Sami nicht gewesen, dann hätte es eine richtige Katastrophe gegeben", antwortete Leon kleinlaut. „Er hat uns allen den Hintern gerettet. Na ja, ihr habt es ja in seinem Hologramm gesehen. Ich bin so ein Idiot! Am schlimmsten ist, dass ich die große Kobra enttäuscht habe."

Zaid schüttelte missbilligend den Kopf. „Sie hat mir übrigens ausgerichtet, dass ihr abgestürzt seid."

„Tatsächlich?!" Leon hob überrascht den Kopf. „Ich werde zu ihr gehen und um Vergebung bitten."

„Tu das!", bekräftigte ihn Sobek.

Hand in Hand tauchten die Frischverliebten auf, sich nicht einmal loslassend, als sie am Tisch Platz nahmen.

„Was wollt ihr? Er ist der Mann, der mir in den letzten Stunden zwei Mal direkt das Leben gerettet hat", erklärte Laura verschmitzt lachend. „Ich gebe ihn nicht mehr her."

„Musst du auch nicht", blinzelte Sobek. „Solon freut sich schon unbändig, dich bei sich zu haben, bis ihr ein eigenes Nest baut."

Leon lächelte melancholisch. „Schwesterchen, du wirst mir fehlen."

„Nun hat er nämlich keinen mehr, der seinen Unfug verschleiert", hakte Sobek ein, worauf alle in herzhaftes Gelächter ausbrachen.

„Bereit zur Landung", meldete der Autopilot.

„Endlich!", seufzte Laura aus tiefster Seele. „Mein Bedarf an Abenteuern ist für die nächsten drei Tage gründlich gedeckt."

„Wirklich?", schmunzelte Sami.

Laura kicherte amüsiert. Imset, Sobek, Neri und Zaid warfen sich belustigte Blicke zu.

„Ah! Schön! Die Drakon sind da!", freute sich Ihi.

Drakos eskortierte den Gleiter, während Siri und Chima am Rande des Landeplatzes hockten. Als sich die Luke öffnete, schlüpfte Horus an ihnen vorbei, um im Labor zu verschwinden. Verblüfft schauten ihm alle nach.

Schließlich war es wieder Sami, der zuerst den Grund erriet und sofort verkündete. „Ich glaube, er konfiguriert gerade einen Replikator, immerhin stecken in Laura Tarronn-Gene."

„Volle Punktzahl!", riefen die Drakonat synchron.

Imset klopfte Sami auf die Schulter. „Wir drei", er deutete auf Sobek, „sollten uns morgen mal ganz allein unterhalten."

„Jederzeit!", freute sich Sami. Er ahnte, worum es dabei gehen würde.

Laura schreckte zusammen. „Aber bitte in einem Stück lassen!"

Sami lachte. „Keine Sorge, Maris flickt mich wieder zusammen."

„Wir lassen ihn, damit das besser geht, sogar in großen Stücken", witzelte Imset und blinzelte ihr zu.

Inzwischen hatten sie die Rampe verlassen und wurden von den Magiern, ihren Familien und den Drakon in Empfang genommen. Ihi und Leon hielten sich lieber im Hintergrund, hatten sie sich doch am wenigstens mit Ruhm bekleckert. Horus trat auf Sami zu, legte ihm beide Hände auf die Schultern.

„Melde Totalverlust an dem geliehenen Gleiter", sagte der leise, wobei er Horus fest in die Augen schaute.

„Wenn ich mich nicht irre, dann warst du nicht der Befehlshaber, sondern nur der Pilot", entgegnete Horus. Er zog Sami in die Arme. „Ich werde den Verlust verschmerzen. Herzlich willkommen als direktes Familienmitglied. Das ist, was für mich heute zählt." Er fasste in die Falten seines Gewandes, nahm ein Etui heraus und hängte dem überglücklichen Sami einen Replikator um.

Unter dem Applaus der anderen betrachtete Laura erfreut das hilfreiche Gerät. Das Zentrum der kleinen silbernen Platte zeigte die drei Drakon, umrankt von Olivenzweigen.

„Ah! Nun kann jeder sofort sehen, dass du ein Mitglied der Drachenfamilie bist", hörte Sami Drakos neben sich sagen. „Meinen Glückwunsch und herzlich willkommen!"

Der junge Atlan kraulte den großen Drachen dankbar zwischen den Hörnern. „Ich hoffe, dass ich mich wirklich würdig erweisen kann."

Siri stupste ihn mit der Nase an. „Daran besteht, so glaube ich, gar kein Zweifel. Hast du nicht zweimal mit eigenen Händen ein Familienmitglied der Drachenclans gerettet?"

Laura nickte mit leuchtenden Augen, sich fest an Samis Brust schmiegend. „Ich dachte wirklich, ich müsste bei Anubis Asyl suchen. Ein scheußliches Gefühl!" Dann gähnte sie herzhaft. „Ich bin furchtbar müde. Es war ziemlich viel Aufregung in den letzten Stunden."

Solon legte ihr einen Arm um die Schulter. „Komm, ich bringe dich nach Hause. Sami schafft den Weg auch allein."

Einen Lidschlag später fand sich Laura in Solons Haus wieder, wo sich soeben auch Sami materialisierte.

Mira reichte Laura ein neues Nachthemd aus der Schneiderwerkstatt. „Schlaft gut, ihr beiden."

„Danke, ihr auch." Sami trug seine große Liebe in sein Zimmer.

Lauras Kopf hatte gerade das Kissen berührt, als sie auch schon fest eingeschlafen war. Mit einem milden Lächeln legte sich Sami an ihre Seite und zog die Decke über das Bett. Ein Wunder, dass sie die Ängste, die sie erlebt, so gut überstanden hatte.

Er hoffte, dass sie von jeglichen Nachwirkungen verschont bleiben werde. Schützend umfing er ihren Körper und glitt schnell in einen wundervollen Traum hinein.

Sami kam mit wenig Schlaf zurecht und für ihn begann der Tag damit, die Nähe zu Laura zu genießen, ihren ruhigen Atemzügen zu lauschen und sich auf brandheiße Stunden mit ihr zu freuen.

„Schon wach?", hörte er Sobeks Stimme in seinem Kopf.

„Und topfit", gab er schmunzelnd als Antwort zurück.

„In fünf Minuten im Drachenland", sagte Sobek noch und beendete die Verbindung.

Sami wand sich vorsichtig aus Lauras Armen, spülte die letzten Spuren der Nacht aus seinem Gesicht, um sich, mit dem Kampfschurz bekleidet, zum Krater der Magier zu teleportieren. Zeitgleich mit den beiden Drakonat kam er an.

„Guten Morgen!", wünschten die beiden synchron. „Bist du bereit?"

Sami erwiderte den Gruß. „Bereit", fügte er hinzu und betrat den Boden des Kraters, um den Kampf anzunehmen.

Allerdings hatte er nicht damit gerechnet, dass er beiden verwandelten Drakonat gegenüberstehen werde. Er wusste, dass er kaum eine Chance haben würde, seitdem die beiden einzeln gleichzeitig gegen beide ausgewachsene Drakon antraten.

Nichts desto Trotz griff er unvermittelt an, um sich wenigstens den Vorteil der Überraschung zu verschaffen, was ihm auch tatsächlich gelang. Dann suchte er sein Heil in blitzschnellen Ausweichmanövern zu finden, indem er sich aus der Schusslinie teleportierte. Irgendwie gelang es ihm sogar, hin und wieder dabei seine Aura zu löschen.

Die Treffer, welche er permanent einsteckte und die ihm große Teile seiner Haut verbrannten, raubten ihm viel Energie und irgendwann fehlte ganz einfach die Kraft zur Teleportation.

Ein gleißender Feuerball tauchte vor ihm auf und Sami war sich im Klaren, dass das nicht gut gehen konnte. Er baute mit allerletzter Kraft einen Abwehrschild auf, der sicher nicht viel nutzen würde. Aber besser so, als sich kampflos in sein Schicksal zu fügen.

Zur Explosion kam es nicht mehr. Sobek materialisierte sich unvermittelt vor Sami, um die Energiekugel mit seiner gepanzerten Brust aufzunehmen. Dann legte er sofort seinen Drachenpanzer ab, genau wie Imset. Gemeinsam heilten sie die furchtbaren Brandwunden, die sie während des Kampfes ihrem *Opfer* zugefügt hatten. Sami schaffte es rasch, seine Selbstheilungskräfte zu aktivieren und die Drakonat wechselten zufriedene Blicke.

„Nicht übel", sagte Sobek.

„Ab Morgen mit den *Großen*", legte Imset fest, bevor beide verschwanden und einen völlig perplexen Sami zurückließen.

Erstaunt kopfschüttelnd teleportierte der sich schließlich nach Hause. Als er sich neben dem Brunnen materialisierte, saßen Solon und die beiden Frauen am gedeckten Frühstückstisch und warteten auf ihn.

„Ach du lieber Himmel!", rief Mira bei seinem Anblick. „Was ist denn mit dir passiert? Von deinem Schurz ist ja kaum noch was übrig!"

Sami wusch sich rasch und streifte ein frisches Faltengewand über.

„Ich habe mich zu einer kleinen Prügelei hinreißen lassen und gründlich den Kürzeren gezogen."

„Kleine Prügelei", wiederholte Mira tonlos.

Laura schaute Sami fragend an und Solon bat: „Darf ich es sehen?"

„Ungern, so dumm, wie ich mich angestellt habe. Aber vielleicht kannst du mir ein paar Tipps für ähnliche Situationen geben." Er erzeugte seine Gedanken als Hologramm.

Laura zuckte zusammen und die beiden anderen gaben einen Überraschungslaut von sich, als sie sahen, gegen wen Sami angetreten war. Mira schlug die Hände vor das Gesicht. Solon beobachtete stolz, aber nicht minder kritisch den Kampf.

„Dafür kann dir keiner einen Rat geben", gab er schließlich unumwunden zu. „Du bist der erste Magier, der allein gegen beide, anzutreten den Mut hatte, und sich dabei verdammt gut gehalten hat."

„Wieso Magier?", fragte Sami. „Ich bin doch nur Anwärter und noch dazu einer der Letzten, in dieser Gruppe."

„Du irrst dich. Das war heute deine Prüfung zum Magiermeister und dass du sie bestanden hast, zeigt, dass du ab morgen bei uns mitmischen wirst", erklärte Solon mit stolz geschwellter Brust.

Laura nickte zu diesen Worten. „Du hast den Mut und die innere Stärke eines Drakon, Sami, Mann vom Drachen-Clan." Sie deutete auf seinen Replikator.

Er hauchte ihr einen zärtlichen Kuss auf die Stirn. Laura blinzelte und schenkte für alle Kräutertee ein. Mira holte die knusperfrischen Brötchen aus dem Backofen, welche Solon wahrhaft meisterhaft kreierte.

„Was werdet ihr heute tun?", fragte sie die jungen Leute.

Ein kurzer Blickkontakt, dann entgegnete Sami: „Wir werden mit den Horus-Männern sprechen. Wir würden gern verstehen, warum uns die Magie des Splitters erwischt hat. Leon hatte zu diesem Zeitpunkt definitiv noch nicht seine Kräfte aktiviert. Wir sind sozusagen aus heiterem Himmel abgeschossen worden."

„Aber ich hatte vorher die exakte Bezeichnung des Dinges gesagt", murmelte Laura, das Wort Caiphas-Splitter peinlich meidend.

„Das kann es nicht gewesen sein", tröstete Solon. Dann wandte er sich Sami zu. „Sag mal, warum bist du mitgeflogen? Ariel ist doch sonst immer mit Ihi und Leon unterwegs."

Sami nahm Lauras Hand. „Ihretwegen. Sie hatte mir von einer Vision über den Ausflug erzählt und dass sie Leon nicht ins Unglück laufen lassen wollte. Also habe ich Ariel ganz einfach den Rang dadurch abgelaufen, dass ich als Einziger einen Gleiter sicher fliegen kann. Ich hätte es nicht ertragen, wäre ihre Vision in allen Punkten wahr geworden."

„Ich bin sehr stolz auf dich", sagten Laura und Solon gleichzeitig, dann brachen sie in herzliches Gelächter aus.

Maris spähte um die Hausecke. „Hallo, guten Morgen! Ich habe gehört, Sami hätte sich mit zwei Drakonat herumgeprügelt."

„War nicht ganz zu vermeiden", witzelte der Genannte. „Aber das ist doch bestimmt nicht der Hauptgrund deines Kommens." Er rückte dem Heiler einen Stuhl zurecht.

„Dir kann man glücklicherweise nicht viel vormachen", seufzte Maris. „Ich möchte mich bei dir bedanken."

„Wofür?"

„Wegen Ariel. Nicht auszudenken, wenn er mitgeflogen wäre!"

„Hm", machte Sami. „Wäre eine tödliche Mischung gewesen: Ein Magier, dem die Kräfte nicht mehr gehorchten, ein Schöngeist, ein neugieriger Anwärter der Heilkunde und ein junge, völlig wehrlose Frau, die genau wusste, was passieren würde und die eben deshalb den drei Verrückten nicht von der Seite weichen wollte."

Maris drückte ihm dankbar die Hand. „Bist ein prima Kerl. Bin froh, dass ich dich vorhin nicht flicken musste." Sprach es und schon war sein Platz leer.

Solon amüsierte sich köstlich über Samis verdutztes Gesicht. Laura räumte mit Mira den Tisch ab, ehe sich die jungen Leute zu Zaid und Sobek aufmachten, um Lauras ganze Habe abzuholen.

„Schau an, die Auswanderin ist da!", rief Zaid lachend, Laura fest ans sich drückend, ehe sie Sami augenzwinkernd die Hände reichte.

„Wo steckt Leon?", fragte Laura erstaunt.

„Der ist, ganz brav zu Fuß und mit sehr gemischten Gefühlen, zur Quelle aufgebrochen", erwiderte Sobek. „Setzt euch. Wie geht es euch?"

„Wir sind glücklich", antwortete Laura für beide.

„Unübersehbar", freute sich Zaid. „Aber genau deshalb sind wir es auch", verriet sie mit leuchtenden Augen.

„Stell mitten ins Zimmer, was du mitnehmen möchtest", riet Sobek. „Ich helfe beim Transport."

„Ach, die zwei Taschen bekommt Sami auch allein weg", wiegelte Laura ab.

Sobek begann zu lachen. „Schön, da kommst du ganz nach deiner Mutter." Er erzählte zur Erheiterung der beiden jungen Leute die Geschichte aus Taris, als Zaid und Jani bei ihm und Maris eingezogen waren. „Aber du hast glücklicherweise noch mehr von ihr", worauf er von einer ganz heißen Liebe im Sand der ägyptischen Wüste berichtete, die die Außenbordkameras des Raumschiffes zufällig für die ganze Besatzung übertrugen.

Sami schaute Laura an, die daraufhin losprustete. „Ist ja herrlich! Und da haben wir beide uns einen Kopf wegen gestern gemacht!"

„Wenigstens weiß ich jetzt, warum wir von euch keine gestrengen Blicke bekommen haben", murmelte Sami.

„Das wäre, nach deinem telepathischen Bericht über die Vorkommnisse, auch völlig fehl am Platz gewesen", warf Sobek ein. „Du hast es ganz einfach auf Neris Art gemacht und die hat in Notfällen immer funktioniert."

„Neris Art?"

Sobek gab eine allumfassende Erklärung, wie seine Mutter Imset das Leben gerettet und auch als tobenden Drakonat besänftigt hatte. „In Laura stecken die Gene von einem, der als Drakonat geboren wurde. Dein Plan musste funktionieren, zeigt aber auch, dass du der einzige Richtige für sie bist, weil du instinktiv zur rechten Zeit das Rechte tust. Da fällt mir ein: Für wann hat euch Horus zu sich bestellt?"

„Elf Uhr sollen wir da sein."

„Dann wollen wir euch nicht weiter aufhalten. Wir sehen uns dort, spätestens aber heute Nachmittag auf dem Festplatz."

Laura führte Sami in ihr Zimmer, wo sie rasch ihr Eigentum zusammenpackte. Es passte wirklich in zwei große Taschen und den restlichen Kleinkram steckte sie in zwei zusätzliche Beutel.

„Fertig!"

„Okay." Sami fasste nach den Gepäckstücken. „Leg mir bitte deine Arme um den Nacken und halte dich gut fest", bat er.

Einen Wimpernschlag später materialisierten sie sich in seinem

Zimmer.

„Huch!", rief Laura und klammerte sich weiter fest. „Das war erst meine zweite Teleportation."

Sami stellte die Taschen ab, trug Laura zum Sessel. „Keine Sorge, das leichte Schwindelgefühl ist am Anfang völlig normal."

Zaid klopfte an Lauras Tür und trat ein. „Sobek! Sie sind weg! Er hat es tatsächlich geschafft!", rief sie hinaus.

„War mir vollkommen klar, nachdem, was ich heute früh von ihm gesehen habe. Er hat heimlich und mutterseelenallein verdammt hart trainiert."

Mira wollte noch ein paar Kleinigkeiten für Laura ins Zimmer bringen, als sie unvermittelt den beiden gegenüberstand. „Huch!"

Sami lachte. „Genau das habe ich von Laura auch gerade gehört."

„Magier sind eine feine Erfindung", schmunzelte diese.

„Das kannst du aber laut sagen", kicherte Mira. „Ich gehe dann weben. Kommst du mit?"

„Aber gern! Die Männer haben ja eh Dienstberatung. Ich packe nur noch schnell aus."

„Dahinein", sagte Sami, auf eine neue Truhe mit geschnitztem Deckel zeigend. „Die hat heute früh noch nicht hier gestanden!"

„Toll, die hat ja sogar Zwischenfächer und einen Sortierkasten!", staunte Laura. „Arko fällt doch immer wieder etwas Neues ein."

Rasch leerten sich Taschen und Beutel.

„Was ist das?", fragte Sami, als sie ein gut verschnürtes Bündel besonders vorsichtig in eines der Holzfächer legte.

„Ein Kristall, den ich von Osiris bekommen habe." Laura öffnete das Päckchen.

„Kannst du seine Kräfte steuern?", wollte Sami wissen.

Laura schaute ihn überrascht an. „Du meinst, wie die Magier und Neri?"

Nicken.

„Ich habe es noch nicht probiert", gab Laura kleinlaut zu.

„Sprich mit meinem Vater oder den Drakonat darüber. Niemand kennt sich besser mit den Kräften der Kristalle aus."

„Ich werde es beherzigen", seufzte Laura. „Es ist den atlanischen Seherinnen wohl vorbestimmt, von Selbstzweifeln geplagt zu werden."

Sami schaute sie nachdenklich an, dann strahlte er über das ganze Gesicht. „Nur so lange, bis sie den richtigen Gefährten an ihrer Seite haben, der ihnen die Entscheidungen etwas leichter macht."

„Treffer!", lachte Laura. Sie hauchte ihm einen zärtlichen Kuss auf die Lippen.

Die Strafe

Leon trat soeben in die Pyramide ein. Im Hintergrund pulsierte die Quelle in kräftigem blauem Licht und verbreitete einen fahlen Schein. Der junge Magier blieb vor dem Drachenaltar stehen, verneigte sich, ehe er sich dem Zylinder aus reiner Energie zuwandte, der auf seine Anwesenheit nicht zu reagieren schien.

„Ich grüße dich, Quelle der Magie. Ich bin gekommen, weil ich um Vergebung bitten möchte. Ich habe aus Übermut einen verhängnisvollen, beinahe tödlichen Fehler gemacht."

Die Umrisse der riesigen Kobra kristallisierten sich an den Wänden des Lichttunnels hervor. Sie fixierte Leon mit ihren senkrecht stehenden Pupillen. „Nun ja, wenigstens ist deine Reue echt und du hattest genug Ehre, dich bei dem Mann zu bedanken, der dafür gesorgt hat, dass ihr heil aus diesem wahnwitzigen Abenteuer zurückkehren konntet. Tritt in meinen Strom und erfahre, welche Strafe dich erwartet."

Leon nickte, legte sein Gewand ab, schlüpfte aus den Sandalen und trat in das Zentrum der Quelle. Sie trug ihn einige Meter empor, umspülte ihn mit ihrem Strom und ließ ihn wieder hinabsinken.

„Du wirst nur noch ein einziges Mal deine Kräfte nutzen können, wahrscheinlich, um gleich pünktlich bei Horus zu erscheinen und du wirst sie erst zurückbekommen, wenn ich dich für würdig befinde. Geh nun."

Leon verließ mit hängendem Kopf den Zylinder aus Licht, kleidete sich rasch an, verneigte sich vor der Quelle und verließ die Pyramide. Ein Blick zu Sonne sagte ihm, dass er wirklich nicht mehr viel Zeit hatte, um in die Siedlung zu kommen. Doch, statt, wie die große Kobra vermutet hatte, sich zu teleportieren, begann er zu Fuß ein Wettrennen gegen die Zeit. In buchstäblich letzter Sekunde hetzte er in Horus' Garten, mühsam nach Luft ringend.

Die Horus-Männer mussten nicht lange überlegen.

„Sieht ganz danach aus, als hätte sie dir die Kräfte genommen", mutmaßte Sobek.

Leon nickte. „Ein Mal noch, hat sie gesagt, darf ich sie nutzen, also hielt ich es für besser, hierher zu rennen, als das wertvolle Geschenk sinnlos zu vergeuden."

„Das spricht zumindest von Charakter", meinte Horus und begann mit dem Dienstlichen. „Ich habe nicht vor, in offenen Wunden zu bohren, hier geht es nur darum, herauszufinden, wie wir uns und diesen Planeten vor weiteren Attacken schützen können. Wir haben gestern das Geschehen aus Samis Perspektive gesehen. Könnt ihr beide noch etwas hinzufügen?"

Leon räusperte sich. „Nichts wirklich Sachdienliches. Wir hatten alle gerade den Blick auf den Monitor mit den Daten gerichtet, die Laura für uns herausgesucht hatte, als ich ein ganz widerliches Ziehen im Nacken spürte, wie damals, wenn Apophis und Seth in der Nähe waren, als sie noch frei herumliefen.

Ich habe mir aber in den letzten Stunden einige Gedanken dazu gemacht. Vielleicht liegt die Antwort ja in der Vergangenheit meiner Vorfahren, möglicherweise sogar mütterlicherseits. Vielleicht liegt da unten noch ein Krümel des Caiphas und vielleicht hat er nur darauf gewartet, dass ihm jemand nahe kommt, der diese Energie in sich trägt? Wir waren ja gleich zwei von dieser Sorte an Bord."

„Ein interessanter Gedanke, der gar nicht mal so abwegig ist", pflichtete Horus bei. „Deine Mutter setzt ganz immense Kräfte frei, und nicht erst seit dem Kontakt mit der Quelle. Möglicherweise trug schon Tabea eine Energie mit sich, die den Caiphas reizte.

Es weiß ja auch keiner, wer Zaids Vater ist, die man ihrer sterbenden Mutter aus dem Bauch schneiden musste. Für wen hatten die Urmütter grünes Licht gegeben? Wahrscheinlicher ist aber, dass er darüber selbst befinden konnte. Er wird der eigentliche Grund sein, warum Tabea und mit ihr Zaid sterben sollte."

Ein nach Flieder duftender Lufthauch zog durch den Garten, verdichtete sich zu einem violetten Wirbel und schließlich zu Isis. Sie grüßte lächelnd in die Runde, ehe sie sich zwischen Imset und Sobek setzte.

„Ich habe gelauscht", gab sie unumwunden bekannt. „Ihr habt euch nicht abgeschirmt und da fand ich es nicht verfänglich, dies zu tun."

Horus drohte ihr scherzhaft mit dem Finger. „Du bist aber eigentlich hier weil…?"

„…mich Jamal informierte, dass laut Scann ein Gleiter mit deiner Kennung aus unerfindlichen Gründen über dem Eismeer vom Monitor verschwand. Ich habe mir schlicht Sorgen gemacht und gerade eben Neri kontaktiert. Sie hat mir berichtet, was geschehen ist. Logisch, dass ich sofort hierher gekommen bin, um mehr zu erfahren, wobei ihr mich, mit eurer Sicht der Dinge sehr positiv erstaunt.

Es müsste, mit Res Hilfe, durchaus herauszufinden sein, wer Zaids Erzeuger ist. Vielleicht gibt er ja endlich seinem Herzen einen Stoß und bekennt sich zu seiner wundervollen Tochter." Sie drückte Imsets Hand, um anzudeuten, wie befreiend so etwas sein konnte. Hatte sie ihn doch als Säugling ebenfalls im Stich gelassen, wie auch Horus, seinen Vater.

„Weißt du mehr?", staunte Horus.

„Noch nicht. Aber meine Neugier ist ganz heftig angestachelt. Zaid ist eine jene Göttinnen, deren volle Kräfte nur in Erscheinung treten, wenn es richtig haarig wird. Interessiert mich wirklich brennend, welchem Clan sie entstammt." Isis erhob sich. „Macht es gut bis heute Nachmittag."

Fort war sie.

Horus zuckte mit den Schultern. „Na ja, dann beenden wir hier auch den dienstlichen Teil, da es ja jetzt schon in die familiäre Richtung geht. Wir warten ganz einfach ab, was sie herausfindet." Er streckte sich genüsslich. „So, nun eine kleine Information für Ihi und Leon. Sami hat heute früh die höchste Magierprüfung abgelegt, indem er gegen beide verwandelte Drakonat gleichzeitig und sehr erfolgreich angetreten ist."

Mehr brauchte er nicht zu erklären. Welche Kräfte das beinhaltete, war unter Eingeweihten ein offenes Geheimnis. Achtungsvoll gratulierten die beiden jungen Männer dem Hochgelobten.

„Wer war dein Trainingspartner?", wollte Sobek wissen.

Sami zuckte etwas hilflos mit den Schultern. „Ich bin ins Drachenland hinaus gewandert und habe nach den Anweisungen der alten Bücher probiert, bis die jeweilige Übung wirklich funktionierte. Nur für das Lauftraining habe ich mir Hilfe bei Cheiron geholt. Er ist ein fantastischer Lehrer. Er hat mir auch ein wenig über die Handhabung von Schlag- und einfachen Schusswaffen erzählt. Das Aktivieren der Selbstheilung hat mir mein Vater beigebracht."

„Morgen früh wirst du ein paar Geheimnisse mehr erfahren", versprach Imset. „Oder hast du eventuell schon heute Lust auf Neues?"

„Jederzeit. Man lernt schließlich nie aus."

Imset hielt ihm die Hand hin. „Ich zeige dir was."

„Weg sind sie", schmunzelte Sobek. „Ihr beide dürft jetzt auch verschwinden."

Ihi und Leon verabschiedeten sich.

„Was werden die beiden nun wohl tun?", sinnierte Horus, ihnen hinterherschauend.

„Hoffentlich das Richtige." Sobek teleportierte sich nach Hause.

Imsets Ziel war die Pyramide, vor der er sich nun mit Sami materialisierte. „Folge mir!"

Der junge Mann betrat an der Seite des Drakonat das imposante Bauwerk. Er erhielt eine äußerst interessante Lehrstunde zur Geschichte seines Volkes, bekam die Stelle gezeigt, wo Seth und Apophis für alle Zeiten eingemauert wurden, ehe er Imset in den gegenüberliegenden Teil des Monumentes folgen durfte.

Fasziniert betrachtete er das pulsierende Licht, als er angesprochen wurde.

„Schau an, ein neuer Magier kommt mich besuchen", hauchte es mit leichtem Nachhall. „Sei mir willkommen."

„Danke", flüsterte Sami, als hätte er Angst, die Stille des Tempels zu stören.

„Wie wäre es mit einem Bad in meinen Energien? Lass alles zurück und komm zu mir."

Sami entkleidete sich und folgte der Aufforderung. Das leichte Prickeln auf der Haut fühlte sich gut an. Als ihn der Strom der Magie empor trug, stellte sich ein euphorisches Gefühl ein. Das Einzige, woran er denken konnte, war Laura und wie es sich wohl anfühlen würde, mit ihr gemeinsam die Magie dieses Augenblicks zu spüren. Da sank er auch schon langsam auf den Boden zurück.

„Sie hat einen wahrhaft Würdigen erwählt", wisperte es an seinem Ohr und im pulsierenden Licht erschien für einen Moment die riesige Kobra. „Grüße deine Gefährtin von mir", bat sie zischend.

„Ich werde es nicht vergessen", versprach Sami, den Strom der Energie verlassend.

Gemeinsam mit Imset verbeugte er sich vor diesem Wesen, um den imposanten Bau gleich darauf zu verlassen. Imset schaute Sami von der Seite an.

„Sie ist unglaublich beeindruckend", schwärmte der junge Mann. „Noch viel grandioser, als ich sie mir in meinen kühnsten Träumen vorgestellt habe. Es ist mir durchaus bewusst, welch riesengroße Ehre mir soeben zuteilgeworden ist."

Imset nickte. „Ja, du hast recht, andere bekommen sie nicht einmal zu sehen, geschweige denn, dass sie in ihr baden dürften."

Ein dunkler Schatten huschte vorüber. „Ich habe mich heute früh also doch nicht geirrt! Wir haben einen neuen Magier!" Drakos ging mit rauschenden Schwingen vor ihnen nieder. Er beschnüffelte Sami ausgiebig. „Das ist sogar einer von der besonderen Sorte."

Sami kraulte ihn lachend zwischen den Hörnern. „Wenn du das auch sagst, dann muss ich es wohl wirklich langsam glauben."

„Habt ihr es eilig oder darf ich euch tragen?"

„Wir sind ja schon oben", witzelte Imset, Sami den Vortritt lassend. „Wo hast du deine beiden Mädels gelassen?"

„Siri übt mit Chima, große Fische zu transportieren. Das Beuteschlagen beherrscht sie ja sehr gut, sie muss nur lernen, die Fische, die für euch gedacht sind, nicht völlig zermatscht an Land zu bringen", schmunzelte Drakos. „Jungen Drakon geht es eben genau wie jungen Atlan – viel, viel Übung macht den Meister."

„Da sagst du goldene Worte", seufzte Sami. „Aber am Ende wird die viele Mühe meistens auch belohnt."

Drakos legte eine perfekte Punktlandung auf dem Weg vor Miras Webstube hin, um sich sofort wieder in die Lüfte zu erheben, kaum dass die Männer abgestiegen waren.

Sami betrat die Werkstatt.

Mit dem Jubelschrei: „Brüderchen!", warf sich Luna unter dem Gelächter der anderen Frauen in seine Arme.

Sami verdrehte lustig die Augen. „Erdrück mich nicht! Ich bin zart besaitet."

„Na klar! Das weiß seit heute ganz Atla." Sie schob ihn auf Laura zu. „Lass dich ein bisschen trösten."

„Gute Idee!" Er zog er seine Liebste an sich. Unter dem Beifall der Damen küsste er sie so innig, dass Mira und Zaid ganz warm um die Herzen wurde.

„Du hast in der Quelle gebadet", stellte Laura sofort fest.

„Stimmt. Ich soll dich von ihr grüßen."

„Oh! Danke!"

Nun umringten alle die beiden.

„Heh, heh, das durfte ja schon ewig kein Neuer mehr tun!" Mara klatschte begeistert in die Hände.

„Ich glaube, ich muss dringend weg", flüsterte Sami Laura ins Ohr, die daraufhin laut: „Wir gehen dann mal. Tschüss, bis später", sagte.

Er teleportierte sie umgehend in sein Zimmer. Stöhnend ließ er sich auf sein Bett fallen. „Du hast mich gerettet! Lieber zwei Ringkämpfe, statt wie ein Wundertier betrachtet zu werden!"

„Einen Ringkampf kannst du haben", kicherte Laura, sich auf ihn stürzend.

Sami hielt mit einem schnellen Griff ihre beiden Hände fest. „Alles ist erlaubt?"

„Hm, hm."

„Gut zu wissen…" Er wälzte sich, ohne sie loszulassen, herum, streifte ihr das Faltengewand ab, das seine ebenfalls, zog sie unter die Decke und ließ seine Lippen über ihre heiße Haut wandern. „Ergibst du dich?"

„Nein."

„Dann auf, zur nächsten Runde." Seine Fingerspitzen huschten über ihren Körper. Sie zog ihn lustvoll an sich.

„Und jetzt?"

„Niemals!"

„Endkampf", flüsterte ihr Sami ins Ohr. „Der Sieger bekommt alles."

„Erpresser! Du hast gewonnen", hauchte Laura, als sie sich ihm mit allen Sinnen hingab.

Aneinander gekuschelt genossen sie ausgiebig die Zweisamkeit.

Laura schaute nach dem Stand der Sonne. „Was machen wir bis zum Fest?"

„Den Platz für unser zukünftiges Häuschen suchen? Auf dem Hügel, gleich bei deinen Eltern, wäre nicht schlecht. Es fasziniert mich, dass man von da aus das Meer sehen kann."

Laura kicherte. „Stelle steht fest. Baubeginn morgen?"

„Liebend gern." Er hob sie aus dem Bett. „Aber nun sollten wir erst einmal beginnen, uns für das Fest anzuziehen."

„Hast schon wieder gewonnen."

„Die Siegprämie nehme ich mir heute Nacht ganz in Ruhe", erklärte Sami blinzelnd, mit beiden Händen ihre Hüftpartie hinab gleitend.

„Ihr seid ja doch da!", rief Solon überrascht, als die beiden aus dem Haus traten.

Laura nickte etwas irritiert, während Sami ein breites Grinsen aufsetzte.

Solon stutzte, dann begann er schallend zu lachen. „Alles klar. Da hätte ich auch ein energetisches Nichts erzeugt. Muss mich erst daran gewöhnen, dass du deinem großen Bruder so wahnsinnig ähnlich bist. Bis heute früh wusste ich ja nicht einmal, dass du überhaupt mit Energien arbeitest. Er hatte mich damals genau so überrumpelt – mit seinem Können und mit seiner großen Liebe." Er wiegte bei den Erinnerungen an Rami leicht den Kopf.

Laura half Mira, verschiedene Salate in einen riesengroßen Korb zu stellen, in dem auch verschiedenes Gebäck seinen Platz gefunden hatte.

Sami teleportierte ihn schließlich auf den Festplatz, um sofort wieder zu erscheinen. „Chima bewacht ihn, um die Hunde fernzuhalten", berichtete er. „Ich habe übrigens noch Ehrenschulden bei ihr. Darf ich ihr eines der Honigbrote geben?"

„Aber natürlich!", versicherte Solon. „Was hat sie denn für dich getan?"

„Mir, wie versprochen, die Ankunft des Gleiters für den Ausflug gemeldet", entgegnete Sami. „Sonst wäre er ohne mich abgeflogen."

„Dafür hat sie aber mehr, als nur ein Honigbrot verdient! Meinst du nicht auch?" Laura schaute Solon bittend an.

Wortlos packte der Magier verschiedenes Gebäck in einen Extrakorb. „Gib ihr das!"

Sami und Laura nickten erfreut. Das war eine durchaus angemessene Bezahlung für den Jungdrachen, die sich dieser redlich verdient hatte. Als die vier auf dem Festplatz ankamen, hatte Chima das Hundeproblem auf ihre Weise gelöst, den vollen Korb auf die Gabel eines dicken Astes gestellt und sich amüsiert, was die kleinen Racker alles völlig erfolglos versuchten, um da hinauf zu kommen. Nala war sogar auf Chimas Rücken geklettert, gesprungen und in der Schwinge des Drachens gelandet, die dieser plötzlich vor den Baum gehalten hatte.

„Erfinderisch sind sie!", kicherte sie, als sie den Atlan davon berichtete.

„Du aber auch", schmunzelte Sami. „Jetzt möchte ich aber erst einmal mein Versprechen einlösen und dir für deine große Hilfe danken, die mir geholfen hat, Leben zu retten." Er stellte ihr den Brotkorb vor die Nase.

Chimas Augen funkelten vor Freude. „Alles für mich?"

„Hm, hm."

„Schnell in Sicherheit bringen", murmelte Chima mit Blick auf die vier bettelnden Hunde. „Ihr könnt die Krümel haben!" Sie hängte den kleinen Korb in genau jenen Baum, den die Vierbeiner nicht erklimmen konnten. Die Atlan lachten herzlich.

Solon, der älteste Magier, eröffnete kurz darauf die Feier.

„Der Grund unseres heutigen Festes dürfte sich inzwischen herumgesprochen haben", rief er, in die Runde blickend. „Deshalb hat nun Imset das Wort."

Der Drakonat erhob sich. „Für die, die es noch nicht gehört haben sollten: Sami, der Sohn Solons, hat heute früh die Prüfung zum Magiermeister abgelegt. Er hatte den Mut und die Fähigkeiten, sich gegen zwei Drakonat gleichzeitig zu wehren und das mit erstaunlichem Erfolg. Wir haben also seit heute nicht nur einen neuen Magier, sondern auch einen hervorragenden neuen Kämpfer." Imset winkte den Hochgelobten zu sich heran. Beifall brandete auf.

„Ach, noch etwas! Er ist der Gefährte meiner Enkelin Laura."

Erstaunte und erfreute Ausrufe aus dem Publikum. Der Replikator auf Samis Brust ließ keine Fragen offen.

Imset blinzelte fröhlich in die Runde. „Enttarnt haben wir den Geheimniskrämer aber nur dadurch, weil er drei anderen Atlan das Leben gerettet hat. Sonst würde er wohl auch weiterhin still und heimlich trainieren. Er ist, zusammen mit Laura, in der Lage, der Caiphas-Magie zu trotzen."

Die Atlan sprangen auf und spendeten stehende Ovationen.

„Kleiner Schaukampf gefällig?", hörte Sami Imsets telepathische Stimme.

„Sofort, ich hole nur schnell meinen Schurz."

Vor den Augen der überraschten Atlan verschwand Sami spurlos, um im nächsten Moment wieder vor ihnen zu stehen. Ein kurzer Blickkontakt, dann legten beide Männer ihre Faltengewänder ab. Ein Raunen ging durch die Menge.

„Keine Sorge, die Magier bilden einen Schutzschild, damit euch die

Querschläger nicht verletzen", versprach Imset.

Wenige Momente später tobte der Kampf – Sami gegen zwei Drakonat. Chima drückte Sami die Daumen ihrer schuppigen Klauen. Unter dem entsetzten Kreischen der Frauen steckte der junge Magier mehrere Treffer ein, die ihm verkohlte Spuren über den Rücken zogen. Nun wehrte er sich noch verbissener. Ihm gelang es sogar, einen Energieball Sobeks zurückzuschießen, den dieser zwar komplett in sich aufsaugte, aber immerhin...

Als Imset den Kampf beendete, wurde erst richtig das Ausmaß sichtbar. Ein einfacher Atlan hätte schon längst Asyl bei Anubis bekommen. Die beiden Drachenkämpfer nahmen sich sofort Samis an, der bereits begonnen hatte, seine Selbstheilungskräfte zu aktivieren. Fünf Minuten später deuteten nur noch die verkohlten Schurze auf einen erbitterten Kampf hin. Erst jetzt gewahrten die Versammelten auch Isis und Osiris, die mitten unter ihnen dem Kampf beigewohnt hatten.

Beide trugen ein behagliches Lächeln zur Schau.

„Die Familienbande werden immer enger", freute sich Osiris, Solon auf die Schulter klopfend, während Imset endgültig die Feier eröffnete.

„Ob Laura und Sami glücklich sind, brauche ich nicht zu fragen", schmunzelte Isis.

Laura reichte ihrem Gefährten soeben sein Festtagsgewand, wobei sie zärtlich die Fingerspitzen über seinen Arm gleiten ließ und dafür ein liebevolles Lächeln bekam. Neu eingekleidet bat Sami bei den Magiern um Gehör.

„Ich konnte gestern nur Schlimmeres verhindern, weil wir einen Jungdrachen haben, auf den voller Verlass ist. Ich möchte, dass alle wissen, dass Chima auf dem besten Weg ist, eine großartige Wächterin zu werden. Danke." Er kraulte das verlegene Weibchen zwischen den Hörnern.

Drakos und Siri schauten ihn erstaunt an. „Davon hat sie uns gar nichts gesagt!"

Sami winkte lachend ab. „Ich hab auch keinem erzählt, dass ich wie ein Wilder trainiere. Lass dir dein Brot gut schmecken", wünschte er blinzelnd Chima.

„Jetzt kapiere ich auch die Sache mit dem Baum", murmelte Drakos, mit Blick auf den Korb, den seine Tochter offensichtlich bewachte.

Chima nickte. „Ein Brot muss ich zerkrümeln. Ich habe es den Hunden versprochen und Versprechen muss man halten." Sie zog vorsichtig ein Stück hervor, um es sofort zu erfüllen. Die vier Hunde waren augenblicklich zur Stelle und leckten auch noch den allerletzten Krümel auf.

„Es sind für jeden von uns noch zwei Brote drin", sagte sie zu Siri und Drakos.

„Unsere Kleine", seufzte Drakos. „Wir sind sehr stolz auf dich."

„Wo steckt eigentlich Leon?", fragte Osiris plötzlich.

Keinem war aufgefallen, dass sein Platz leer geblieben war.

„Da hinten." Chima deutete auf einen der Tische ganz am Rand. „Er sieht sehr, sehr traurig aus."

„Kein Wunder, er trägt eine schwere Last", entgegnete Sobek. Er sprach seinen Sohn telepathisch an.

Ich habe nicht das Recht an eurem Tisch zu sitzen. Erst, wenn ich mich von meiner Schuld rein gewaschen habe, dann steht es mir wieder zu, kam sofort die Antwort.

„Lass ihn", bat Isis. „Ich kann ihm besser nachfühlen, als jeder andere hier. Es dauert seine Zeit, ehe man bereit ist, Hilfe anzunehmen."

Imset lächelte melancholisch. „Dabei ist Sobek bestens darin bewandert, wie man Dickschädel anpacken muss. Ich werde ihm ewig dankbar sein."

Magische Monde

Horus nickte kaum merklich. Er fasste nach seinem Trinkbecher. Im goldfarbenen Honigwein spiegelten sich die fünf Monde. Morgen war wieder eine jener magischen Nächte, wenn alle als Vollmonde am Himmel stehen würden. Darina sehnte, wie viele andere auf Tarronn, diesen Moment herbei – wenn die Magie der Quelle die magischen Fünf geheimnisvoll verstärkte und geheime Wünsche erfüllte.

Hast du die Drakon schon gefragt?

Horus schaute Darina überrascht an. Inzwischen telepathierte sie mit unbewegter Miene, als hätte sie nie andere Unterhaltung geführt.

Ich werde es sofort tun, versprach er auf gleichem Weg, worauf er sich auch schon an Drakos wandte.

Geht klar, hörten beide seine Stimme in ihren Gedanken.

Isis war trotzdem aufmerksam geworden. Sie hoffte sehr, dass Neris Wunsch für Horus und Darina endlich seine Erfüllung finden möge. Nun schaute sie Darina nachdenklich an. „Entschuldige, wenn ich vielleicht alte Wunden aufreiße, aber hat Tabea wirklich nie über Zaids Vater gesprochen?"

„Nicht, dass ich wüsste", überlegte Darina. „Ich habe auch schon oft darüber nachgegrübelt, weshalb ausgerechnet eine Hochschwangere einen Auftrag in diesem magisch verseuchten Sektor ausführen musste. Sicher ist nur, dass sie sich stets regelrecht darum gerissen hat."

„Dann war sie also öfter dort. Interessiert mich brennend", murmelte Isis. „Tabea war doch Botanikerin, Spezialgebiet Landpflanzen. Was hat sie zum Ozean gezogen?"

Darina riss plötzlich die Augen auf. „Du, da fällt mir was ganz anderes ein! Sie beschäftigte sich in ihrer Freizeit sehr intensiv mit all unseren Göttern, die Vogelformen annehmen können, wobei sie die falkengestaltigen eindeutig favorisierte."

„Wie???" Horus setzte mit einem Ruck seinen Weinbecher ab.

„Ist kein Witz", erklärte seine Gefährtin, liebevoll seine Hand drückend.

„Ich bin aber völlig unschuldig", beteuerte Horus schnell. „Ich habe mich stets zu den Früchten bekannt, die von meinem Baum gefallen sind."

Imset lächelte. „Das wissen wir und rechnen es dir immer wieder sehr hoch an."

Isis saß wie erstarrt.

„Was hast du?", fragten mehrere gleichzeitig.

„Eine ganz vage Vermutung, die ich unbedingt überprüfen muss", flüsterte sie, mehr zu sich selbst, als zu den anderen. „Es müsste sich doch rekonstruieren lassen, wer wann was in diesem Gebiet offiziell zu tun hatte. Wenn ich Magie, Caiphas, Nordmeer und Falkengötter in Verbindung bringe, dann geht mir schon ein Lichtchen auf, auch wenn es nicht gerade ein ganzer Kronleuchter ist." Sie schaute die gebürtigen Tarronn an. „Welcher männliche Tarronn ist dafür bekannt, dass er vogelgestaltig dargestellt wird?"

„Horus", sagte Osiris, „Aber der fällt, seinen eigenen Worten zufolge, schon mal weg."

„Ra-El, Ur-Lel, Ga-Rel, Mi-Kel, Re, Sopdu, Thot", warf jeder einen Namen ein.

„Month", ergänzte Kebechsenef.

„Kebechsenef", schmunzelte Imset, den Namen seines Bruders nennend.

Der hob die Hände. „Ich komme auch nicht infrage."

„Harachte, Aton", fügte Isis hinzu.

„Na toll!", rief Zaid kichernd. „Ziemlich illustre Gesellschaft."

Neri fiel in das Gelächter ein. „Also: Zwei beteuern, dass sie es nicht waren. Bleiben noch genügend andere übrig, denen es durchaus zuzutrauen wäre."

Isis zog die Augenbrauen zusammen. „Ich weiß nicht, aber mir erscheinen Sopdu und Month verdächtig."

Zaid hob zweifelnd den Kopf. „Sopdu? Kann ich mir schlecht vorstellen. Wäre ich wirklich seine Tochter, dann hätte er anders auf die Sache mit Loki reagiert."

„Ach ja, ich vergaß", seufzte Isis.

„Dann haben wir Month als Hauptverdächtigen", stellte Darina nachdenklich fest.

Imset spitzte die Lippen. „Was wissen wir über ihn? Dass er ein Sohn Res ist."

„Tatsächlich?" Neri schaute überrascht auf.

Isis bestätigte es mit einem Nicken. „Du hast ja keine Ahnung, wie viele Halbgeschwister wir beide noch haben!"

„Vielleicht war es Re selber?", mutmaßte Sobek.

„Auch nicht ausgeschlossen", bestärkte ihn Osiris.

„Auf alle Fälle haben wir erst mal drei Kandidaten die wir mit Sicherheit ausschließen können", resümierte Darina. „Fünf, die nicht als Falke auftreten, zwei, die öffentlich kaum in Erscheinung treten und einen, der sehr verdächtig ist. Re zu befragen, dürfte nichts das Problem sein. Oder?" Sie schaute dessen beide Töchter, Isis und Neri, neugierig an.

Neri wiegte den Kopf. „Ich schließe ihn aus. Er war nun schon zwei Mal bei uns. Nie hat er sich auffallend nach Zaid und den Kindern erkundigt, die ja dann seine Enkel wären."

„Das lasse ich als Argumente gelten", seufzte Darina. „Bleiben unter dem Strich Harachte, Aton und Month."

Kebechsenef dachte angestrengt nach. „Für mich gibt es nur einen, Month, die beiden anderen sind zu jung. Sie können es gar nicht gewesen sein!"

Horus begann herzhaft zu lachen. „So schnell wird man zum Vater gemacht! Wer weiß, wer wirklich der Glückliche war!"

Zaid stimmte ein. „Wenigstens weiß ich jetzt, wer es definitiv nicht gewesen sein kann. Auch nicht übel. Und ganz sicher ist, wer der Vater meiner Kinder ist." Sie kuschelte sich in Sobeks Arme und blinzelte Darina zu. „Irgendjemand muss ja auch mein Großvater gewesen sein, wenn ich Windbestäubung definitiv ausschließe."

Darina schlug die Hände vors Gesicht und schaute durch die gespreizten Finger. „War ja klar, dass das jetzt kommen musste."

„Hat sie es dir verraten?", fragte Zaid Horus.

Der schüttelte ganz langsam den Kopf. „Ich habe auch nie danach gefragt. Auf Tarronn hat das selten jemanden interessiert, da ja die Töchter bei den Müttern und die Söhne bei den Vätern aufwuchsen. Die Ahnenforschung ist erst durch die Atlan wirklich interessant geworden. Vorher gab es hier kaum etwas, das man Familienleben nennen konnte."

„Also haben wir sogar zwei große Unbekannte, deretwegen man versucht haben könnte, deine Mutter und dich umzubringen", konstatierte Imset.

Darina knetete nervös ihre Hände.

„Du musst es nicht verraten", tröstete Horus.

Sie seufzte. „Irgendwann kommt es doch sowieso raus, so intensiv, wie jetzt alle nach Zaids Vater suchen. Sie braucht sich ihres Großvaters, Upuaut, wahrlich nicht zu schämen."

Überraschtes Schweigen.

„Der Kriegsgott?", hauchte Zaid.

Darina nickte.

„Month ist übrigens auch ein Kriegsgott", rutschte es Kebechsenef heraus. „Die beiden haben mit einigen anderen und den sterblichen Drakon im Nordmeer die Splitter eingesammelt und anschließend vernichtet."

Imset zupfte sich am Ohr. „Month war einige Jahrtausende Befehlshaber in diesem Gebiet, wenn ich das noch recht in Erinnerung habe. Wenigstens habe ich das in den alten Chroniken gelesen. Vor, etwas über, dreitausend Jahren gab er plötzlich den Posten ersatzlos auf."

„Als Tabea tödlich verunglückte", hauchte Darina erbleichend. „Der Zeitraum passt."

Zaid schloss die Augen. „Wo ist er jetzt?"

„Keine Ahnung. Wir haben seitdem nichts mehr von ihm gehört. Vielleicht ist er ja in seinem Kummer auf die Erde geflüchtet, wie so viele andere." Horus dachte wirklich angestrengt nach.

„Ich werde also in dieser Richtung Nachforschungen anstellen", versprach Isis. „Wäre doch zu komisch, wenn Re nicht wüsste, wo einer seiner Söhne abgeblieben ist."

Zaid schaute Neri Hilfe suchend an.

„Ist mir auch schleierhaft, warum er sich dann nicht für dich interessiert. Möglich, dass er nicht einmal weiß, dass Month eine Tochter hat."

„Der Allsehende???"

Imset winkte ab. „Das halte ich schon lange für einen Mythos."

Osiris schmunzelte. „Wenn ein Drakonat das sagt, dann wird wohl was dran sein."

Die Magier der Atlan waren der Unterhaltung gefolgt, ohne an ihr teilzunehmen.

„Hat vielleicht noch jemand ein Problem? Eins, dass sich leichter lösen lässt?" Talos zog eine lustige Grimasse.

„Ja, ich." Laura wandte sich ihm und Solon zu. „Ich möchte von euch die Arbeit mit Energiekristallen lernen."

„Hast du es selbst heraus gefunden?", fragte Osiris für die anderen scheinbar ohne Zusammenhang.

Die junge Seherin schüttelte den Kopf. „Sami hat mich heute mit der Nase darauf gestoßen, als er dein Geschenk an mich gesehen hat. Mich interessiert natürlich auch, was das genau für ein Kristall ist."

„Ein besonderer altatlanischer, wie ihn auch eure Hüterinnen und Magier benutzen", erklärte Osiris sofort. „Er gehörte einst zu einem der geheimnisvollen Kristalltürme."

Verblüffte Gesichter, so weit der König der Tarronn schauen konnte.

„Diese Kristalle sind durchweg künstlich entstanden. Sie wurden im Laufe vieler Jahrtausende hochrein gezüchtet", erzählte Osiris munter weiter, als würde er gar nicht merken, dass plötzlich Totenstille auf dem ganzen Platz herrschte, damit jeder seine Worte verstehen konnte. „Soweit ich weiß, gibt es jetzt nur noch diesen und die von Neri, Mara, Kira, Solon und Talos. Wer noch einen hat, hat keinen altatlanischen, sondern einen natürlich gewachsenen von irgendwoher, wo die Energien nicht so sauber laufen.

Wir Tarronn züchten zwar auch Kristalle, aber deiner ist ein echter uralter Stein vom Planeten Atla. Ich fand es durchaus angemessen, ihn dir, als Seherin zu übereignen, auch wenn du keine Nachfahrin von mir gewesen wärst."

„Ganz, ganz herzlichen Dank." Laura schenkte Osiris ein strahlendes Lächeln. „Ich glaube, du hast uns soeben allen äußerst wertvolle Informationen gegeben und ein großes Geheimnis gelüftet."

Begeistertes Nicken aus unzähligen Gesichtern.

„Ich habe auch eine Bitte", ließ sich Sami vernehmen. „Neri sollte uns beim Bau unseres Häuschens beraten, an welcher Stelle das kleine Heiligtum für Lauras Stein liegen muss, damit er die volle Wirkung zeigen kann, wenn sie eines Tages in der Lage ist, all ihre Kräfte zu aktivieren."

Auf Sobeks fragenden Blick: „Wir möchten auf dem Hügel gleich neben euch bauen, weil mich der Blick auf das Meer so beeindruckt."

„Baubeginn morgen nach dem Training?" Solon schaute in die Runde.

Zustimmendes Nicken.

„Na klar!", rief Osiris. „Ich bin sowohl beim Training, als auch beim Hausbau mit von der Partie. Ein Duell mit einem neuen Kampfmagier lasse ich mir doch nicht entgehen!"

„Ich gehe mit Lara, Kira, Jani und Zaid in den Wald Kräuter sammeln", legte Isis sofort fest. „Da gibt es garantiert wieder Raritäten zu entdecken."

„Darf ich auch mit?", wisperte es an ihrem Ohr. Große grüne Augen schauten sie bittend an.

„Aber natürlich!", rief Isis. „Chima nehmen wir auch mit. Uns ist jeder willkommen, der lernen möchte."

„Dann dürfen auch Männer mit?", fragte Cheiron vorsichtig.

„Da fragst du noch?" Die Göttin lachte herzlich. Cheiron, der bärenstarke Zentaur, war stets gern gesehen.

„Beim Hausbau störe ich bloß mit meinem Pferdehintern", witzelte er.

Isis kicherte amüsiert. „Cheiron, Cheiron, Zeus wird dich nicht wiedererkennen. Du bist wirklich nur noch durch die Optik von Safi und Imset zu unterscheiden."

„Kein Wunder, er ist ein Atlan", sagte Horus im Brustton der Überzeugung. „Wer hier wo als was geboren ist, wissen nur wir Atlan selber."

„Wir Atlan? Wie jetzt?", murmelte Torn am Nebentisch.

Osiris wandte sich um. „Sie haben sogar einen Mitbürger von Asgard. Thor ist schon seit Jahren ein Atlan. Wusstest du das nicht?"

„Ich hab davon gehört." Torn kratzte sich verlegen am Ohr.

„Keine Sorge, in ein paar Tagen wirst du es verstehen", ermunterte ihn Horus. „Wie wäre es, wenn du ab morgen deinen Dienst nicht im Gleiter, sondern auf der Baustelle verrichtest? Du könntest den Umgang mit Werkzeugen lernen, die auf Taris kein Tarronn mehr kennt."

„Liebend gern! Aber wer kümmert sich um das Raumschiff?"

„Keiner. Wer was von uns will, soll gefälligst telepathieren."

Torn schaute Horus so verdattert an, dass ausnahmslos alle an den nebenstehenden Tischen in wieherndes Gelächter ausbrachen.

„Vergiss nicht, hier leben ausschließlich Flatterhemden-Träger", schmunzelte Maris.

Sobek klopfte ihm auf die Schulter. „Entspanne dich, du bist in Neu-Atla, hier ist alles ein bisschen einfacher als irgendwo auf der Welt."

„Offensichtlich", murmelte Torn völlig konfus.

Richtig bewusst wurde ihm diese Tatsache erst am anderen Morgen, als Osiris, nur mit einem Schurz bekleidet, mit den anderen Magiern Fundamente setzte, Balken schleppte und nebenbei witzige Kommentare gab. Arko erklärte Torn die Werkzeuge und wurde auch nicht ungeduldig, als dieser nicht sofort die Handhabung begriffen hatte.

Die erwachsenen Drakon brachten immer wieder Baumaterial aus den Kratern des Drachenlandes und dicke Stämme aus dem Urwald herbei. Neri stieß zum Bautrupp. Laura kam einen Moment später. Sie trug ihren Kristall in einem Beutel.

„Du hast ihn mit!", stellte Neri erfreut fest.

Laura begann, das wertvolle Geschenk von Osiris auszupacken. Sofort umringten sie alle. Der Stein war genau so makellos klar wie der von Neri, gipfelte aber in vier Enden, die exakt ein Quadrat bildeten. Laura trat mit ihm in das Areal des zukünftigen Häuschens und drehte sich vorsichtig in alle Himmelsrichtungen. Dann streckte sie die Hände plötzlich seltsam vor.

Zuerst schaute sie sehr ratlos drein, dann begann sie zu lachen. „Er leitet mich dahin, wo er stehen möchte!" Schnell hatte sie den Ort für ihren magischen Raum gefunden und ließ Neri suchen.

Neri schloss einfach die Augen, um sich nicht beeinflussen zu lassen und kam Sekunden später an genau der Stelle an, die zuvor Laura markiert hatte.

„Keine Frage, hier ist der perfekte Platz. Die Kristalle wissen, wo es sich gut anfühlt."

Endlich konnten die Arbeiten in die Vollen gehen und dann dauerte es nicht einmal lange, bis das Häuschen Gestalt annahm. Danaë, Sara und Laura brachten den Männern in den Pausen Speisen und Getränke. Mittags saßen alle in Sobeks Garten und ließen sich das liebevoll zubereitete Essen schmecken.

„Das habe ich noch nie gegessen. Es ist sehr lecker", sagte Torn, auf die, in Öl mit Kräutern, eingelegten Schafskäsewürfel deutend.

„Glaube ich dir aufs Wort", erwiderte Imset. „Das ist ein Rezept von den Menschen. Cheiron und Danaë sind die Meister im Zubereiten dieser Spezialität. Die vielen Brotsorten bäckt normalerweise Solon. Heute haben das Mira und Luna übernommen, weil er hier auf dem Bau rackert."

„Der Takin-Saft ist Arkos Verdienst, der nicht nur ein begnadeter Künstler ist, sondern auch Bauwerkzeuge und die tollsten Küchengeräte fertigt", verriet Safi.

„Und dein Licht stell bitte auch nicht unter den Scheffel", lachte Imset. „Safi macht nämlich die leckersten Weine, aus so beinahe allem, was ihm zwischen die Finger kommt. Und nicht zu vergessen, er braut einen geheimen Spezialmix, der selbst den müdesten Krieger sofort wieder auf die Beine bringt."

„Teilst du heute noch welchen aus?", fragte Horus.

Safi grinste breit. „Na logisch, damit wir alle die Nacht der magischen Monde ordentlich genießen können."

„Da bin ich aber beruhigt", seufzte Horus theatralisch.

Kurze Zeit später deuteten die vielen Stimmen vom Waldrand darauf hin, dass die Kräutersammler zurückkamen. Dann tauchte auch schon Cheirons Silhouette in der Ferne auf. Er trug, wie ein Pferd, zwei Packtaschen auf seinem Rücken, aus denen die Spitzen von Kräuterbündeln schauten.

„Haben sie dich wieder als Lastesel missbraucht?", witzelte Safi.

„Hast du was anderes erwartet?", gab der Zentaur augenzwinkernd zurück.

Osiris lachte herzlich. „Können wir dich irgendwie darüber hinweg trösten?"

Cheiron überlegte kurz. „Doch, könnt ihr, indem er mir vom Training heute früh berichtet."

„Gern doch!" Imset schaute nach dem Stand der Sonne. „Wenn Sami nichts dagegen hat, dann beenden wir für heute die Arbeit und fachsimpeln ein bisschen über Kampftechniken."

Solons Sohn schüttelte amüsiert den Kopf. „Ob das Häuschen einen Tag eher oder später fertig wird, spielt doch nun wirklich keine Rolle. Außerdem sind wir, Dank der Unterstützung durch Osiris und Torn, viel weiter gekommen, als wir geplant hatten. Safi kann am spannendsten erzählen."

„Na fein! Fang du nur auch noch damit an!" Safi schnaufte gespielt entrüstet.

„Ehre, wem Ehre gebührt! Bitte, Maestro!" Imset breitete die Arme aus, um die imaginäre Bühne für den besten Erzähler freizugeben.

Sami war als einer der Ersten im Kraterland angekommen. Maris und Sobek erklärten ihm kurz die nötigsten Regeln für den Kampf jeder gegen jeden.

„Hilfe kannst du jederzeit jedem bringen, wenn er sich in ernsthafter Gefahr befindet. Mit deinem Gespür für Energien wirst du genau wissen, wen das betrifft. Alles andere findest du im Getümmel schnell selbst heraus", versprach Sobek.

„Am Ende veranstalten die vier Drachenkämpfer ihr eigenes Schauspiel, zu dem wir nur die Schutzschilde liefern, damit sie nicht den ganzen Kontinent in Schutt und Asche legen", fügte Maris noch hinzu.

Sami hatte oft genug die gewaltigen Energieausbrüche bis in die Siedlung gespürt und sich gewünscht, wenigstens ein Mal dabei zusehen zu dürfen.

Inzwischen war die Gruppe der Kämpfer vollzählig. Sami staunte über die lederne Kleidung der beiden einzigen Kriegerinnen der Atlan, Mara und Sara. Darin waren die immensen Erfahrungen von Safi, Imset und Cheiron eingeflossen, die selbst oft genug bei den Menschen in blutige Schlachten ziehen mussten. Sogar Thor, in jedwedem Kriegshandwerk bestens geübt, war begeistert gewesen.

Soeben landeten die Drakon, um beim Kampf der Atlan und Tarronn die Querschläger zu entschärfen. Einen Augenblick später tobte bereits das Inferno im Krater. Natürlich wollte jeder Sami testen und so geriet der Anfangskampf zu einem *alle gegen ihn und die beiden Drakonat*, welche sich noch nicht einmal verwandelten. Kaum hatte Sami gemerkt, nach welchen Regeln das Spiel plötzlich lief, begann er Jagd auf seine vielen Gegner zu machen, die sich mitunter zu dritt gegen ihn wehrten. Er wechselte rasend schnell seinen Standort, materialisierte sich genau vor den Flüchtenden und saugte ihnen hin und wieder sogar einfach die Schutzschilde ab.

Gegen die beiden Frauen half nur Schnelligkeit, denn sie lieferten akrobatische Einlagen, mit denen er so nicht rechnete. Nach zehn Minuten hatten Maris, Imset, Solon und Talos alle Hände voll zu tun.

Osiris lehnte schwer atmend an einem Felsen. Zwar war er unverletzt, hatte sich aber bis zum Letzten verausgabt, um diesen Zustand zu erhalten. Die schnelle Bestandsaufnahme durch Imset ergab: Mehrere gebrochene Arme, großflächige Brandwunden bei fast allen Teilnehmern, ein ausgekugelter Arm bei Sara und tiefe Schnittwunden von herumfliegenden Gesteinssplittern. Sami verarztete fachgerecht einen Riss an seinem Oberschenkel und ein paar verkohlte Striemen an den Armen. Seine forschenden Blicke zu Solon und Sobek hinüber wurden mit dankbar-beruhigendem Lächeln beantwortet.

„Nicht übel, das kleinen Geplänkel", stellte Osiris zufrieden fest. „Jetzt freue ich mich auf das Sahnehäubchen."

„Rette sich, wer kann!", rief Safi und verschwand blitzartig vom Grund des Kraters.

In regelmäßigen Abständen auf dem oberen Rand stehend, spannten die Magier ein Netz aus Energie, kaum dass Drakos und Siri ihre Ausgangspositionen eingenommen hatten. Imset hielt sich abseits, um den Drachen im Falle von Verletzungen, sofort helfen zu können.

Sobek griff an. In schneller Folge feuerte er beidhändig kleinen Energiesonnen gegen die Schutzschilde der Drakon, welche bald löchrig wie Käse waren und die beiden dazu veranlassten, mit Ultraschall und Flammen zum Gegenangriff überzugehen. Besonders Siri gelang es immer wieder, den Drachenschrei in Frequenzen auszustoßen, welche Sobek körperliche Schmerzen bereiteten. Nach zehn Minuten unterbrach Imset vereinbarungsgemäß den Kampf.

„Ich glaube, mir platzt gleich der Schädel!", stöhnte Sobek. „Siri wird immer stärker und erfindungsreicher."

Maris erschien am Grunde des Kraters. „Halt still, ich werde schauen, was ich machen kann."

„Oh ja, das tut eindeutig gut. Mal sehen, wie es Imset ergeht." Sobek wechselte mit seinem Vater den Platz.

Dieser begann seinerseits die Drachen mit dem modifizierten Schrei zu traktieren. Zum größten Erstaunen der anderen schaffte es Siri, einen ähnlichen Schrei auszustoßen, der den Imsets fast neutralisierte. Überrascht hielt er kurz inne und fand sich inmitten eines Flammenmeeres wieder, gegen das nur ein konzentrierter Energieschild half. Allerdings nicht lange und der Drakonat musste flüchten. Er erzeugte dabei einen Luftwirbel, der die Umgebung so extrem abkühlte, dass sogar ein paar Schneeflocken zu Boden rieselten.

„Wie sagte schon Isis? Chaoten, nur Chaoten in diesem Clan", stellte Osiris tief beeindruckt fest. „Tut mir einen Gefallen – übertreibt es bitte nicht."

Sobek nickte. „Wäre wirklich besser, wenn wir vier unsere Spielchen lassen, zumal wir nun ja wissen, was alles möglich ist."

Imset stimmte zu, er wandte sich nach den Magiern um. „Also, Leute, ab morgen nur noch Zweibeiner gegen Zweibeiner."

„Und selbst das ist spannend genug", stellte Safi abwinkend fest, dabei klopfte er Sami auf die Schulter. „Hat wirklich Spaß gemacht. Bis dann, beim Hausbau!"

Leon, der Handwerker

Während sich die einen nach getaner Arbeit ausruhten, war ein anderer unterwegs, um seinem Leben einen neuen Sinn zu geben. Leon. Etwas unsicher klopfte er an Arkos Haustür.

Als der Meister öffnete und ihn erstaunt herein bat, war Lauras Bruder dann doch sehr verlegen.

„Womit kann ich dir helfen?", fragte Arko schließlich.

Leon atmete tief durch. „Du weißt ja, dass ich ziemlichen Mist gebaut habe. Ich möchte gern etwas Nützliches lernen, etwas, womit ich anderen wirklich etwas geben kann, selbst, wenn ich nie wieder magische Dinge tun könnte." Dabei schaute er Arko so flehend an, dass dieser hellauf lachte.

„Na gut, versuchen wir es, falls du kein Problem damit hast, zuerst nur mein Handlanger für Hilfsarbeiten zu sein, die mit Sicherheit keinen Spaß machen, aber vonnöten sind, um überhaupt arbeiten zu können."

„Was soll ich tun?"

„Die Holzspäne in der Werkstatt zusammenfegen." Arko drückte ihm einen Reisigbesen in die Hand.

Im Hinausgehen sah er noch, wie Leon den Hocker vorsichtig auf den Tisch stellte, nachdem er das Werkzeug etwas beiseitegeschoben hatte.

Wenigstens muss ich bei ihm nicht ganz von Null anfangen, dachte er sich und sichtete draußen seine Holzbestände zum Schnitzen.

Leon fegte akribisch jeden winzigen Krümel auf, der nicht auf den Fußboden gehörte. *Gute Vorbereitung kann lebensrettend sein*, pflegte sein Großvater, Imset, immer zu sagen. Und der wusste, wovon er sprach. War der doch zusammen mit Safi in unzählige Kriege im Auftrag seines damaligen Dienstherrn Ramses II. gezogen. Mit dem vollen Kehrblech in der Hand trat er vor die Tür zu Arko.

„Da hinein!", sagte dieser und deutete auf die Abfallkiste.

Leon brachte Besen und Schaufel zurück in die Werkstatt.

„Hier habe ich ein paar Türangeln, die noch etwas nachbearbeitet werden müssen." Arko legte verschiedene Feilen zurecht. „Das Metall muss innen ordentlich glatt sein, damit die Tür am Ende nicht hakt und außen, damit es gut aussieht. Nach dem Einbau kommt noch Fett an den Mechanismus", erklärte er.

Leon prüfte mit den Fingerspitzen sein Werkstück. Es fühlte sich tatsächlich noch sehr rau an. Unter der Anleitung durch Arko begann er es zu glätten. Irgendwann begutachtete es der Meister.

„Nicht schlecht. Ausdauer und Geschick hast du. Komm morgen um die gleiche Zeit, dann kannst du mir beim Schmieden helfen."

Leon bedankte sich und Arko fühlte, dass es wirklich von Herzen kam. *Ist ein guter Junge, von mir bekommt er seine Chance.*

„Was hast du denn veranstaltet?", fragte Zaid vor dem Abendbrot, mit Blick auf Leons Faltengewand und die Hände, die deutliche Spuren der Arbeit zeigten.

„War bei Arko in der Werkstatt. Morgen darf ich beim Schmieden helfen."

„Wirst was Praktischeres brauchen, als weiße Kleidung", murmelte Zaid. „Wir sollten Imset fragen, der kennt sich aus."

Einen Augenblick später flimmerte die Luft. „Stets zu Diensten", schmunzelte der Ankömmling. „Worum geht es?"

Zaid reichte ihm beide Hände. „Schön, dass du gleich kommen konntest. Wir brauchen einen Tipp. Was empfiehlst du für Kleidung beim Schmieden?"

„Lange Lederschürze", kam es, wie aus der Pistole geschossen.

„Dürfte aufzutreiben sein", murmelte Zaid.

Imsets Blick fiel auf Leon. „Du arbeitest bei Arko?"

„Hm, zumindest hat er gesagt, dass ich morgen wiederkommen darf."

„Sehr gut! Arko hält nicht hinter dem Berg, wenn jemand untauglich ist. Solltest dir auch etwas anziehen, das nicht so weit ist wie die Faltengewänder. Ich nenne es immer Sack mit Gürtel. Mira hat sicher etwas auf Lager. Die Schürze kann dir Cheiron machen, der hat genug gegerbtes Leder, das nur auf Weiterverarbeitung wartet."

Imset verschwand von einem Augenblick zum nächsten. Zaid kam nicht einmal zum danke sagen.

„So, ich gehe zu Mira, du zu Cheiron", legte sie fest. „Mit ein bisschen Glück bekommst du heute noch alles, was du brauchst."

Danaë führte Leon in den Garten, wo Cheiron an einer neuen Panflöte werkelte.

„Eine Lederschürze brauchst du?", sinnierte der Zentaur. „Mal schauen, was meine Bestände so hergeben. Er trabte ins Haus und kam mit einem Arm voller Schafshäute wieder. Auch eine Schere und verschiedene Messer hatte er mitgebracht. „Es ist nicht so haltbar wie Rindsleder, aber Not macht erfinderisch", erklärte er. „Wenn Thor das nächste Mal aufkreuzt, musst du ihn unbedingt fragen, ob er dir ein paar Rinderhäute mitbringen kann. Damit könntest du Arko auch eine echte Freude machen."

Danaë trug für die beiden Fruchtsaft hinaus. „Sonst alles in Ordnung?", fragte sie teilnahmsvoll.

„Doch, doch. Ich bin froh, dass keiner versucht, gute Ratschläge zu geben", seufzte Leon. „Dass alle sofort einen guten Tipp haben, wenn ich wirklich danach frage, zeigt mir auch so, dass die Sache jeden beschäftigt."

„Wirklich Brauchbares würdest du wohl auch nur von Isis, Kira und Aron erfahren. Die drei haben es durch, wie es sich mit tiefen Schuldgefühlen lebt."

Leon schaute Cheiron nachdenklich an. Dann strahlte er über das ganze Gesicht. „Danke. Du bist nicht umsonst Erzieher vieler großer Männer gewesen. Du hast ein verdammt gutes Gespür dafür, wie man unaufdringliche Ratschläge gibt."

Cheiron blinzelte ihm fröhlich zu und übertrug ohne Unterbrechung Leons Körpermaße auf das Leder. „Zwei Häute dürften genügen", stellte er schnell fest. „Aus der einen machen wir die Schürze und aus der anderen schneiden wir Bänder zum Schließen. Metallschnallen sind nicht zu empfehlen. Wenn die sich aufheizen … Dann wird es nämlich verdammt ungemütlich."

„Klingt logisch. Wäre mir auch zu viel Gefummel."

„Dann sind wir uns ja einig." Der Zentaur reichte Leon ein Messer. „So auf das Brett hier legen und kräftig an den Linien durchziehen."

Er schaute einen Moment zu. „Geht? Geht nicht?"

„Geht!"

„Na bestens!" Cheiron bastelte an seinem Musikinstrument weiter.

Zwei Stunden später nahm Leon seinen selbst gefertigten Lederschutz mit nach Hause. Zaid hatte die restliche Arbeitskleidung aufgetrieben.

„Imsets Hinweis auf einen Sack mit Gürtel war goldrichtig. Schau!" Sie breitete die Arbeitskluft auf dem Tisch aus. Grau, unscheinbar und ziemlich robust.

„Genial!" Leon prüfte eingehend den Stoff. „Sieht bequem aus – nicht zu eng und nicht zu weit."

Von der Richtigkeit der Feststellung konnte er sich schon am nächsten Tag überzeugen.

Arko drehte ihn einmal um seine Achse. „Perfekt. Die Idee mit der Schürze ist nicht übel." Er wandte sich dem Schmiedefeuer zu. „Wie und mit welchem Brennstoff man es anfacht, zeige ich dir später irgendwann. Du musst kräftig den Blasebalg bedienen und, wenn das Eisen die richtige Temperatur hat, den Block mit der Zange drehen, damit ich ihn in die gewünschte Form bringen kann. Er ist zu groß, um das allein zu tun."

Fast schien es, als würde die Hitze des Feuers auch Leon auftauen. Bald lief nicht nur die Arbeit reibungslos, sondern auch die Unterhaltung. Todmüde aber rundum zufrieden, strebte Leon kurz vor dem Sonnenuntergang heimwärts. Aber nicht auf geradem Weg – er stattete Cheiron noch einen kurzen Besuch ab, um ihm zu danken, aber auch, weil er ihn um etwas Leder bitten wollte, aus welchem er für Arko auch einen Hitzeschutz fertigen könnte. Natürlich bekam er das Gewünschte. Cheiron nickte anerkennend, als er mit Danaë dem jungen Mann nachschaute.

„Ich hab mich wirklich nicht in ihm getäuscht."

„Hast du eventuell ein superscharfes Messer, das du mir für ein bis zwei Stunden leihen könntest?", fragte Leon nach dem Abendbrot Sobek.

„Kein Problem." Er reichte seinem Sohn das Gewünschte aus der Werkzeugkiste und wollte im Gegenzug wissen: „Brauchst du jemanden zum Halten?", obwohl er keine Ahnung hatte, was Leon schneiden wollte.

„Das wäre toll, dann könnte ich mir unter Umständen sogar das Anzeichnen sparen." Leon packte Leder und seine Schürze auf den Gartentisch.

„Zum Wechseln?"

„Nein, für Arko, der hat nämlich keine." Er legte das Muster auf, schaute sich das Ganze kritisch an und seufzte. „Bitte so halten, anzeichnen muss ich trotzdem. Wäre wirklich ein Jammer um das gute Leder, nur weil ich an der falschen Stelle Zeit sparen will."

Sobek nickte zustimmend.

„Außerdem sagt Großvater immer, *gute Vorbereitung kann Leben retten* und bei Arko, genau wie bei Cheiron habe ich mit eigenen Augen gesehen, dass diese Arbeiten bis achtzig Prozent der Gesamtzeit ausmachen können, damit ein Werk erstklassig gelingt."

„Mich beruhigt die Wandlung, die du gerade durchmachst", stellte Sobek erfreut fest. „Übrigens hat Ihi heute nach dir gefragt."

„Was hast du ihm gesagt?"

„Dass du dich meldest, wenn du Zeit hast."

„Gut. Wenn das Geschenk für Arko fertig ist, trabe ich mal kurz rüber. Mal sehen, was er will."

Jetzt schaute Sobek völlig überrascht auf. „Ich dachte, Arko hätte die Schürze bestellt!"

Leon schüttelte den Kopf. „Für Cheiron fällt mir bestimmt auch noch etwas ein. Ich weiß ja, was er sich wünschen würde, aber da komme ich nicht so einfach ran."

„Was denn?"

„Gut gegerbtes Rindsleder." Leon setzte den letzten Schnitt an. „Fertig. Danke für Messer und Hilfe!" Er räumte auf und machte sich tatsächlich zu Fuß auf den Weg zu Ihi, statt mit diesem zu telepathieren.

„Na hallo! Der Verschollene ist wieder aufgetaucht!", rief Ihi bei Leons Anblick. „Siehst ein bisschen durchgekaut aus."

Sobeks Sohn zuckte mit den Schultern. „Das gibt sich bis morgen früh."

„Spitze! Dann können wir ja mit Ariel und ein paar anderen rüber nach Kantar fliegen!"

Leon schüttelte den Kopf. „Das müsst ihr ohne mich tun. Ich habe beim besten Willen keine Zeit."

„Schau an! Was gibt es denn so Wichtiges, dass du dein Lieblingsziel nicht ansteuern möchtest?"

„Ich arbeite bei Arko. Da kann ich nicht einfach von jetzt auf gleich verschwinden. Er hat größere Projekte angefangen, die er unmöglich allein bewältigen kann. Er braucht mich und ich werde alles daran setzen, ihn nicht zu enttäuschen. Kantar läuft nicht weg und die Ewigkeit ist lang."

Ihi schaute seinen Freund mit riesengroßen Augen an. „Du meinst das offensichtlich ernst."

„Todernst."

„Aber du musst doch auch irgendwann mal Freizeit haben?"

„Habe ich, aber in der versuche ich die Dinge zu tun, die ich immer vernachlässigt habe. Bei Arko kann ich erst anfangen, wenn er von Samis Baustelle zurück ist. Für die Arbeiten, die jetzt dort laufen, fehlt mir die nötige Körperkraft und ich würde den anderen nur im Weg stehen."

„Wenn ich es nicht genau wüsste, dann würde ich sagen, du bist nicht Leon", murmelte Ihi.

„Macht nichts. Ich habe zumindest eine sinnvolle Aufgabe und eine handvoll Leute, die daran glauben, dass ich sie gut erfüllen werde. Grüß die anderen von mir und macht euch einen lustigen Tag."

„Du siehst aus, als hättest du einen Geist gesehen", konstatierte Neri bei Ihis Anblick.

„Leon hab ich gesehen, das kommt aber im Augenblick auf fast das Gleiche raus."

Neri packte Ihi am Arm. „Was ist mit ihm?", fragte sie beunruhigt.

„Warte, ich zeige es dir. Mit Worten käme ich überhaupt nicht klar." Ihi erzeugte ein Hologramm.

„Moment, das müssen Imset und Horus sehen!" Neri rief die Männer telepathisch herbei.

„Ha! Ich hätte mit euch wetten sollen!", triumphierte Imset. „Ich wusste, dass er das jetzt durchzieht! Muss mal dringend mit Sobek reden."

Weg war er. Eine halbe Stunde später kam er wieder. Sein Gesicht zierte ein überaus behagliches Lächeln.

„Und?", fragte Horus kurz.

„Ich brauche morgen kurz den Gleiter, um eine Nachricht an Thor zu senden."

„Lass uns doch nicht so zappeln!", drängelte Neri. „Komm, Hologramm auf den Tisch!"

„Ist Ihi weit genug weg?", vergewisserte sich Imset, ehe er zur Tat schritt.

„Was für Tauschobjekte haben wir?", wollte Horus wissen, kaum dass er Sobeks Erinnerungen durch Imsets Hologramm gesehen hatte.

„Stoffe, Wein und Honig." Neri überrechnete kurz den Inhalt der Speicher.

„Ich kann also in die Vollen gehen?" Imset zog die Augenbrauen hoch.

„Ja, daran besteht überhaupt kein Zweifel", bestätigte Neri.

„Gut zu wissen."

Darina und Horus schlugen den Weg zum Strand ein, wo sie Drakos bereits erwartete. Er wählte die Flugroute parallel zur Drachengrotte und folgte dann dem kleinen Flusslauf. Mit rauschenden Schwingen setzte er seine Passagiere genau neben dem Wasserfall ab. Nachdem er ihnen von ganzem Herzen Erfolg, bei allem Spaß, gewünscht hatte, ließ er sich vom Aufwand empor tragen und segelte nach Hause.

Die fünf Vollmonde und unzählige Sterne spiegelten sich in dem kreisrunden Becken und selbst das in breitem Vorhang herabrauschende Wasser schien mit Diamanten besetzt zu sein.

„Überwältigend", flüsterte Darina.

Horus nahm sie in die Arme. „Kannst du dir das grandiose Schauspiel vorstellen, wenn diese Riesen von Drakon unter dem Wasserfall hocken und ihre Schwingen ausbreiten?"

„Oh ja! Arko, der mit ihnen gemeinsam hier war, spricht heute noch ehrfürchtig von jenen Augenblicken und auch von der magischen Energie dieses Ortes."

Gemeinsam bestaunten sie den See, den die Drakon nur wenigen verrieten.

Horus' Hände gingen auf Wanderschaft, streiften Darina das Gewand ab und zogen sie sanft ins blaue dichte Gras. Beide ahnten nicht einmal im Entferntesten, dass hier der Ursprung jener Drachenperle lag, welche Osiris Siri in einem fast tödlichen Ritual abgerungen hatte, um Cheirons sehnlichsten Wunsch zu erfüllen. Der Welt um sich herum völlig entrückt, genossen sie die wundervolle Nacht, gaben sich immer wieder ihrer tiefen Liebe hin, bis langsam der Morgen graute und sich die Monde nur noch schemenhaft am apfelgrünen Himmel abzeichneten.

„Wir sollten langsam verschwinden", stellte Darina, rundum glücklich, fest.

„Gute Idee!" Horus raffte einfach die Kleidung zusammen, nahm seine große Liebe in den Arm und teleportierte alles zusammen in sein Bett, wo er, nachdem er das Kleiderbündel einfach hatte fallen lassen, genau da weitermachte, wo er Minuten vorher aufgehört hatte.

Keinen von beiden interessierte es, dass die Sonne immer höher stieg und sich halb Atla wunderte, warum sie nicht endlich auftauchten.

„Keine Zeit", sagte Horus am frühen Abend schmunzelnd zu seinen Freunden. „Ihr kennt ja mein Gespür für den Erfolg in solchen Angelegenheiten."

Imset lachte. „Dann steht seit ein paar Stunden also fest, dass ihr jetzt endlich hier sesshaft werdet?"

„Ja, so kann man das sagen." Horus sah in der Tat sehr glücklich aus. „Vielleicht wird ja diesmal die ersehnte Schwester."

Alle winkten ab, als hätten sie sich abgesprochen. „Wenn nicht, dann wäre das auch kein Unglück. Denk daran, es heißt Horus-Söhne. Dass der Clan auch Mädchen hat, darum haben sich Kebechsenef und Sobek schon gekümmert."

„Feiern wir heute?", fragten die Magier sofort.

„Na klar!", rief Horus überschwänglich. „Auf den Tag haben wir uns so lange gefreut, da müssen die Emotionen einfach raus."

Torn atmete tief durch, als sein Commander endlich wieder auftauchte. Er hatte früh mit auf der Baustelle geholfen und sich nach dem schmackhaften Mittagessen bei Merit-Amun und Safi sofort in den Gleiter begeben, um die verbleibende Dienstzeit sinnvoll zu nutzen. Wenig später erschien Imset, weil er mit Thor Kontakt aufnehmen wollte. Nach kurzem Überlegen entschloss er sich zum einem Gespräch, statt eine elektronische Nachricht abzusetzen. Der Entfernung des Planeten Asgard nach, dauerte es auch entsprechend lange, ehe Thors Gesicht auf dem Monitor erschien.

„Grüß dich, Imset! Na, so wie es aussieht, ist Horus wieder mal wieder bei euch. Du wirst ja kaum auf Taris sein.

„Stimmt auffallend", schmunzelte der Angesprochene. „Hab ich dich bei wichtigen Arbeiten gestört? Du siehst aus, als hättest du einen Hundert-Meter-Lauf hinter dir."

„Ach, wenn nur das wäre! Uns sind heute früh zwei Rinder ausgebüxt und wir sind stundenlang durch den knietiefen Schnee gestapft, um die Biester wieder einzufangen. Na ja, wir haben den langen Winter auch langsam satt."

„Passt zum Thema", lachte Imset. „Über Rinder wollte ich mit dir sprechen."

„Kannst die beiden gerne haben. Die wären mit der Freiheit bei euch wahrhaft glückliche Kühe."

„Du stürzt mich hier echt in einen Gewissenskonflikt. Normalerweise wollen wir keine neuen Tierarten mehr einführen… Ach, ich rede mit den anderen und gebe dir morgen Bescheid. Meine Bitte gilt gegerbtem Rindsleder. Tauschobjekte stehen reichlich und in verschiedenen Sorten zur Verfügung."

Thor rieb sich die Hände. „Super! Ich bringe was mit. Arko und Cheiron haben wohl geordert?"

Imset schüttelte den Kopf. „Nein, Leon möchte die Ware haben."

„Was will denn ein Magier mit Rindsleder?", fragte Thor verdutzt.

„Ach, das ist eine lange Geschichte", seufzte Imset. „Die erfährst du beim nächsten Besuch. Nur so viel: Die Quelle hat ihm seine Kräfte genommen und nun verdient er seine Anerkennung mit wirklich harter Arbeit bei Arko."

„Au weia! Aber, dass er sich gerade dort verdingt, spricht für Charakter und dass er sein Vergehen sehr bereut."

„Das kannst du laut sagen. Es schmerzen ihn weniger die verlorenen Kräfte, als vielmehr, dass er die Quelle und uns enttäuscht hat", erklärte Imset. „Das Leder will er haben, um den beiden, die du vorhin im Auge hattest, eine Freude machen zu können, weil sie ihn ohne viele Worte unterstützen. Dass der Clan hinter ihm steht, weiß er. Auf alle Fälle ist er froh, dass es keiner mit nervenden Ratschlägen versucht."

„Ich freue mich schon auf den nächsten Besuch. Mal sehen, wann ich mich hier loseisen kann. Im wahrsten Sinne des Wortes. Mein Bart hat unten nämlich heute kleine Eiszapfen." Thor hob ihn vor die Linse der Kamera.

„Nobel, nobel", witzelte Imset. „Andere würden sich kleine Kristalle dran bammeln, um auf der Höhe der Zeit zu sein. Verzieh du dich ins Warme und ich melde mich morgen noch mal. Bis dann!" Er unterbrach den Kontakt. Sofort trommelte er die Magier zusammen, um die Sache mit den Rindern zu besprechen.

„Hat jemand wirklich Erfahrung?", fragte Talos.

„Nicht wirklich", murmelte Safi. „Am ehesten könnte Cheiron eine Ahnung haben, was da alles auf uns zukäme."

„Ich hole ihn", sagte Imset und teleportierte sich. Fünf Minuten später kam er mit Cheiron auf die gleiche Weise zurück. Erst vor Ort erklärte er ihm, weshalb man nach ihm verlangt hatte.

Der Zentaur seufzte. „An Rindern hängt auch eine Menge Arbeit. Hier ist es weniger die Unterbringung, weil sie ganzjährig draußen bleiben können. Sie müssen aber täglich gemolken werden, wenn es Milchkühe sind. Außerdem geben sie, wie auch die Schafe, nur Milch, wenn sie ein Kälbchen zur Welt gebracht haben. Stiere, die man dann ja auch bräuchte, können verdammt bösartig werden."

„Da sagst du was! Das erinnert mich stark an die Apisstiere, mit denen wir uns herumprügeln mussten", warf Kebechsenef ein. „Ich, für meinen Teil, bin gegen Rinderhaltung."

„Ich auch", schloss sich Safi an.

„Lass mal die Rinder, wo sie sind", meinte auch Solon. „Wir handeln den Asen lieber die Häute ab und erhalten uns die Natur, so weit es geht."

Imset nickte. „In Ordnung. Stimmen wir trotzdem ab. Wer dagegen ist, hebt bitte die Hand."

Ausnahmslos alle Hände hoben sich.

„Gut, ich werde Thor morgen von unserer Entscheidung unterrichten. Hat noch jemand spezielle Wünsche an die Asen?"

Die meisten schüttelten die Köpfe. Nur Cheiron schien etwas auf dem Herzen zu haben, denn er tänzelte nervös auf einer Stelle.

„Na, sag schon!", ermunterte ihn Imset schmunzelnd. „Was möchtest du haben?"

„Ein Stück Schweinespeck." Der Zentaur sah den Drakonat regelrecht flehend an.

„Das sollst du bekommen! Ich weiß doch, wie sehr dir manchmal solche Spezialitäten fehlen, die früher für dich zum täglichen Leben gehörten." Er hielt inne und überlegte. „Wenn wir ein kleines Waldareal abgrenzen, das keine besonderen Pflanzen und Schätze beherbergt, dann könnten wir sogar Schweine dort halten, die fast frei leben und sich selbst versorgen. Dann wäre die angestammte Kost einiger unserer Mitbürger gesichert und wir können überschüssiges

Fleisch hier auf Tarronn eintauschen. Wenn immer dafür gesorgt wird, dass die Tiere nicht überhandnehmen, wäre das eine Tierart, deren Haltung ich sehr befürworten würde. Tief genug im Wald, stört es auch keinen, wenn es nach Schwein riecht."

„Den Vorschlag nehme ich gern an", ließ sich Solon vernehmen. „Wir haben uns ja auch mit dem Hühnerdreck arrangiert, weil wir so gerne Eier essen. Warum sollen unsere Leute, die von Helion und der Erde stammen, nicht auch etwas bekommen, woran ihr Herz hängt?"

Cheiron schaute mit weit aufgerissenen Augen in die Runde, die einstimmig festlegte, dass man von Thor statt der Rinder, lieber ein Schweinepärchen haben wollte.

Als Imset am nächsten Morgen seine Wünsche kundtat, brach Thor in schallendes Gelächter aus. „Keine Sorge, ich bringe euch eine ordentliche Schweinerei mit."

Während Samis Hausbau sprachen die Männer auch mit Arko über das Gatter für die neuen Tiere.

„Ich werde mit Cheiron darüber beraten", versprach er. „Niemand kennt diese Tiere so gut wie er."

Um nicht alles doppelt erzählen zu müssen, holte er kurzerhand Leon von zu Hause ab, um mit ihm gemeinsam den Zentauren aufzusuchen. Danaë freute sich riesig über den Besuch und tischte Honigkuchen, frisch vom Backblech, auf. Auf den Gesichtern der Männer ging die Sonne auf.

Cheiron dachte einen Moment nach. „Auf Asgard werden die Schweine im Stall gehalten, was ja ganz andere Voraussetzungen fordert. Es sind sehr kräftige und schlaue Tiere. Mit dem Rüssel können sie ziemlich tief den Boden umgraben, also sollten die Säulen oder Pfosten tief genug im Boden stecken. Ausbruchversuche sollten von vornherein mit einkalkuliert werden, selbst wenn das Waldstück groß genug ist."

Arko blinzelte den Zentauren an. „Fall sie doch abhauen, kenne ich jemanden, der ein guter Jäger ist, der fängt sie sicher wieder ein."

„Wie groß werden die Schweine der Asen eigentlich?", fragte Leon. „Na, so etwa fünfundsiebzig bis achtzig Zentimeter hoch und wiegen im Durchschnitt zweihundertdreißig Kilo. Die Eber können auch dreihundert wiegen."

„Also recht dicke Baumstämme und von innen an die Säulen bauen, damit sie nicht mal schnell die Stämme aus den Verankerungen reißen, indem sie einfach hindurchstürmen", sinnierte Leon. „Halbe dicke…", überlegte laut weiter. „In drei Reihen… Wir werden ziemlich viel Material brauchen und eine Menge Helfer."

„Drei Meter Länge pro Feld, denke ich", fügte Arko hinzu. „Steinsäulen aus dem Drachenland? Oder lieber doch Holz?"

„Fragen wir die Drakon und die Magier", schlug Leon vor. „Von den einen brauchen wir die Genehmigung für das Holen, die anderen müssen sie nach dem gleichen Prinzip fertigen, mit denen die Pyramidenblöcke geschnitten wurden, sonst brauchen wir ewig und diesmal haben wir wirklich keine Zeit."

Danaë malte mit dem Finger Vierecke in den Sand. „Und wenn ihr mit einem kleinen Gatter anfangt, das ihr immer mehr erweitert, je besser sich die Tiere eingewöhnt haben? Dann treibt euch keiner und ihr werdet merken, was die beste Lösung ist."

„So machen wir es!", rief Arko erfreut. „Danaë, du hast was gut bei mir!"

Sie blinzelte. „Auch einen Armreifen aus verschiedenfarbigem Holz?"

„Auch das!"

Die Männer brachen in herzhaftes Gelächter aus beim Anblick der in Vorfreude strahlenden Augen.

Wieder in der Werkstatt zurück, sichtete Arko seine besten Hölzer. Vier verschiedene Farbtöne hatte er, in gut abgelagertem Zustand. Mit wenigen Worten erklärte er Leon die Arbeitsschritte. „Du machst das Geschenk für Danaë und ich baue an der Truhe hier weiter."

Sobeks Sohn nickte erfreut. Schließlich war dieser Auftrag ein ganz großer Vertrauensbeweis, weil es hier um absolute Feinarbeit ging, und wirklich gute Farbhölzer im Urwald schwer zu finden waren. Zum Feierabend hatte Leon genügend gleichmäßig dicke und gleich große Plättchen von jeder Farbe gesägt, um am nächsten Tag mit dem Bohren, Schleifen und Polieren beginnen zu können.

„Heute scheint dir die Arbeit besonderen Spaß gemacht zu haben", stellte Zaid beim Abendessen lächelnd fest.

„Oh, sieht man das wirklich?", stotterte Leon überrascht. „Ich habe den Auftrag für ein ganz wundervolles Schmuckstück bekommen."

„Aus Metall?"

„Nein, aus Holz. Ich freue mich tatsächlich sehr, dass ich es machen darf."

„Ich habe gehört, dass ihr bald wieder zu groben Arbeiten wechselt", ließ sie fallen.

„Ist richtig. Wie es eben gebraucht wird. Dann freut man sich bestimmt doppelt, wenn endlich wieder die filigranen Dinge dran sind, bei denen Fingerspitzengefühl vonnöten ist", erwiderte Leon.

„Hast du auch Zeit, für mich eine kleine Reparatur zu machen?" Zaid hielt ihm ein Messer entgegen, dessen Heft wackelte.

Er blinzelte schelmisch. „Hat es bis nach dem Essen Zeit oder muss es vorgestern fertig sein?"

Zaid blinzelte zurück. „Ausnahmsweise bis nach dem Essen."

Leon begab sich anschließend sofort in den Garten, wo er mit einem Hammer gut dosiert die beiden Nietbolzen wieder fest schlug. Mit den Worten: „Fast wie neu", reichte er es Zaid zurück. Warum sie es für ihn hatte liegen lassen, wo es doch Vater mit seinen Kräften nur hätte zusammendrücken brauchen, ahnte er im tiefsten Inneren. Sie hatte sich auch sehr gefreut, als plötzlich die Seilwinde des Brunnens leichter lief und die Türen besser schlossen.

Früher hatte es ihn nie interessiert, was sie alles für die Familie tat, und es als gegeben hingenommen. Nun bemühte er sich, ihr viele Dinge abzunehmen, indem er ganz einfach Hand anlegte, ohne dass sie erst darum bitten musste. Arko hatte ihm deutlich den großen Wert kleiner und unscheinbarer Arbeiten gezeigt.

Horus meldete sich telepathisch: *Komm rüber auf den Festplatz, in einer halben Stunde steigt ne Party.*

„Hast du die Nachricht auch erhalten?", fragte er Zaid.

Sie lachte. „Ich schätze, die haben alle bekommen. Die beiden waren heute den halben Tag nicht zu finden. Ich ahne, was der Auslöser für dieses Freudenfest ist."

„Neris Wunsch?"

„Ganz bestimmt!"

„Toll! Dann bleiben die beiden also nun für immer hier?"

„Ist anzunehmen."

Leon beeilte sich, in seine Festkleidung zu schlüpfen. Am Grunde der Truhe stießen seine Finger auf das Päckchen mit dem Prunkgewand, welches er als Magier getragen hatte. Er strich melancholisch darüber. *Vorbei.* Er schloss die Truhe. *Aber es wird mich immer daran erinnern, auf dem Boden der Tatsachen zu bleiben und den Rat anderer zu achten.*

Horus' Crew saß mit Tamus Familie am Tisch. Immerhin hatten sie gemeinsam unzählige Abenteuer überall im Universum erlebt. Die drei Drakon nahten mit riesigen Golddorschen.

„Ach, schau! Chima liefert wohl heute ihr Meisterstück ab?" Imset und Sobek gingen hinüber zum Grill, wo der Jungdrache als Erster landete. Behutsam legte er seine Beute den beiden Drakonat vor die Füße.

„Hab ich diesmal alles richtig gemacht?", kam die bange Frage.

Sobek begutachtete den Fisch von allen Seiten, nickte Imset zu und sprach: „Hiermit ernennen wir dich zu einem offiziellen Fischlieferanten für unsere Feste."

„Juhuuuu!!!"

Chima führte unter dem Gelächter der Atlan einen regelrechten Freudentanz auf. Alle wussten, wie verbissen das junge Weibchen geübt hatte, um den perfekten Fisch servieren zu können.

„Noch ein Grund zum Feiern", schmunzelte Drakos.

„Ich glaube, das hat sie sich auch verdient." Imset kraulte Chima zwischen den Hörnern. „Bald werden wir ihr sicher auch die Babys anvertrauen können."

„Oh!", seufzte das junge Weibchen verzückt. Wie oft hatte sie zugeschaut, wenn ihre Eltern die winzigen Atlan in ihren Schwingen halten und vor der heißen Sonne schützen durften. So klein, so rosig und so hilflos – die *Krümelchen* mussten einfach große starke Beschützer haben. Jemand unterbrach ihren Gedankengang, indem er an ihrer Schwinge zupfte.

Chima wandte sich um und blickte in große himmelblaue Augen in einem von lustigen blonden Ringellocken umrahmten Gesicht. Siri nickte aufmunternd. Erfreut widmete sich Chima dem kleinen Mädchen, das sie auf ihren Rücken klettern und in den Schwingen Rutschbahn spielen ließ.

„Sie hat wirklich viel gelernt", stellte Neri mit einem Lächeln fest. „Genau genommen fehlt nur noch die Flamme – dann ist sie eine vollwertige Wächterin."

„Schön ist, dass sie unendliche Geduld hat. Aber das ist kein Wunder, in ihr stecken die besten Gene, die atlanische und Drakon von Tarronn je zu bieten hatten." Horus beobachtete gespannt, wie sich noch mehr Kinder einfanden.

Hin und wieder warfen auch die erwachsenen Drakon ein Auge auf die Spielenden. Chima hatte die Sache im Griff und auch die richtigen Worte, um die Rasselbande vom gar zu wilden Toben abzuhalten.

Horus trat schließlich in die Mitte des Festplatzes. Aus den Augenwinkeln gewahrte er noch, wie sich Isis und Osiris am Tisch der Magier materialisierten.

„Schön, dass alle gekommen sind. Sicher seid ihr neugierig, was es heute zu feiern gibt."

Zustimmendes Nicken von allen Seiten.

„Dann möchte ich ganz einfach verkünden, dass Neris dritter Wunsch gerade wahr wird. Darina und ich bekommen den lang ersehnten Nachwuchs."

Hochrufe auf das glückstrahlende Paar.

„Außerdem widme ich dieses Fest Chima, der neuen offiziellen Fischlieferantin, die ganz sicher auch in absehbarer Zeit die Ehre haben wird, unser Baby zu betreuen."

„Wie???" Chima zuckte regelrecht zusammen.

„Komm her!", rief Horus, ihr mit dem Finger zuwinkend. „Du hast dir für deinen vielen Fleiß beim Lernen eine Auszeichnung vor allen hart erarbeitet."

Der Jungdrache rieb verlegen seine Wange an Horus' Schulter. „Ganz vielen heißen herzlichen Dank."

Siri saß ergriffen neben Drakos und freute sich mit ihm über so viele anerkennende Worte für ihre Kleine.

Natürlich ging anschließend ein regelrechter Glückwunschregen auf die werdenden Eltern nieder, denen das Fest eigentlich galt.

„Dürfen Wetten abgeschlossen werden, was es diesmal wird?", witzelte Osiris.

Darina lachte. „Ich glaube, wenn es wirklich ein Mädchen wird, dann reagieren Horus' Söhne, als hätten sie es selber gezeugt."

Isis kicherte. „Du kennst die Bande wirklich gut. So ähnliche Gedanken hatte ich auch schon. Zumindest die beiden Großen, die sich vor einer festen Partnerschaft drücken, würden dann tagelang Freudenfeste veranstalten."

Imset und Kebechsenef klatschten sich lachend ab. „Habt ihr eine Ahnung! Wir drei", dabei deuteten sie auf Ihi, „sind voll mit von der Partie!"

„Ich habe schon eine ganze Menge wunderschöne Schlaflieder aller erdenklichen Völker gesammelt, die für kleine Prinzessinnen erdacht wurden", gab der jüngste Horussohn gerne zu.

„Im Ernst?" Merit-Amun schaute ihn verblüfft an.

Ihi nickte. „Ja, das meine ich ernst. Eine große Schwester, wie dich zu haben, ist wundervoll. Ein kleines Schwesterchen ist bestimmt genau so toll. Du hast mir so viel gegeben, als ich klein war und das gebe ich gern an ein neues Schwesterchen weiter. Vielleicht macht sie ja genau so gerne Musik wie wir beide?"

„Da ist aber einer mächtig am Schwärmen", staunte Kebechsenef.

Andere sahen es mit gemischten Gefühlen, dass Horus auf Atla blieb. „Wer wird zukünftig deine Crew übernehmen?", fragte Torn Horus. „Sie sind ziemlich am Rätseln. Von hier will mit Sicherheit keiner wieder weg, wenn er erst mal sesshaft ist."

Horus schmunzelte. „Siehst du! Genau das ist der Atla-Virus. Du hast in der kurzen Zeit schlagartig begriffen, dass hier das Leben völlig anders läuft. Von hier will tatsächlich keiner meinen Job zwischen den Sternen machen. Euer neuer Commander wird trotzdem beinahe nahtlos übernehmen und ihr werdet mit ihm genau so viel Spaß haben, wie bei mir. Das garantiere ich euch. Duamutef wird offiziell Oberkommandierender, behält zusätzlich seinen Sektor mit Zentrale auf Taris. Euch übernimmt in wenigen Wochen Hapi. Mein Gleiter bleibt für den Notfall hier."

Begeistert nahm die Mannschaft die Botschaft zur Kenntnis. Mit einem Horussohn zu fliegen, bedeutete, Abenteuer zu bestehen und jede Menge Spaß zu haben. Und wenn Hapi weiter so resistent gegen Frauen blieb, wobei er durchaus alle Register zog, um selbige ins Bett zu bekommen, dann würde der Spaß bis in alle Ewigkeit weitergehen.

Leon half Safi am Grill, wo er sich ganz in Ruhe auch mit Kira und Lara unterhalten konnte.

„Sagt mal, gibt es in der Nähe ein Waldstück, das keine besonderen Gewächse hat und es euch nicht beim Kräutersammeln stören würde, wenn es nicht mehr frei zugänglich wäre?"

„Kannst ruhig Klartext reden", blinzelte Kira. „Wir wissen inzwischen, worauf du hinaus willst."

Lara rieb sich mit beiden Händen das Gesicht. „Talos hat mich auch schon gefragt. Ich bin nicht sicher, aber das morastige Gebiet in der Senke mit den vielen Mabazom-Pflanzen, gibt, außer Mabazom, nichts Brauchbares her. Da wachsen aber genügend Bäume und Sträucher, von deren Früchten sich unsere neuen Schützlinge ernähren könnten."

„Morast ist gut", murmelte Leon. „Cheiron hat erzählt, wie gern sich die Tiere im Schlamm wälzen und darin herumwühlen. Es ist nah genug, um schnell hin zu kommen, aber weit genug weg, um den strengen Geruch nicht in der Siedlung zu haben. Ich muss mit Arko reden!" Er drehte sich um und stieß fast mit diesem zusammen, weil er gerade vorbei kam. „Stopp! Nicht ausreißen! Zu dir wollte ich gerade. Ich glaube, jetzt zu wissen, wo das ideale Gebiet für unsere Schweine ist."

Der Meister hörte zu, ließ sich von den Kräuterexpertinnen bestätigen, dass sie nicht an jenem Areal interessiert waren und unterrichtete sofort die Magier, aber auch die Drakon von Leons Entdeckung.

Chima stupste Imset an. „Darf ich mir die Schweine ansehen, wenn sie da sind? Ich bin auch ganz vorsichtig und leise, damit sie nicht erschrecken."

In den Tagen nach dem Fest baute Leon zusammen mit Arko am Haus von Sami und seiner Schwester. Auch der zukünftige magische Raum nahm Gestalt an. Leon arbeitete an dem Tischchen, das einmal den Kristall tragen sollte, jedes Detail mit solch einer Liebe aus, dass Arko mitunter unbemerkt hinter ihm stand und einfach nur zuschaute. In das Holz waren Drachenfiguren und Kobras geschnitzt, aber auch Vögel und Blumenranken.

Mit Abschluss der Bauarbeiten beendete auch Leon sein Werk, welches er sogar manchmal noch zu Hause heimlich weitergeschnitzt hatte. Einzig Arko wusste darum. Heute war der Tag, an dem die letzte Politur aufgetragen wurde, dann stand das wunderschöne Möbelstück in Arkos Werkstatt und wartete darauf, zu seiner neuen Besitzerin gebracht zu werden.

„Trägst du es gleich rüber?", fragte Arko.

Leon schüttelte ganz langsam den Kopf. „Ich … ich kann nicht. Ich muss noch zwei Türbeschläge fertig machen."

Arko legte ihm den Arm um die Schulter. „Heh, ist schon gut. Ich bin schon unterwegs."

„Danke", murmelte Leon.

Arko deckte ein großes Tuch über das Kunstwerk, um es unbeschadet an Laura übergeben zu können.

Als er eintraf, rückten die jungen Leute gerade die letzten Möbel und bereiteten sich auf einen gemütlichen Nachmittag vor.

„Ich bringe das Tischchen für den magischen Raum", erklärte Arko, das Paket vorsichtig absetzend.

„Fantastisch!", jubelte Laura. „Dass es so schnell geht, damit hab ich wirklich nicht gerechnet. Stell es gleich hier in die kleine Nische."

Sami hielt Arko die Tür auf und Laura dirigierte ihn an die richtige Stelle. Er zog das Tuch herunter.

„Oh, mein Gott!", seufzte Laura. „Das ist so wunderschön, dass mir glatt die Worte fehlen!"

Sami schüttelte stumm erstaunt den Kopf.

Laura ließ ihre Fingerspitzen über die Schnitzereien gleiten. Sie strahlten solch eine liebevolle Energie ab, dass ihr ganz warm wurde.

„Arko, du bist der genialste Meister aller Zeiten!"

„Falsch! Ich bin nur der Paketbote. Nicht einen einzigen Handschlag habe ich daran gemacht. Das ist Leons Meisterwerk. Ehre, wem Ehre gebührt."

Laura wischte eine Träne weg, weil sie von dieser Nachricht zutiefst ergriffen war.

„Jetzt wisst ihr, warum er in den letzten Wochen nie Zeit hatte. Er hat sogar manchmal nachts daran gewerkelt", erzählte Arko. „Ihn hätten aber nicht einmal zehn Pferde dazu gebracht, das Prachtstück selbst hierher zu bringen. Er mag den Rummel um seine Person, aus sehr verständlichen Gründen, nicht besonders. So werdet ihr ihn auch mit ziemlicher Sicherheit heute nicht zu Hause antreffen. Dazu kenne ich ihn inzwischen zu gut."

„Falls er noch in der Werkstatt ist, dann drücke ihn ganz lieb von mir", bat Laura.

„Ich werde es nicht vergessen. Macht es gut, ihr beiden."

Der letzte Funke Magie

Leon lag noch immer am verbotenen Strand, obwohl die Sonne schon fast untergegangen war. Arko war mit seiner Arbeit sehr zufrieden gewesen, er selber auch und so belohnte er sich mit ein paar Stunden der Stille, in denen er einfach dem Singen des Windes und dem Plätschern der Wellen lauschte.

Irgendetwas veränderte sich plötzlich. Nicht Wind und Wellen, sondern die Energien in der Umgebung. Leon fühlte mit allen Sinnen in das Zwielicht des Sonnenunterganges. Er spürte Verzweiflung, Trauer, aber auch Angst, irgendwo da oben auf dem Weg, der an den Klippen der Steilküste endet. Beunruhigt setzte er sich auf. Wer mochte um diese Zeit wohl hierher gekommen sein und was hatte dieser jemand vor?

Leon verschwand hinter einem der herabgebrochenen Felsblöcke, von wo aus er den Ankömmling bestimmt gleich sehen werde. Im Augenblick hörte er nur leises Schluchzen. Zumindest wusste er nun sicher, dass es eine Frau war. Sie trat nahe an den Abgrund und beugte sich nach vorn.

Sie wird doch nicht..., dachte Leon, als der Körper auch schon völlig lautlos in die Tiefe stürzte. Im Bruchteil eines Wimpernschlages aktivierte er sein allerletztes magisches Potenzial und fing die Lebensmüde sicher auf, die sich sonst am Fuße der Klippen das Genick gebrochen hätte. Jetzt konnte er auch ihr Gesicht erkennen.

„Lilly?", rief er völlig entsetzt. „Um Himmels Willen! Was ist geschehen?"

Die Gerettete schmiegte sich an seine Brust und begann hemmungslos zu weinen. „Ich will nicht mehr leben. Ahab hat ein anderes Mädchen, dabei hat er mir doch versprochen..."

„Wer ist Ahab?", fragte Leon, der sich nicht erinnern konnte, diesen Namen schon einmal gehört zu haben.

„Er wohnt am anderen Ende der Siedlung und hat mir versprochen, mich zu seiner Gefährtin zu machen", schluchzte Lilly.

„Und wegen so einem Kerl stürzt du dich von einer Klippe? Gibt es nicht genug andere Männer? Welche, die zu ihrem Wort stehen? Weißt du eigentlich, wie lang die Ewigkeit ist?"

Kebechsenefs Tochter schaute Leon verstört an und bekam einen ganz fürchterlichen Weinkrampf.

„Verrücktes Huhn", murmelte er besorgt und streichelte sanft ihr Haar. Inzwischen hatte er sich, mit Lilly auf dem Schoß, auf einen großen Stein gesetzt und grübelte. Wie sollte er ihrem Vater schonend erklären, was sich ereignet hatte?

Die junge Frau beruhigte sich nur langsam, schmiegte sich aber schutzsuchend in seine Arme. Mit Sorge dachte Leon an die bevorstehende Flut und dass sie beide schleunigst von hier verschwinden mussten, ehe der Weg durch die Dünen im Wasser verschwand. Dann fasste er einen Entschluss.

Drakos, bitte melde dich, rief er telepathisch. *Ich sitze am verbotenen Strand fest und brauche deine Hilfe!*

„Bin gleich da", hörte er akustisch von oben, dann spürte er auch schon den Wind der Schwingen des großen Drachen.

„Trägst du uns zu Kebechsenef?", bat Leon und kletterte, mit Lilly an der Hand, auf Drakos Rücken.

„Ich habe Angst", hauchte Lilly.

„Keine Sorge, ich halte dich gut fest. Du musst dich nicht fürchten", versprach Leon.

Was ist mir ihr, wollte Drakos telepathisch wissen.

Das erzähle ich dir später einmal, gab Leon ebenso zurück. *Ich weiß selber noch nichts Genaues darüber, warum sie heute hier an den Strand gekommen ist.*

Der Drache stieg senkrecht an der Steilwand auf, flog die Küste entlang und drehte erst über der Siedlung nach Norden ab, um auf der Wiese hinter Kebechsenefs Häuschen zu landen. Die ungewöhnliche Ankunft des Wächters zu so später Stunde lockte den Hausherrn heraus.

„Guten Abend", wünschte Leon. „Lilly geht es nicht gut. Ich fand es besser, sie direkt hierher zu bringen."

Kebechsenef schaute Drakos fragend an.

Der hob abwehrend die Klauen. „Ich bin nur das Transportmittel und verschwinde jetzt auch wieder."

„Danke!", rief ihm Leon noch hinterher.

Lilly klammerte sich regelrecht an Leon fest, was auch ihrem Vater sofort auffiel. „Kommt erst mal rein." Er öffnete ihnen das Gartentor.

Sobeks Sohn trug Lilly in die Sitzecke.

„Geh nicht weg!", rief sie und fasste panisch nach seiner Hand. Dabei hatte er sich nur auf einen Stuhl setzen wollen.

„So geht das schon seit einer halben Stunde", berichtete Leon. „Sie klammert sich an mich, wie eine Ertrinkende an einen Strohhalm. Dabei habe ich keine Ahnung, was der direkte Auslöser ist."

„Ich wusste nicht einmal, dass sie dir schöne Augen macht", stellte Kebechsenef erstaunt fest.

Leon winkte ab. „Völlig falscher Denkansatz! Schau dir bitte mein Hologramm an." Er erzeugte es sofort. „Hm, hier müssen super Energien sein. Ich habe schon ewig kein so gutes Bild mehr zeigen können", murmelte er erstaunt.

Kebechsenef saß wie vom Donner gerührt, als sich Lilly einfach kopfüber von der Klippe kippen ließ. Der Bericht endete an dem Punkt, wo Drakos landete und er hinaus kam.

„Wer ist eigentlich dieser Ahab?", fragte Leon Kebechsenef.

„Ein Hirte von anderen Ende der Siedlung. Seine Schafe haben besonders feinfädige Wolle."

„Wusstest du von dem Versprechen?"

Kebechsenef schüttelte ganz langsam den Kopf. „Ich kann mich nicht einmal daran erinnern, dass öfter die Rede von ihm gewesen wäre."

„Also ein Lufthut, der sich an die Mädchen ranmacht und sie dann einfach sitzen lässt", stellte Leon, nur wenig überrascht, fest. „Sei froh, dass du den lockeren Vogel los bist", wandte er sich an Lilly. „So was musst du wirklich nicht haben." Er wischte ihr mit dem Zeigefinger eine Träne von der Wange.

Lilly nickte verschämt und lehnte ihren Kopf an seine Schulter. Sekunden später schlief sie ein.

Kebechsenef zuckte mit den Schultern. „Sieht ganz so aus, als hätte sie dich als neues Opfer auserkoren."

„Mich??? Einen Kerl, der abends manchmal rußverschmiert und nach Rauch stinkend nach Hause kommt? Der ihr mit den rauen Fingern Striemen in die Haut zieht, wenn er sie zu streicheln versucht?"

„Mach halblang!", kicherte Kebechsenef. „Kira lebt auch noch, obwohl Arko der Handwerker schlechthin ist."

Verblüfft schaute Leon den Horussohn an. „Klingt ja ganz so, als wolltest du mich ermutigen."

„Sagen wir so: Ich würde dich als Schwiegersohn ganz herzlich in der Familie begrüßen. Und nicht nur, weil du ihr das Leben gerettet hast."

Leon schaute die schlummernde Lilly nachdenklich an.

„Kebechsenef, ich glaube, deine Diagnose stimmt. Die mit dem Opfer und so…" Leon kratzte sich am Ohr.

„Fühlst du dich wirklich als das?"

Leon schüttelte den Kopf. „Eher wie ein Auserwählter, um bei solchen Vergleichen zu bleiben."

„Im Ernst?"

„Im Ernst. Lilly ist eine von den ganz Stillen. Sie fällt nur dadurch auf, dass sie sehr hübsch ist." Er strich ihr eine Haarsträhne aus dem Gesicht. „Du hast ja mein Entsetzen gesehen, als ich merkte, wer mir da, quasi in die Arme gefallen ist. Mit ihr hätte ich auf keinen Fall gerechnet. Ich muss mir diesen Ahab auf dem nächsten Fest einmal näher anschauen."

Kebechsenef hob den Kopf.

„Nicht als Konkurrent!", wehrte Leon sofort ab. „Meine Schwester ist auch kein potenzielles Opfer, aber es gibt noch viele im selben Alter, die auch eher zurückhaltend sind. Es wäre doch fatal, wenn er flächendeckend seine Spielchen treiben sollte."

„Was würdest du dann tun?"

„Die Magier bitten, ihn für eine Weile nach Taris zu schicken, wo die Frauen das Sagen haben. Wäre vielleicht ganz heilsam."

„Interessante Sicht der Dinge", lachte Kebechsenef. „Morgen hast du die Gelegenheit den Mann kennen zu lernen."

„Wo?"

„Auf dem Fest. Oder denkst du, dass ich die Rettung meiner Tochter nicht feiern werde?" Kebechsenef klopfte ihm auf die Schulter. „Am besten tragen wir Lilly erst einmal in ihr Zimmer."

Als sich Leon, von ihr zu lösen versuchte, fuhr sie mit einem Schrei aus dem Schlaf und krallte sich mit einer Kraft fest, die er in dem zierlichen Körper nie vermutet hätte. Kopfschüttelnd nahm er sie auf die Arme, brachte sie zu Bett und setzte sich auf die Kante, weil sie einfach nicht loslassen wollte.

„Dann muss ich wohl als Schlafgast hierbleiben", murmelte er.

Kebechsenef nickte freudig.

„Für morgen früh werde ich Laura bitten, zu ihr zu kommen, vielleicht hilft ihr das darüber hinweg, wenn ich den halben Tag in der Werkstatt bin. Ich möchte nicht, dass sie glaubt, ich hätte sie auch verraten." Leon nahm sofort telepathischen Kontakt zu seiner Schwester auf, die ihm versprach, zu erscheinen, noch bevor er Kebechsenefs Haus verlassen würde, obwohl sie keine Ahnung hatte, was Leon von ihr wollte. Wenn er um Hilfe bat, dann musste er wirklich schwerwiegende Gründe haben.

Sami beruhigte seine Gefährtin. „Wenn Kebechsenef im Spiel ist, dann wird es schon nichts Schlimmes sein."

„Auch wieder wahr", seufzte Laura.

Sie stellte morgens für Sami das Frühstück bereit und machte sich auf den Weg, noch bevor die Magier zum Training gingen. Luna erwartete sie schon.

„Vielen Dank, dass du kommen konntest. Wir haben da ein Problem, bei dessen Lösung du uns vielleicht helfen kannst." Sie legte den Finger vor die Lippen und führte Laura zu Lillys Zimmer, öffnete die Tür einen Spalt und zog sie sofort wieder zu.

„Ist Leon das Problem?", fragte Laura erbleichend.

Kebechsenef reichte ihr beide Hände. „Das genaue Gegenteil davon ist er!" Dann erzählte er ihr, was sich seit dem gestrigen Abend zugetragen hatte. „Nun hat Leon die Befürchtung, dass sie glauben könnte, er hätte sie auch verraten, wenn er dann in die Werkstatt geht. Deshalb bat er dich hierher. Er meint, du als seine Schwester, könntest sie eher beruhigen, als wir alle zusammen, egal, was wir ihr hoch und heilig schwören."

„Gut, dann gehe ich jetzt zu ihr und werde schauen, was ich machen kann." Laura schlüpfte leise ins Zimmer, um mit Leon noch ein paar Informationen telepathisch auszutauschen.

Als er sich vorsichtig erhob, setzte sich genau an die gleiche Stelle auf der Bettkante und nahm Lillys Hand in die ihre. Leon nickte dankbar und verschwand zu Luna in die Küche, die ihm schon ein kräftiges Frühstück bereitet hatte.

„Hast du wenigstens geschlafen?", fragte sie besorgt.

Leon schüttelte den Kopf. „Die ganze Nacht hat sie sich unruhig hin und her geworfen, ohne auch nur eine Sekunde meine Hand loszulassen. Sie muss sich von den gestrigen Schrecken erst einmal erholen. Jetzt hat Laura meinen Platz eingenommen. Hoffentlich ist es kein Fehler, jetzt zu gehen, ohne sie zu wecken."

„Wir wissen doch, wo und wie wir dich finden", beruhigte ihn Luna. Sie drückte ihn dankbar an sich. „Pass bitte heute bei der Arbeit doppelt auf, du siehst sehr übernächtigt aus."

„Ich gebe mir Mühe", versprach Leon und machte sich auf den Weg zu Arko.

Der stutzte bei der Begrüßung. „Hast du überhaupt geschlafen?"

Resigniertes Kopfschütteln. „Ich hab ein paar Probleme, die mich wach gehalten haben", erklärte Leon unsicher.

„Möchtest du darüber reden?"

„Eigentlich nicht, aber wahrscheinlich wäre es besser, ehe du die Sache von anderen erfährst. Lilly ist gestern Abend von der Klippe direkt in meine Arme gestürzt, ich hab sie mit Drakos Hilfe nach Hause gebracht und die halbe Nacht versucht, sie zu beruhigen. Den Rest der Nacht habe ich über sie und mich nachgedacht. Jetzt sitzt Laura an ihrem Bett und passt auf."

„Und ich passe auf, dass dir nichts passiert! Ab durch die Mitte und lasse dich erst übermorgen wieder bei mir blicken. Kebechsenef hat schon kundgetan, dass er heute ein Fest ausrichtet. In solchen Nächten schläft ja auch keiner. Alles Gute und mach, dass du zu Lilly kommst!"

Lilly wachte auf und schaute sich wie gehetzt im Zimmer um. Es dauerte einen Moment, ehe sie begriff, dass jemand ihre Hand hielt.

„Laura", hauchte sie tonlos. „Ich – ich – ich muss wohl geträumt haben." Sie schloss die Augen und begann zu weinen.

Laura beugte sich über sie, um sie liebevoll zu drücken. „Hast du nicht. Leon ist in der Werkstatt und bat mich, gut auf dich aufzupassen. Möchtest das Frühstück lieber ans Bett haben oder kommst du mit in die Küche?"

„Ich komme mit." Lilly schob die Bettdecke beiseite. „Wirklich nicht geträumt", murmelte sie. Sie trug noch ihr Gewand vom Vorabend und im Haar steckten einige kleine Kämmchen, die die Frisur hielten. Mit ein paar fahrigen Bewegungen versuchte sie, ihr Haar zu ordnen.

„Lass mich das machen", schlug Laura vor. Sie wartete die Antwort gar nicht erst ab und begann, ihre unverhoffte Schwägerin zu kämmen. „So, jetzt können wir gehen." Sie hielt ihr die Tür auf, rückte einen Stuhl zurecht und schenkte Tee ein.

Luna steckte den Kopf in die Küche. „Ihr kommt allein zurecht?"

„Alles bestens", erwiderte Laura mit einem Blinzeln.

Kebechsenef, der in der vergangenen Nacht ebenfalls kein Auge zugetan hatte, nahm am Krater Sobek beiseite. Neugierig beobachteten die anderen, wie er den Drakonat fest in die Arme nahm und überaus dankbar drückte. Dann erst wandte er sich den Freunden zu, bedeutete ihnen, sich zu setzen, um in Ruhe erklären zu können, wie sich in den letzten Stunden die Ereignisse überschlagen hatten. „So, wie es aussieht, feiern wir heute nicht nur die wundersame Rettung meiner Tochter, sondern wohl auch noch, dass sich ein neues Pärchen zusammengefunden hat", freute er sich. „Wir werden bestimmt bald wieder Hammer und Säge schwingen. Seid nicht böse, aber ich klinke mich für heute aus dem Training aus. Ich kann kaum einen wirklich klaren Gedanken fassen."

„Gehen wir alle heim!", rief Imset. „Wir grübeln ja doch alle über das Gehörte nach." Demonstrativ teleportierte er sich davon.

Kebechsenef kraulte Drakos dankbar zwischen den Hörnern. „Danke, du *Transportmittel*."

„Keine Ursache", erwiderte der große Drache. „Ich freue mich auf die Feier. Ob mit oder ohne Magie – Leon ist ein guter Kerl."

Kebechsenef materialisierte sich vor seinem Haus genau in dem Augenblick, als auch Leon zurück kam. „Hast wohl auch frei bekommen?", fragte er hoffnungsvoll.

„Ja, Arko hielt es für besser."

„Siehst du, genau deshalb ist heute auch das Training ausgefallen. Komm rein! Wir schauen mal nach, wie sich die Frauen arrangiert haben."

Er ließ Leon den Vortritt in den Garten, wo Stimmen zu hören waren.

Lilly bekam große Augen, als Leon plötzlich um die Ecke kam. Wie von einer Stahlfeder getrieben, sprang sie auf und warf sich an seine Brust. Laura blinzelte ihm fröhlich zu. Leon hob mit der Fingerspitze Lillys Kinn an, bis er ihr tief in die Augen schauen konnte, dann gab er ihr einen zärtlichen Kuss. So bekam er auch gar nicht mit, dass es ringsum grün flimmerte und sich Paar für Paar, die Magier materialisierten.

„Oh! Familientreffen", kicherte er, als er plötzlich Sobek, Zaid und all die anderen erspähte.

„Jetzt wird es eng. Packen wir einfach und ziehen gleich jetzt hinaus auf den Festplatz", schlug Luna vor.

„Aber erst, nachdem wir den Held des Tages begrüßt haben!", rief Solon und reichte Leon beide Hände.

Der wurde rot und warf Laura einen Hilfe suchenden Blick zu.

Du hast es dir redlich verdient, hörte er ihre Stimme in seinen Gedanken.

Das ist mir so was von unangenehm. Ich hab doch nur gemacht, was auch jeder andere getan hätte.

Wenn du dich da mal nicht irrst!

Lilly biss sich auf die Unterlippe. „Du magst den Rummel nicht. Stimmt's?"

„Stimmt. Davor musst du mich retten."

Sie lächelte. „Hilft es dir, wenn ich einfach nur an deiner Seite bin?"

„Das tröstet zumindest ein bisschen darüber hinweg."

Lilly blinzelte und telepathierte: *Den ganz großen Trost spende ich dir heute Nacht.*

Ich höre schon auf zu jammern, schmunzelte Leon, ohne dass die anderen mithören konnten.

Lilly hauchte ihm einen Kuss auf die Wange und schloss sich den Frauen an, die lachend und scherzend zum Festplatz zogen.

Leon schaute zufrieden hinterher. Eine Hand legte sich auf seine Schulter und er fuhr zusammen.

„Meine Güte! Hast du mich erschreckt! Da kann man ja glatt tot umfallen, ehe man dazu kommt, sein Glück zu genießen."

Sami grinste. „Komm, wir beide nehmen den Rest mit."

Gemeinsam fassten sie nach dem schweren Korb. Sami staunte, wie mühelos Leon inzwischen auch solche Lasten bewegen konnte. Die harte Arbeit in Arkos Schmiede trug reiche Früchte.

„Woran arbeitet ihr im Moment?", fragte er.

„An Sensen, Scheren, Messern und allem, was sonst noch schneidet", gab Leon gern Auskunft. „Manchmal glaube ich, Atla ist ein

Fass ohne Boden. So viele Messer kann gar keiner verbummeln, wie manche bei uns holen!"

„Tatsächlich?" Sami schaute ihn zweifelnd an. „Eure Messer halten doch ewig. Da muss man höchst selten einmal nachschleifen."

„Wie das funktioniert, ist Arkos Geheimnis und das werden wir alle beide bestens hüten", erklärte Leon lächelnd.

Auf dem Festplatz war schon ganz Atla versammelt, Isis und Osiris waren da, die Drakon und Horus strahlte vor Zufriedenheit. Immerhin war es sein Urenkel, der hier gefeiert wurde. Ein kurzer Besuch im Gleiter verstärkte diesen Zustand.

Da im Augenblick die Feier noch spontan, wie bei den Atlan üblich, und nicht themengebunden lief, fühlte sich auch keiner gemüßigt, Erklärungen abzugeben. Leon schmuste ungeniert mit Lilly, wie es ihm, als ihrem gewählten Gefährten, auch zustand. Gerade stand er mit ihr im Arm am Tisch bei Maris, als er von hinten angesprochen wurde. Lilly drehte sich um, wurde leichenblass und hauchte telepathisch: *Das ist Ahab.*

„Heh, du verhinderter Möchtegernmagier, lass die Finger von ihr. Sie hat mir versprochen, meine Gefährtin zu werden."

Schlagartig herrschte Ruhe und alle warteten auf Leons Reaktion. Der zog eine Augenbraue hoch und musterte sein Gegenüber von oben bis unten mit eindeutig abfälligem Blick. Offenbar hatte Ahab schon mehr als einen über den Durst getrunken.

„Wenn du dich nur halb so aufblasen würdest, könnten wir vielleicht doppelt so gut reden", schlug er vor. Er schob Lilly unmerklich aus der Gefahrenzone. „Wenn du schlau bist, dann machst du dich einfach ein paar Meter weg und ich vergesse deine dumme Anmache."

Sein Kontrahent funkelte ihn wütend an. „Was kannst du ihr schon bieten? Ich habe eine Herde Schafe!"

„Die der Gemeinschaft gehört. Ja, ja, ich weiß." Leon schüttelte mit gespitzten Lippen amüsiert den Kopf.

Ahab klappte der Unterkiefer bis auf die Sandalen. So hatte ihn noch niemand abgefertigt.

Leon setzte noch einen obendrauf. „Das war zwar noch nicht die Antwort auf deine Frage, die kannst du aber auch aus erster Hand haben. Lilly zieht mich, so einem Windbeutel, wie du bist, vor, weil ich ein gegebenes Wort nicht einfach breche. Genau so wenig habe ich vor, ihr das Herz zu brechen, indem ich mich vor ihren Augen mit anderen im Gras wälze."

Ahab packte Leon am Arm und alle rechneten mit einer handfesten Prügelei. Stattdessen begann Leon breit zu grinsen. „Gut, du willst es nicht anders. Pass auf, ich zeige dir etwas. Eigentlich hatte ich das nicht vor, aber spätestens heute Abend wüsste es eh die ganze Siedlung." Er schlug Ahabs Hand von seinem Arm und erzeugte ein geradezu riesiges Hologramm, welches noch einmal für alle zeigte, was Lilly in seine Arme getrieben hatte.

Ahab rannte nach den ersten Bildern wie gehetzt davon.

„Blödmann", murmelte Leon und etliche junge Frauen saßen ziemlich bleich auf ihren Plätzen. Ihnen hatte Ahab wohl auch die tollsten Versprechungen gemacht.

Kebechsenef stand auf. „Mit dieser eindrucksvollen Erklärung, warum, ist nun auch der offizielle Teil der Feier eröffnet. Ich glaube, es gibt nur noch viele Glückwünsche an das neue Paar hinzuzufügen."

Beifall und Hochrufe auf Leon.

Kebechsenef dirigierte die beiden an seinen Tisch, wo zwischen ihm und Sobek zwei Plätze frei gehalten worden waren.

„Toller Auftritt", schmunzelte Osiris. „Ich schätze, mit ihm wärst du auch rein kräftemäßig fertig geworden."

Leon stimmt zu. „Meine Kraft kann ich woanders aber sinnvoller einsetzen. Außerdem prügele ich mich generell nicht, schon gar nicht mit Angetrunkenen. Wenn er wieder nüchtern ist, kriegt er vielleicht das große Flattern."

„Und was machst du, wenn er weiter auf Streit aus ist?", fragte Lilly leise.

Leon lächelte sie an. „Dann bitte ich Horus, ihn für eine Weile nach Taris zu schicken, damit er lernt, wie man mit Frauen umzugehen hat. Das habe ich übrigens deinem Vater auch schon gesagt. Ich bitte nicht oft um etwas, aber das wäre es mir wert. Leute, die abheben, müssen einfach eins auf die Mütze bekommen, damit sie wieder normal werden. Ich bin ein brauchbares Beispiel für diese Theorie."

Lilly nahm sein Gesicht in beide Hände, rieb ihre Nasenspitze an der seinen, ehe sie ihm einen zärtlichen Kuss gab. *Ich liebe dich*, sagte sie telepathisch und fügte laut hinzu: „Obwohl das alle hören dürften, aber du magst den Rummel ja nicht so."

„Wie hast du eigentlich das riesige Hologramm erzeugt?", wollte Imset wissen.

Leon schaute ihn lange nachdenklich an. „Keine Ahnung, das ergab sich einfach so."

„Na, ich hab da eine ganz andere Vermutung!", rief Neri und schaute hinüber zur Pyramide, deren strahlendes Weiß die Sonne reflektierte.

Laura klatschte in die Hände. „Wäre das schön!" Sie schickte einen hoffnungsvollen Blick zu ihrem Bruder hinüber, der noch immer nicht verstand, was beiden Frauen durch die Köpfe ging.

„Sie meinen, die große Kobra könnte dir verziehen haben", klärte ihn schließlich Lilly auf.

Leon wandte sich ebenfalls dem Hort der Magie zu. *Egal was, ich danke dir für die Kräfte, die du mir gestern und heute geliehen hast,* sandte er in Gedanken hinüber. Ein blaues Leuchten überzog für einen Moment das gigantische Bauwerk. *Sie hat meinen Dank angenommen,* dachte der junge Mann erfreut und hob seinen Becher gegen all seine Freunde. „Auf Lilly."

„Auf Lilly", antworteten sie und tranken auf ihr Wohl.

„Was ist das denn?", murmelte er plötzlich und schaute unter den Tisch. „Komisch, ich hatte gerade das Gefühl, als würde einer der Hunde um meine Beine streichen."

„Die sind alle da hinten bei Chima." Imset deutete in Richtung Landeplatz.

Leon zuckte mit den Schultern und kurz darauf zusammen. Er fasste nach unten, zog vorsichtig den Arm unter der Bank hervor. Mit weit aufgerissenen Augen betrachtete er, was sich da um seine Hand wickelte.

„Eine Kobra!" Laura beugte sich sogar noch nach vorn, um besser sehen zu können. Sami riss sie zurück.

„Pssst, nur keine hektischen Bewegungen", flüsterte Leon, der keine Ahnung hatte, ob das nun ein natürliches Reptil oder ein magischer Bote war. „Ich werde sie auf die Wiese bringen. Sicher hat sie sich verirrt."

Das Tier fixierte ihn mit seinen senkrechten Pupillen, pendelte langsam mit dem Kopf hin und her und züngelte aufgeregt. Ehe er wirklich etwas unternehmen konnte, hatte es sich von seiner Hand auf den Tisch hinab geringelt und richtete seine Haube auf.

„Pass auf, mein kleiner Freund", sagte Leon. „Hier kannst du nicht bleiben, du könntest verletzt werden, wenn es zu einer Panik kommt. Ich trage dich auch in den Wald, wenn du das lieber möchtest." Er hielt der Schlage aufmunternd die Hand hin. Langsam pendelte der Kopf hinunter, dann kroch sie tatsächlich auf Leon zu, wand sich um seinen Arm, begann blau zu leuchten, wuchs sprunghaft, bis sie ihn völlig mit ihren Windungen umschlungen hielt. Die Magier wechselten wissende Blicke, das konnte nur ein gutes Zeichen sein. Dann löste sich das riesige Tier in einem blauen Nebel auf, der träge, aber zielstrebig, auf die Pyramide am Rande des Urwaldes zu trieb.

„Deine Augen!", rief Lilly überrascht.

In ihnen lag der stählerne Glanz, wie früher, wenn er mit der Quelle kommuniziert hatte.

Die Schuld ist abgetragen

„Scheint, als könnte was gefeiert werden", sagte eine Stimme von hinten.

„Thor!" Cheiron trabte ihm mit ausgebreiteten Armen entgegen. „Wo kommst du denn plötzlich her?"

„Von da", grinste der Ase, zum Landeplatz deutend.

Niemand hatte bemerkt, wie sich die Drakon vom Festplatz entfernt hatten, um den Gast sicher geleiten zu können.

„Und wie gefeiert werden kann!", riefen alle durcheinander. „Setz dich! Bewirtung kommt sofort!"

Lilly und Laura sprangen auf, um dem Ankömmling Becher und Teller zu füllen.

„Du bleibst doch hoffentlich ein paar Tage!" Sobek schaute ihn bittend an.

„Natürlich. Ich muss doch meine sechs Wochen Freiwilligendienst verrichten", bekam er mit genüsslichem Grinsen zur Antwort. Der Grund dafür saß, selig lächelnd, nur zwei Tische weiter und schien noch immer ganz für ihn frei zu sein.

Thor begrüßte all seine Freunde. Mit Osiris tauschte er eine herzliche Umarmung und von Isis bekam er einen Kuss auf die Stirn. Wie er so in die Runde schaute, fiel ihm das glückliche Pärchen Lilly/Leon auf.

„Ganz neu?", schmunzelte er.

„Brandneu in jeder Weise", witzelte Leon.

Lilly errötete, alle lachten und Thor schaute Leon irritiert an.

„Glaub es ruhig. Wir hatten einfach noch keine Gelegenheit."

„So was gibt es???" Der Ase zog eine lustig-erschreckte Grimasse. Dann kamen Sami und Laura in sein Gesichtsfeld. „Auch frisch!"

„Hmm, nicht ganz", schmunzelte Sami. „Aber du konntest es wirklich noch nicht wissen."

„Wie hast du es nur geschafft, eine Seherin zu bezirzen?"

„Einzig mit meinem schier unerschöpflichen Charme", blinzelte Sami treuherzig, unter den Lachsalven der Magier.

Thor kicherte. „So, so. Na, irgendwie kenne ich inzwischen euer Völkchen ziemlich gut. Ich kriege schon raus, was wirklich dahinter steckt." Er stieß mit Sami an.

„Sind Ihi und Ariel auch endlich in festen Händen", wollte er gleich darauf wissen.

„Nein, sie sind noch in der Testphase, würden sie es selber bezeichnen", schmunzelte Horus.

Der Ase lachte. „Klingt fast wie bei Hapi und Duamutef, die werden auch ewig testen."

Horus stellte richtig: „Die beiden halten sich für zu jung, mit ihren knapp achttausend Jahren."

„Ach ja, ich erinnere mich! Dafür beschenken dich die anderen beiden so reichlich mit Kindern und Kindeskindern, dass mir wirklich nicht bange um euren Clan ist."

„Darauf trinken wir!" Osiris hob den Becher.

„Hol erst mal deine Leute aus dem Raumschiff", schmunzelte Imset. „Die müssen doch schon ganz platte Nasen haben. Hier schlemmen alle und sie müssen zuschauen."

Sofort erschienen die fünf Männer, winkten grüßend in die Runde und mischten sich gleich unters Volk.

Isis blinzelte Thor zu. „Sieht ganz so aus, als müssten sie morgen weiter."

„Mm, mm", schüttelte er, breit grinsend, den Kopf. „Diesmal nicht. Ich habe es geschafft, die ganze Mission als offiziellen Handelsbesuch zu deklarieren. Wir werden volle zwei Monate hier bleiben und natürlich bei allen anfallenden Arbeiten helfen, um uns Kost und Logis zu verdienen."

Cheiron rieb sich die Hände. „Dann ist ja für alle Spaß garantiert. Wir haben nämlich in den nächsten Tagen eine Menge vor. Er deutete mit dem Kopf auf Leon und Lilly."

„Wo steckt eure kleine Chima?" Thor schaute sich suchend um.

„Sie holt Fischnachschub", entgegnete Drakos.

Der Ase staunte. „Chima ist fast erwachsen? Bei euch ist die Unsterblichkeit wirklich nie langweilig. Kaum zu glauben, was in den paar Monaten seit meinem letzten Besuch alles passiert ist! Die jungen Männer gehen fleißig auf Freiersfüßen... Fehlt eigentlich nur noch, dass sich Neris dritter Wunsch erfüllt."

Darina erhob sich, blinzelte Thor zu und strich ihr Faltengewand glatt, unter dem der wachsende Babybauch deutlich zu erkennen war.

Aufspringen und die werdenden Eltern herzlich umarmen, war alles eins bei Thor.

„Dieser Geheimniskrämer", er deutete mit dem Zeigefinger auf Imset, „hat nicht einen Ton gesagt!", beschwerte er sich scherzhaft. „Wobei ich ja langsam, eure Überraschungsauftritte, gewohnt sein müsste. Ach! Da fällt mir gleich etwas ein, das ich Imset auch nicht erzählt hatte! In sieben Monaten kommen die Helion für zwei Wochen nach Asgard. Wäre nicht übel, wenn von euch auch jemand kommen könnte."

„Gebongt!" Horus sagte sofort zu. „Cheiron, Danaë, Leon, Lilly, Sami, Laura, Tamu, Sara, Arko, Kira."

Die Erwähnten schauten sich überrascht an.

„Ist doch perfekt", erklärte Imset. „Zwei kennen sich bestens mit der Technik aus, zwei können nach Anweisung sofort agieren. Wir haben Kämpfer, Magier, Botaniker, Heiler, eine Seherin – sind also bestens aufgestellt. Sogar eine Geheimwaffe gegen Splitter ist an Bord. Vielleicht sogar zwei, wenn ich es recht bedenke."

„Wen meinst du?", fragte Thor neugierig, die zehn Auserwählten neugierig musternd.

„Pssst!", machte Sobek, spitzbübisch feixend. „Du wirst es in den nächsten Tagen sicher selbst herausfinden."

Thor schmunzelte. „Das klingt ja wieder nach Erlebnisurlaub von der ganz besonderen Sorte."

Die Magier brachen in Gelächter aus. „Jedenfalls wollen wir nicht in den Krieg ziehen. Es müsste sich inzwischen herumgesprochen haben, dass es, wenn man uns auf die Zehen tritt, ein Echo mit ordentlichem Nachhall gibt."

„Es hat sich überdies weit herumgesprochen, dass unsere Völker sehr eng befreundet sind. Uns macht seit Jahren darum auch keiner mehr blöd an", verriet Thor. „Sonst wäre ich bei Imsets Kontaktaufnahme sicher auch nicht damit beschäftigt gewesen, ein paar wild gewordene Kühe zu suchen."

„Und intern?", wollte Osiris wissen.

„Immer dasselbe! Loki und sein Sohn, die Midgardschlange, brauchen öfter einen Dämpfer."

Loki? Ist das nicht der, der meine Mutter vergewaltigt und Apophis die Tappa-Falle zugespielt hat, fragte Leon telepathisch Imset.

Genau das ist er. Für Ersteres hat sie ihm vor versammelter Mannschaft die saftigen Ohrfeigen verpasst. Seit der Sache mit der Falle ist er auf der Flucht. Ich erteile dir alle Vollmachten, wenn du vorhast, ihn gefangen zu nehmen.

Gut, zu wissen.

In diesem Augenblick wandte sich Thor Leon zu. „Du bist doch Schlangenmagier. Wäre doch sicher eine interessante Aufgabe für dich, herauszufinden, wo sich die beiden Dreckskerle versteckt halten."

Leon schloss für einen Moment die Augen. „Pass auf, Thor, reinen Wein. Ich habe kurz nach deinem letzten Besuch sowohl die Quelle, die Magier, als auch meine ganzen Freunde, zutiefst enttäuscht. Dafür hat mir die Quelle, völlig zu Recht, meine Kräfte genommen. Als du vorhin kamst, hast du gerade noch das blaue Leuchten gesehen, das eine magische Kobra hinterlassen hat, die mich besuchte. Ich weiß nicht, ob und welche Kräfte ich wiederbekommen habe. Wenn ich helfen kann, dann werde ich es tun."

Thor legte ihm die Hand auf die Schulter. „Wir werden sehen, ob du etwas bewirken kannst. Ich vertraue dir und für den Fall, dass deine Kräfte wieder da sind, erteile ich dir jetzt schon, auch im Namen Odins, alle Vollmachten."

„Danke." Leon verbeugte sich zum Zeichen seiner Hochachtung vor Thor.

„Ich glaube, wir werden wieder was erleben", schmunzelte Sobek. „Zaid hatte es Loki ja prophezeit, was passiert, wenn er uns jemals wieder in die Hände fällt. Wenn ihn sich Leon greift, dann fällt die Strafe genau so schlimm aus, wie wenn er mir zwischen die Finger käme. Böse, böse!"

Thor schaute nach dem Stand der Sonne. „Wäre es eine vermessene Bitte, mir heute noch beim Entladen meiner Fracht zu helfen?"

„Nein, keineswegs." Imset, Sobek und Leon standen sofort auf und auch Cheiron war im selben Augenblick zur Stelle.

Gemeinsam liefen sie zum Landeplatz.

„Erschreckt nicht, im Laderaum riecht es etwas streng. Da hilft die beste Luftfilterung nicht."

Cheiron schaute neugierig über die Absperrung, hinter der sich die beiden Schweine befanden. „Prachtexemplare!"

„Ihr werdet in den nächsten Tagen wohl auch schon Ferkel haben", lachte Thor. „Wir haben sie extra nicht separiert und die beiden haben sich täglich ausgiebig miteinander befasst. Schweine können da übrigens sehr ausdauernd sein. Beneidenswert."

„Schwächelst du etwa?", witzelte Imset.

Thor hob eine Augenbraue. „Nicht bei dem, was mich hier bei euch erwartet. Da werde ich glatt auch zum Schwein."

Das einsetzende Gelächter erschreckte die Tiere, die aufgeregt zu quieken begannen.

„Ja, ja, Schwein sein ist schön", seufzte Sobek, worauf noch einmal alle lachten, hatten sie doch sofort wieder die Berichte von der Wüste vor Augen.

Leon schmunzelte still in sich hinein. Zu Ohren gekommen waren ihm selbige auch. Was ihm selber bisher entgangen war, würde er sicher in der kommenden Nacht herausfinden.

Imset und Sobek teleportierten die zutraulichen Tiere umgehend in das gut gesicherte Gehege. Sie warteten noch fünf Minuten, um zu beobachten, ob beide den Transfer unbeschadet überstanden hatten. Die Schweine begannen sofort herumzuschnüffeln und erste Nahrung aufzunehmen. Zufrieden verschwanden die Männer.

Im Raumschiff öffnete Thor soeben eine riesige Transportkiste.

„Leder", hauchte Cheiron ganz verzückt. „Wer hat denn das bestellt?"

„Leon", gab Thor zurück und breitete dreißig erstklassig gegerbte Häute aus.

Leon schüttelte fassungslos den Kopf. „Da steckt doch ihr beiden dahinter!", rief er, auf Vater und Großvater, zeigend aus.

Breites Grinsen antwortete ihm.

„Wohin sollen wir es bringen?", fragten sie nur und alle schauten erwartungsvoll Leon an.

„Zehn zu Cheiron, zehn zu Arko, zwei zu mir und die restlichen acht in den Speicher."

Die beiden Beschenkten bekamen große Augen.

Thor freute sich, genau wie die Drakonat, aber auch Leon, über die gelungene Überraschung. Die beiden Drakonat brachten im Gegenzug Stoffballen, Honigtöpfe und zwei Weinamphoren mit.

„Ist das alles?", fragte Leon erstaunt.

Der Ase verschloss den Lagerraum. „Ja, denn die Schweine sind ein Geschenk von Odin und mir." Dann reichte er Cheiron einen großen verschlossenen Leinensack. „Hier habe ich noch ein kleines Mitbringsel für dich."

„Danke!" Der Zentaur nahm den schweren Packen entgegen. „Kleines Mitbringsel", wiederholte er kopfschüttelnd.

„Imset meint, du könntest das gut gebrauchen und da ich derselben Ansicht bin, hat Sif etwas von ihren Vorräten herausgerückt. Schau doch einfach mal hinein", riet Thor mit einem verschwörerischen Blinzeln zu Imset, weil Cheiron die Neugier förmlich anzusehen war.

Behutsam packte der Zentaur den Inhalt aus. „Gesalzener Speck und Schinken", seufzte er, mit selig verdrehten Augen. „Lasst euch umarmen." Er fasste sich mit dem Finger in die Augenwinkel. „Ich glaube, ich habe Staub abbekommen."

„Ach, so nennt man das jetzt wohl?", schmunzelte Thor.

„Na klar! Oder hast du jemals einen Zentauren vor Freude flennen sehen?"

„Könnte mich nicht erinnern."

„Na also." Cheiron trabte, mit seinem Paket im Arm, schnell nach Hause, um es gut zu verwahren.

Auf dem Festplatz roch es inzwischen nicht nur nach gegrilltem Fisch, sondern auch nach Hähnchen und gebratenem Gemüse. Cheiron kam wieder, wobei er einen großen Teller mit hauchzarten Speck- und Schinkenstreifen durch die Menge der Feiernden jonglierte, diesen auf dem Tisch der Magier absetzte und „greift bitte alle zu, die Säugetierfleisch essen", sagte.

Imset seufzte. „Das war für dich gedacht. Du bist unverbesserlich."

Cheiron zog eine fröhliche Grimasse. „Deshalb bin ich Atlan – durch und durch unverbesserlich."

Das Gelächter war unbeschreiblich. Osiris schlug sich auf die Schenkel und auch Thor konnte sich kaum wieder beruhigen."

„Ich glaube, ich muss mit Odin reden, für die Helion ein paar Herzstärkungen bereit zu halten. Die kippen uns sonst aus den Schuhen, wenn Cheiron zur Höchstform aufläuft." Thor feixte noch immer, während der Zentaur ein harmloses Grinsen aufsetzte.

Die ungleichen Freunde bildeten ein Paar Excellence, das Imset und Safi, Sobek und Maris oder Solon und Talos in buchstäblich nichts nachstand.

Sami hob den Kopf, schaute, mit kaum merklichem Lächeln, über den Festplatz. „Wisst ihr, was ich gerade festgestellt habe?"

Fragendes Kopfschütteln.

„Dass unser Frauenheld Ahab gerade den nächsten herben Dämpfer erhält. Die hübschesten ledigen Frauen sind schon alle mit Thors Mannschaft in den Dünen verschwunden."

„Nicht schlecht", amüsierte sich Leon. „Da wissen sie wenigstens, woran sie sind – keiner verspricht ihnen Dinge, die dann nicht gehalten werden und das Vergnügen dürfte auch kaum zu kurz kommen." Dabei warf er Lilly einen sehnsüchtigen Blick zu. *Wenn es jetzt nach mir ginge, dann würde ich mit dir auch für eine Weile verschwinden,* hörte sie in ihren Gedanken.

Dann tu es doch! Ich bin in wenigen Augenblicken am Haus deiner Eltern.

Die kleine Absprache bewirkte, dass es tatsächlich keinem auffiel, wie plötzlich beide verschwanden, denn Leon blieb noch einen kurzen Moment sitzen, ehe er scheinbar eine ganz andere Richtung einschlug. Außerhalb des Festgeländes hatte er es dann plötzlich sehr eilig. Lilly wartete schon vor der Tür. Er nahm sie auf die Arme und beeilte sich, in sein Zimmer zu kommen. Die Festtagsgewänder landeten achtlos auf dem Boden und Leon begann Lillys Körper zu streicheln und mit heißen Küssen zu bedecken.

„Geh nicht zu hart mit mir ins Gericht", flüsterte er. „Ich hab noch nie…"

„Ich auch nicht", entgegnete Lilly.

„Wie??? Ich dachte Ahab …"

„Dazu ist er nicht mehr gekommen, nachdem ich ihn zwischen den Schenkeln der anderen erwischte."

Leon schloss sie zärtlich in die Arme. „Na, das heizt mir ja gleich doppelt ein."

Mit seinem Gespür für ihre Gefühle ließ er sie völlig vergessen, das es jemals einen anderen gegeben, der Anspruch erhoben hatte. Sie kuschelte sich noch lange sehr zufrieden in seine Arme.

„Heute Nacht werde ich zum Wiederholungstäter", versprach Leon mit genüsslichem Seufzen.

„Aber nicht vergessen."

„Ganz bestimmt nicht. Wie die Asen in den Büschen verschwinden, hat nämlich höchst anregende Wirkung, zumal ich jetzt erst weiß, wie wundervoll diese Art der Zweisamkeit wirklich ist." Er schaute nach dem Stand der Monde. „Wir sollten aber langsam wieder zu den anderen gehen, ehe sie uns auf die Vermisstenliste setzen."

Arm in Arm schlenderten sie auf den Festplatz zurück, als kämen sie soeben von einem langen Spaziergang.

„Ihr wart wohl, Bauplatz aussuchen?", fragte Sobek.

„Nicht ganz", erwiderte Leon lächelnd. „Aber den kann ich dir trotzdem schon verraten: Wir möchten gern auch auf dem Hügel, aber links von euch, ein Häuschen haben. Von da ist es nicht weit bis zu Arko und alle anderen sind auch gleich Nachbarn."

„Du willst weiter bei mir arbeiten?", fragte der Meister hoffnungsvoll.

„Selbstverständlich. Und wenn die Kräfte zehnmal wieder da sein sollten." Leon drückte fest die dargebotene Hand.

Lillys strahlendes Lächeln verstärkte sich gleich noch mehr. Ihn würde es so auch nicht stören, wenn sie täglich in der Web- und Handarbeitsstube ihrer Großmutter die Gewänder für die Feste bestickte.

„Ihr könnt morgen früh, wenn ich den Magiern beim Training zusehe, meine ganze Mannschaft in die Arbeiten einspannen", bot Thor an. „Ich habe ihnen nur versprochen, dass sie die volle Zeit hierbleiben dürfen, nichts, dass gefaulenzt wird."

„Nicht übel", freuten sich Arko und Leon. „Da kommen wir mit den Vorbereitungsarbeiten ein ganzes Stück voran."

„Habt ihr auch eine Aufgabe für kleine Drachen?", fragte Chima plötzlich.

Arko schaute sie nachdenklich an. „Doch, mir fällt gerade etwas ein. Du könntest uns beim Ausheben der Baugrube helfen."

„Oh, toll! Umgraben kann ich ganz gut." Sie hob eine Vorderklaue.

Mit dem Feuerzauber der Drachenwesen endete der Abend, wobei diesmal Thor und seine Männer diejenigen waren, denen vor Schreck fast das Herz stehnblieb, als die Flammen der Drakon auf Imset zurasten.

„Die vier sind immer wieder beeindruckend", stellte Leon fasziniert fest. Er zog Lilly an sich. *Ich weiß aber, was mich in ein paar Minuten genau so, wenn nicht noch mehr, begeistern wird.*

Sie merkte deutlich, welche Mühe es ihm bereitete, den gemütlichen Schlenderschritt beizubehalten, mit dem sich auch Sobek und Zaid auf den Weg machten. Man wünschte sich zu Hause gegenseitig eine gute Nacht und jedes Paar verschwand in seinem Zimmer. Erfreut gewahrte Leon, dass es ihm tatsächlich gelang, den Raum energetisch abzuschotten. Die nächsten Stunden wollte er beim besten Willen niemandem verraten, womit Lilly und er sich beschäftigten.

Das Rauschen von Drachenschwingen weckte ihn am Morgen. Mit einem Satz war er aus dem Bett, in der Annahme, er hätte verschlafen. Erleichtert ließ er die angehaltene Luft aus den Lungen. Die drei Großen flogen gerade erst zum Meer, um sich einige Frühstücksfische zu fangen.

Lilly fasste im Halbschlaf neben sich. Der Platz war leer. Sie setzte sich auf, wobei sich die Decke selbstständig machte. „Haben wir noch ein paar Minuten zum Kuscheln?"

„Bei dem Anblick fällt mir noch was ganz anderes ein", erklärte Leon mit funkelnden Augen und begann die *paar Minuten* äußerst intensiv zu nutzen. Etwas später blinzelte er ihr schelmisch zu. „Zieh dir lieber etwas über, sonst komme ich heute gar nicht mehr aus dem Bett."

Gerade noch rechtzeitig, bevor die vielen Helfer auftauchten, erreichte er die zukünftige Baustelle. Chima hockte auch schon da und genoss die Morgensonne. Als Arko, Cheiron und Leon die Grundmaße absteckten, ließ sie sich ausgiebig von den Asen streicheln und kraulen, die den wundervollen Jungdrachen am liebsten mit nach Hause nehmen wollten.

Dann erklärte Arko ganz genau, wie sie graben sollte. Entlang der gespannten Bänder hatte er gesagt, also setzte sie ganz exakt die Krallen an, um die erste Furche zu ziehen, die fast so aussah, als jemand mit einem Spaten gearbeitet.

Der Einfachheit halber arbeitete sie sich einmal ringsherum und konnte dann die Innenfläche im Schnelldurchgang wegbuddeln. Die Männer sprangen beiseite, denn der Aushub flog in Größe ganzer Wagenladungen auf einmal durch die Gegend und türmte sich zu zwei ansehnlichen Haufen.

„Eine dreiviertel Stunde für eine ganze Baugrube. Dafür hätten wir zu acht den ganzen Tag gebraucht", staunte Thor.

Und wie es einst Drakos mit Lara gemacht hatte, schob Chima ihre Klaue unter Thors Hand. „Mein Werkzeug ist eine Winzigkeit größer." Dabei war ihre kürzeste Kralle immer noch doppelt so lang, wie Thors ganze Hand.

Zaid erschien mit einer gespickten Ananas.

Chimas Augen leuchteten auf. „Für mich?"

„Nur für dich. Das ist Kraftfutter für fleißige Drakon."

„Schmeckt gut! Ganz anders, als wenn ich mir so was von der Plantage hole", stellte das Drachenweibchen sofort fest.

Zaid lachte. „Sonst wäre es ja auch nichts Besonderes. Da habe ich ganz viele verschiedene Kräuter hineingesteckt."

Auch die Magier machten große Augen, als sie die fertige Baugrube sahen.

„Hat Chima ihren Turbo angeworfen?", fragte Imset überrascht.

„Du wirst es nicht glauben, aber sie hat vierbeinig gebuddelt", erklärte Arko. „Mit den Vorderbeinen hat sie das Material ohne Unterbrechung gelockert und mit den Hinterbeinen aus der Grube befördert. Ziemlich effizient. Wir hatten kaum Nacharbeiten."

„Und es hat Spaß gemacht!", lachte die Drakon.

Osiris schmunzelte. „So einen fleißigen Helfer könnte ich im Palast gebrauchen. Wir wollen noch eine ziemlich sterile Wiese umgraben, Bäume, Sträucher und Blumen pflanzen."

„Wenn es meine Eltern erlauben, dann helfe ich gern", versprach Chima. „Ich bin auch neugierig, wie es auf Kantar aussieht."

Osiris trug Chimas Bitte Drakos vor.

„Ich habe nichts dagegen. Ich werde sie auf dem Flug begleiten und auch wieder abholen, damit sie sicher ankommt. Drei Tage darf sie bleiben."

„Freut mich sehr", rief Osiris. „Ein ruhiges Schlafplätzchen wird sich schon finden. Aber jetzt kümmern wir uns erst einmal um Schlafplätzchen, Küche und Speisekammer für Leon und Lilly."

Siri nahte mit ein paar Baumstämmen und diesmal schloss sich ihr Chima an, um auch noch zu lernen, welches Baumaterial für atlanische Häuschen vonnöten war.

„Nimm nur einen Stamm", riet Siri. „Jeder Balken hilft uns."

„Ach ja, als ich das Holz für die Schweinchen geholt habe, waren die Handwerker auch noch lange nicht fertig, als ich mit dem nächsten Stück auftauchte. Ich muss so zwar öfter fliegen, aber auch nicht so schwer schleppen."

„Eben. Immer schön mit Ruhe. Wir sind unsterblich, die Atlan auch, das junge Paar hat bei den Eltern ein Dach über dem Kopf – uns treibt wirklich niemand. Wenn eine Notwendigkeit zur Eile besteht, dann wirst du es fühlen oder es wird dich jemand bitten, schneller zu sein." Siri stupste ihre Tochter mit dem Kopf an. „Nur, wenn du eines Tages das Kampftraining mit den Drakonat beginnst, dann musst du schneller sein, als alles auf der Welt. Du hast ja den kleinen Schaukampf von Sami gegen die beiden gesehen. Er hat tatsächlich alles gegeben, war aber manchmal doch nicht schnell genug."

Chima nickte und nahm sich vor, genau so heimlich wie der junge Mann, wenigstens ihre Schnelligkeit zu trainieren.

In der Woche darauf bezog das glückliche Pärchen bereits das Haus, welches durch die tatkräftige Unterstützung der Asen in Rekordzeit fertig war.

Arko hatte Leon kurzerhand eine kleine Hobbyraum-Ausstattung an Werkzeug geschenkt, mit den Worten: „Ich weiß doch, wie gern du abends noch bastelst."

Er sollte sich nicht geirrt haben. Wenn Lilly ihr Handarbeitszeug nahm, verschwand Leon in seinem Bastelzimmer, schnitzte und feilte. Meist saßen sie sogar zusammen darinnen und ziemlich oft gesellten sich Freunde hinzu, die es ebenfalls liebten, in ganz entspannter Atmosphäre etwas Sinnvolles zu tun.

Bald gehörten sogar Safi und Merit-Amun zu den Stammgästen, die gemeinsam Schmuck kreierten. Natürlich spendierte Safi die leckersten Getränke und die Fangemeinde, der wöchentlich einmal offiziell stattfindenden Bastelabende, wuchs stetig. Aus Platzgründen bastelte man schließlich im Garten, wo die Männer große Tische aufstellten, an denen sich hin und wieder auch der Magische Klub traf, der inzwischen unzählige Mitglieder hatte.

Thor besuchte am zweiten Tag seines Atla-Urlaubs das Training der Magier, fand in den ersten Minuten sofort heraus, dass Sami Laura mit mehr, als nur seinem Charme beeindruckt haben musste. Auf der Baustelle hielten die jungen Männer dann auch nicht mehr hinter dem Berg und erzählten von Beginn an, was sich genau zugetragen hatte. Thor hörte den schier unglaublichen Geschichten aufmerksam zu. Dass Leon erst vor Stunden seine Kräfte zurückbekommen hatte, wusste der Ase aus eigenem Erleben. Das Blöken der Schafe von der nahen Weide erinnerte ihn an die Schweine.

„War heute schon mal jemand draußen bei den beiden?"

„Ich war dort", erwiderte Chima. „Sie haben mich nicht gesehen und ganz tief im Matsch herumgewühlt. Dann haben sie so komische Geräusche gemacht." Sie imitierte das zufriedene Grunzen satter Schweine.

Die Männer lachten.

„So klingen sie, wenn es ihnen gut geht", erklärte Thor schmunzelnd.

„Kannst du auch wie ein Schaf blöken?", fragte einer der Asen neugierig.

„Hab es noch nicht probiert. Schafe sind langweilig. Die Schweinchen hingegen sind richtig lustig." Chima segelte Richtung Wald davon.

„Klare Ansage", kicherte Thor. „Ich kann es verstehen, wenn sie die Borstentiere lieber mag. Ich bin mir ziemlich sicher, dass sie gut auf die beiden aufpassen wird."

Imset stimmte zu. „Sie muss sie sogar ziemlich lange beobachtet haben, wenn sie das Grunzen so gut nachmachen kann."

„Andere haben einen Hütehund, ihr einen Hütedrachen – das soll erst mal jemand nachmachen!", amüsierte sich Osiris. „Was passiert eigentlich, wenn die Hunde die beiden entdecken?"

„Gute Frage!" Talos schaute ihn nachdenklich an.

Leon zog die Mundwinkel nach unten. „Zwischen den Querbalken kommen die vier ohne Mühe durch. Hoffen wir einfach, dass sie vernünftig sind, sonst holen sie sich vielleicht blutige Nasen. Wenn die Schweine in den Morast flüchten, werden sie ihnen sicher nicht folgen."

„Außerdem gibt es Chima, die garantiert nachschaut, wenn die Schweine gestresst zu quieken anfangen." Sobek winkte beruhigend ab.

Nach drei Wochen wusste niemand so gut über die Vorlieben der Tiere Bescheid, wie die junge Drakon. Die Hunde hatten ein einziges Mal vorwitzig ihre Nasen in das Gehege gesteckt und von Chima sofort kräftig auf selbige bekommen, dass es ihnen vergangen war, den Drachen noch einmal zu reizen, indem sie die Schweine hetzten.

„Was zu viel ist, ist zu viel!", erklärte Chima, als sie gefragt wurde, warum ihr die Hunde plötzlich etwas aus dem Weg gingen.

Solon seufzte. Dann fragte er vorsichtig: „Du weißt aber, wozu die Schweine hier sind."

Die Drakon nickte. „Ja, das weiß ich. Aber niedlich sind sie, auch wenn sie irgendwann aufgegessen werden. Fische sind auch wunderschön, trotzdem esse ich sie. Von Früchten allein kann ein Drakon nicht leben."

Natürlich schimpfte auch niemand, wenn sich Chima ein paar Maiskolben vom eigenen Futter abzwackte, um sie ihren Lieblingen zu bringen. Eines Morgens erschien sie mitten in Siedlung und wirkte sehr, sehr aufgeregt.

„Was ist passiert?", fragte Sobek. „Sind dir die Schweinchen ausgerissen."

„Nein. Wir haben zwölf winzigkleine neue Rüsselchen!" Chimas Augen strahlten wie kleine Laternen.

„Wirklich?"

Statt des Trainings zogen die Magier und die halbe Siedlung in den Wald, um die Kleinen zu bestaunen.

„Das gibt doch bestimmt wieder eine Feier!", lachte Thor.

„Na, was dachtest du denn?", erwiderte Safi.

Thor wurde ernst. „Schade, dass wir in ein paar Tagen schon wieder weg müssen."

„Tröste dich, diesmal dauert die allgemeine Atlan-Abstinenz nicht so lange", lachte Sobek. „Horus bereitet seinen Gleiter schon für die Urlauber vor. Schließlich soll sich Cheiron nicht wie in einem Viehtransporter vorkommen."

„Ach, da ist mir nicht bange! Von Helion bis hierher hat er sich blendend gefühlt. Sie koppeln auch wieder zwei Sanitärzellen, damit er eine Dusche hat, in der er sich ohne Probleme umdrehen kann. Rutschfesten Belag für die Hufe gibt es diesmal auch", verriet Tamu.

Thor lächelte. „Wie Cheiron immer selber sagt, es war die beste Entscheidung seines ganzen langen Lebens, hier bei euch geblieben zu sein."

An der Ferkel-Ankunfts-Party nahmen natürlich auch wieder Isis und Osiris teil. Hüte-Drache Chima überzeugte dabei mit erstklassigen Fischen, die zwar nicht riesig, aber äußerst schmackhaft waren.

Siri und Drakos ließen ihr diesmal die Hauptarbeiten. Chima meisterte ebenso das Obstholen, wie das Bewachen des Grills. Nebenbei spielte sie mit den Kindern und auch die Hunde hatten ihren Groll vergessen, nachdem sie ihnen einen weniger schönen Fisch geschenkt hatte.

„Diplomatisch sauber gelöst", schmunzelte Imset.

Drakos und Siri beobachteten ihre Tochter unbemerkt, aber sehr genau, wobei sie sich hin und wieder für alle sichtbar darüber austauschten.

„Am liebsten nähme ich sie gleich morgen mit", erklärte Osiris, neugierig, wie die Eltern darauf reagieren würden.

„Wir haben nichts dagegen", lautete sofort die Antwort.

Leon wechselte ein paar Worte mit Isis, dann bat er Drakos: „Nimmst du mich auf deinem Rücken mit?"

„Sehr gern, dann kann Chima gleich lernen, was beim Transport von Personen, auf solch langen Strecken, zu beachten ist."

Lilly schaute Leon fragend an.

„Ich möchte noch ein kurzes Intensivtraining im Simulator bei Jamal machen, um für Notfälle gewappnet zu sein. Eine Dummheit im Leben reicht vollkommen."

Lilly küsste ihn zärtlich. „Ich liebe dich."

„Möchtest du auch mit?" Siri stupste sie mit der Nase an.

„Wenn ich darf?"

„Ich trage dich und Jamal freut sich immer, wenn er jemandem etwas beibringen kann."

„Da hat Siri in allen Punkten recht!", rief Isis. „Du warst ja auch noch ziemlich klein, als du das letzte Mal bei uns auf Kantar warst. Ich zeige euch am Nachmittag die Stadt und abends fliegt ihr mit Siri und Drakos wieder nach Hause."

Ziemlich aufgeregt stieg Lilly am nächsten Morgen auf Siris Rücken.

„Möchtest du lieber in der Klaue sitzen?", fragte die Drakon besorgt.

„Ja, wäre geschwindelt und nein, wäre ebenso gelogen", seufzte Lilly.

„Du musst dich nicht fürchten, wir passen alle auf dich auf", versprach Chima.

Die Atlan lachte fröhlich. „Überzeugt – wenn du das auch sagst, dann sitze ich oben, wo man viel mehr sehen kann."

Augenblicke später hoben die drei Giganten im Formationsflug ab. Vorn zog Drakos seine Bahn, links und rechts versetzt dahinter die Weibchen, um nicht in die Luftwirbel seiner riesigen Schwingen zu geraten. Die fünf Reisenden unterhielten sich telepathisch, um nicht schreien zu müssen.

„Schaut! Da unten schwimmen Panzerechsen", erklärte Drakos. „Die sind harmlos und ziemlich furchtsam."

Tatsächlich tauchten die Tiere sofort ab, als der Schatten der Drachen auf sie fiel.

Lilly hatte noch nie das Meer von oben gesehen. Nun sah sie ausschließlich Meer, das lavendelfarben schimmerte, darüber nichts als makellos apfelgrünen Himmel, an welchem die orangerote Sonne strahlte.

„Fliegen müsste man können", seufzte sie.

„Oder Freunde haben, die fliegen können", gab Drakos zurück. „Du musst einfach nur sagen, wenn du einen Ausflug machen möchtest."

Lilly seufzte wieder. Sie war einfach nicht der Typ, der andere mit Wünschen belästigte.

„Ich weiß, was du denkst", kicherte Siri. „Leon wird dir schon helfen, etwas selbstbewusster zu werden."

Im Navigationszentrum des Palastes schauten dutzende Augen auf den großen Monitor. Jamal war bestens über die Ankömmlinge unterrichtet und die anderen würden zeitig genug merken, wer oder was da geflogen kam.

„Drakon im Anflug!", meldete Tigra. „Drei, wenn ich mich nicht irre. Zwei mit Kennung und Passagieren, einer ohne Kennung und solo. Ich vermute, Chima ist mit dabei."

„Richtig!", lobte Jamal. „Die Kleine wird drei Tage bei uns bleiben. Ihr habt also alle die Gelegenheit, mit ihr zu sprechen und sie zu streicheln."

„*Die Kleine* ist gut", schmunzelte einer. „Sie ist inzwischen gewaltig groß geworden!"

Da waren die Riesen auch schon über den Hangar hinweg gezogen und landeten auf der Wiese genau neben dem Palast. Jamal beeilte sich, sie zu begrüßen, genau wie Lilly und Leon.

„Herzlich willkommen. Tana wird in wenigen Augenblicken hier sein, und sich um euch kümmern." Er kraulte die drei Drakon zwischen den Hörnern.

Chima schaute mit großen Augen um sich. „Meine Güte! Sind das riesige Häuser!"

„Gefallen sie dir?", wollte Jamal wissen.

„Sie sind so fremd für mich und wirken so kalt", versuchte Chima, zu erklären. „Unsere kleinen Häuschen sehen viel gemütlicher aus."

Jamal lächelte sie vergnügt an. „Das sagen alle, die Dafa und Neu-Atla kennen. Bei euch ist es am schönsten auf der ganzen weiten Welt."

Hoffentlich muss ich Dafa nicht verlassen, wenn ich keine passende Höhle finde, dachte Chima in diesem Moment beunruhigt.

Nur Leon hatte ihre Gedanken empfangen und unbemerkt an Drakos weitergegeben.

Mehr Zeit zum Überlegen blieb nicht, denn nicht nur Tana erschien, sondern auch das Herrscherpaar. Leon folgte mit Lilly Jamal in den Kontrollraum.

„Ich habe das komplette Katastrophenprogramm vorbereitet", erklärte Osiris' rechte Hand und gab den Blick auf die Simulatoren frei. „Wir beginnen mit dem Großgleiter und üben zuletzt mit dem Zweisitzer. Bist du gut vorbereitet?"

„Ich habe die Handbücher studiert und mit Tamu einige Szenarien durchgesprochen", berichtete Leon. „Ob das ausreichend war, wird sich sicher gleich zeigen."

„Welche Aufgabe möchtest du übernehmen?" Jamal ließ Lilly freie Wahl.

„Waffentechnik", erwiderte sie, zur größten Überraschung beider Männer.

„Dann wünsche ich euch guten Flug." Jamal verließ den Raum und startete das Programm.

„Systemcheck!", befahl Leon.

Lillys Finger eilten über die Tasten. „Alle Systeme in einwandfreiem Zustand, Energielevel 98,8 Prozent. Alle Luken geschlossen."

„Startsequenz einleiten."

„Start in drei Sekunden."

Das Fluggerät hob sanft ab und nahm Kurs Nord-Nordost auf.

„Normalflugmodus bei Windgeschwindigkeit in Flugrichtung sechzig Kilometer pro Stunde."

Jamal begann das Flugwetter zu manipulieren und der Gleiter zu vibrieren. Lilly schaute auf die Instrumente. „Stark drehende Winde aus unterschiedlichen Richtungen."

„Steigflug auf zwölftausend Meter."

„Wir nähern uns einer Gewitterfront."

„Ausdehnung?"

„Mehrere hundert Kilometer, keine Ausweichmöglichkeit." Lilly beobachtete die Wolkenformationen, aus denen unzählige Blitze zuckten. „Ich empfehle, Bugschild Eins auszufahren, um elektromagnetische Störungen zu neutralisieren."

Leon schaute sie erstaunt an und auch Jamal, der die Gespräche mithörte, staunte.

Das sagte Leon auch schon: „Bugschild Eins bis Reichweite fünf Meter ausfahren."

„Bugschild Eins ausgefahren und aktiv."

In der Tat wurde der Flug ruhiger und die Instrumente zeigten kaum Schwankungen an.

„Neuer Kurs: Raumstation Taris."

„Verlassen Lufthülle in zehn Sekunden", gab Lilly bekannt. „Drei – zwei – eins – null."

„Erhöhe auf Lichtgeschwindigkeit, übergebe an Autopilot."

Nach einer Viertelstunde schrillte eine Alarmglocke. Sofort nahmen beide ihre Plätze ein.

„Dichte Staubpartikelwolke, Teilchen im Nanobereich, Ausdehnung einhundert Meter, zehn Meter tief", verkündete Lilly. „Bugschild Zwei aktiviert, optische Zielerfassung."

„Feuer nach eigenem Ermessen", befahl Leon.

„Ziel erfasst, Laser drei aktiviert."

Ein kurzes Aufflammen.

„Ziel vernichtet", meldete Lilly.

„Gute Arbeit. Danke."

Andocken, Auftanken, Ablegen, Rückflug mit Landung, erfolgten Reibungslos. Sogar die Fallwinde und Sturmböen brachten die Probanden nicht aus der Ruhe.

Im Zweisitzer brachten sie dafür Jamal bald zur Verzweiflung, weil dem einfach nichts mehr einfiel, womit er sie hätte aus der Reserve locken können. Sogar der ausgefallene Antrieb war kein Hindernis, mit dem Gleiter sicher zu wassern und nach Hilfe zu funken.

Das Mittagessen nahmen sie mit den Technikern ein.

„Wer hat dir beigebracht, die Schilde so einzusetzen?", fragte Jamal Lilly.

„Mein Vater hat davon erzählt. Das Lastraumschiff, mit dem er unser Volk von der Erde gerettet hat, muss wohl ziemlich lahm gewesen sein. Ausweichen und schnelle Manöver unmöglich. Da hat er öfter diverse Störungen mit gezielten elektromagnetischen Impulsen in Grenzen gehalten. Imset und Horus berichteten von ähnlichen Erfahrungen, die Thor genau so bestätigte. Ich habe mich einfach zur rechten Zeit an diese Dinge erinnert."

Jamal überlegte. „Wenn ich mich recht erinnere, dann warst du damals bei den Einführungen in die Technik gar nicht mit hier."

„Stimmt. Ich habe Trockentraining gemacht und in Solons Bibliothek die Bücher verschlungen, die ihm Horus über Flugtechnik von Tarronn besorgt hatte." Lilly lachte vergnügt. „Es scheint nicht ganz umsonst gewesen zu sein."

„Nicht übel", freute sich Jamal. „Ihr seid also schon vier, die sich mit der Technik hervorragend auskennen, wenn ihr nach Asgard fliegt.

„Sag mal, Jamal, hätte es damals für uns überhaupt eine Chance gegeben, den Kräften des Splitterrestes zu entkommen?"

„Nur auf die Art, wie es Sami und Laura in der Grotte gemacht haben", gab der nach kurzem Überlegen zurück. „Aber meines Wissens, hatten zu diesem Zeitpunkt beide noch keine Ahnung, dass in ihnen eine tiefe Liebe zum jeweils anderen schlummerte."

Leon schaute Jamal forschend an. „Du bist verdammt gut unterrichtet."

Der lächelte. „Es ist ein offenes Geheimnis, dass Osiris all seine Gedanken mit mir teilt."

„Gehört habe ich davon…", murmelte Leon.

„…aber du glaubst es erst jetzt, wo ich es dir selbst gesagt habe", schmunzelte Jamal.

Leon nickte. „Dabei weiß ich eigentlich, dass du seit Urzeiten seine rechte Hand bist."

Den Nachmittag verbrachten die Atlan mit Isis und Tana in der gläsernen Stadt.

„Mir geht es wie Chima", gab Lilly gerne zu. „Es ist zwar recht beeindruckend, aber unpersönlich und kalt. Ich ziehe unsere Idylle eindeutig den Glaspalästen vor, obwohl bei uns oft nicht weniger Trubel ist. Aber der ist anders – man agiert miteinander, nicht jeder für sich, wie hier."

Isis lachte spitzbübisch. „Nun weißt du ganz genau, warum wir bei jeder Kleinigkeit zu euch *flüchten*."

„Und ich ahne, weshalb ihr die große Wiese umgestalten wollt – damit es nicht mehr so kalt wirkt, wie auch schon Osiris ausdrückte."

„Stimmt!" Isis breitete die Arme aus. „Auf diesen schnurgeraden durchgeplanten Straßen und Wegen gibt es nichts, was das Auge entdecken könnte. Immer sieht und weiß man schon im Voraus, was einem auf dem nächsten Schritt begegnet. Bei euch ist hinter jeder Wegbiegung etwas versteckt, das sich anzuschauen lohnt, auch wenn man es schon zigmal gesehen hat. Auf hundert Quadratmetern ist bei euch so viel Leben, wie bei uns auf dem ganzen Kontinent."

„Mir tun vor allem die Füße weh, obwohl ich zu Hause genau so viel laufe", stöhnte Lilly. „Diese harten Böden sind wohl nichts für Atlan-Sandalen."

Leon nahm ihre Hand und sandte heilende Energie in ihren Körper. „Besser?"

„Wie weggeblasen!", strahlte Lilly.

„Sag doch einfach, wenn du Hilfe brauchst."

Sie barg ihren Kopf an seiner Brust. „Ich werde es mir merken."

Isis blinzelte ihm fröhlich zu. „Ganz der Vater. Kebechsenef hat auch lieber die Schmerzen ignoriert, als sich helfen zu lassen, bevor er die Selbstheilung erlernt hat."

Leon blinzelte zurück. „Das ist der Stolz, den alle Clan-Mitglieder in sich tragen. Alle wissen es und jeder hilft jedem, wenn er merkt, dass sich einer mit etwas herumquält."

„Und genau dieses ist die Stärke, die euch fast unbesiegbar macht", bestätigte Osiris. „Und die mich ins richtige Leben zurückgeholt hat", fügte er mit tiefer Dankbarkeit in der Stimme hinzu.

Drakos schaute nach dem Stand der Sonne und Leon fasste es für alle in Worte. „Wir sollten langsam aufbrechen, unser Weg ist noch ziemlich weit."

Chima wurde zum Abschied besonders herzlich geschmust. „Pass gut auf dich auf und viel Spaß."

„Am dritten Tag, von morgen an gerechnet, hol ich dich wieder ab", erklärte Drakos. Er stupste Chima mit der Nase an. „Mach es gut, meine Kleine."

Siri verabschiedete sich genau so. Dann stiegen die beiden Giganten mit Lilly und Leon in den Abendhimmel auf.

Chima wird erwachsen

„Brauchst du Hilfe oder findest du einen Schlafplatz?", wandte sich Jamal an Chima.

„Ich bin noch viel zu aufgeregt. Ich melde mich, wenn ich nicht allein klarkomme."

Noch lange saß das junge Weibchen auf dem Hügel am Palast und schaute über das weite Land. Schließlich begann sie nach einem Übernachtungsplatz zu suchen. Jamal beobachtete mit Sorge, wie sie nirgends länger als fünf Minuten lag und sofort wieder umherirrte. Nach zwei Stunden ging er hinaus.

„Welches Problem müssen wir lösen?"

Chima seufzte. „Es ist hier so ungewöhnlich hell. Die Lichter der Stadt lassen mich einfach nicht einschlafen. Tut mir leid, wenn ich dir Ärger bereite."

„Ist schon gut. Wir beide finden sicher eine Lösung. Ich weiß auch schon wie! Kannst du mich tragen?"

Chima nickte. „Sicher kann ich das, auch, wenn ich es noch nie probiert habe."

Jamal kletterte auf ihren Rücken und hielt sich an den Hörnern fest. „Du fliegst jetzt hier über den Hügel, drehst sofort und lässt dich ein Stück nach unten sinken. Ich öffne unseren kleinen Hangar und du schlüpfst hinein. Dann sehen wir weiter."

Mit einem telepathischen Code öffnete er das Tor und das Weibchen landete genau vor einigen erschreckten Technikern.

„So, alle mal herhören, dieser Hangar ist für drei Nächte Chimas Schlafplatz. Es ist unter Strafe verboten, außer dem winzigen Notlicht, andere Beleuchtung anzuschalten oder das Tor zu schließen. Ebenso ist alles zu unterlassen, was die Drakon stören könnte." Jamal löschte alle großen Lichter. „Gute Nacht, Chima."

„Heißen Dank und dir auch eine gute Nacht, Jamal."

Die Crew der Landebasis verließ den Hangar durch eine kleine Seitentür, wenige Augenblicke später lag die Drakon in tiefem Schlaf. Mit dem Sonnenaufgang erwachte sie mit knurrendem Magen. Sie lief zum Rand der Landeplattform, ließ sich in die Tiefe fallen und kreiste mehrmals über dem Areal der Landebasis, ehe sie den Weg zum Meer einschlug. Satt und zufrieden flog sie eine Stunde später auf die große

Wiese hinter dem Hügel. Osiris kam mit Jamal und zwei anderen Männern herbei, welche den Drachen neugierig musterten.

„Ich habe euch Hilfe versprochen", schmunzelte Osiris. „Da ist sie. Chima wird euch ein wenig bei der Arbeit unterstützen." Er breitete den Plan aus. „So soll es einmal aussehen."

Chima beugte ihren Kopf über die Zeichnung. „In Ordnung. Jetzt weiß ich, wo ich umgraben muss. Wie tief, müsst ihr mir noch verraten."

„Drei Spatenstiche", sagte einer der Männer.

Das Weibchen nickte. „Gut, dann grabe ich jetzt zur Probe und ihr sagt mir, was ich anders machen soll." Sie stieg einige Meter über das Areal auf, nahm Maß und begann nach der Landung mit allen Vieren das Erdreich tiefgründig umzuackern.

Völlig verblüffte Gesichter bei den Gärtnern.

„Gut so?"

„Absolut perfekt!"

„Schön, dann kann es ja weitergehen." Sie nahm ihre Tätigkeit sofort wieder auf. Eine Stunde später machte sie Pause.

„Wahnsinn! Selbst mit der besten Technik wären wir noch lange nicht so weit!"

Chima lachte. „Nun habe ich aber Durst. Gibt es hier irgendwo Süßwasser?"

„Ja, aber das ist vier Kilometer entfernt."

„Kein Problem. Führt mich jemand hin?"

Einer der Männer nahm die dargebotene Klaue als Steighilfe, obwohl er ziemliche Angst vor dem Flug hatte. Schnell erreichten sie den See, aus dem Chima trank und wo sie ausgiebig badete. Blitzschnell fing sie sich einen unvorsichtigen Fisch. Dann trocknete sie ihren Schuppenpanzer in der Sonne.

„Pause beendet", witzelte sie. „Komm, wir fliegen wieder zurück."

Kaum zurück, stürzte sich die Drakon wieder in die Arbeit. Nach einer Stunde wieder eine Pause und diesmal fieberte der zweite Gärtner seiner Chance entgegen, das erste Mal im Leben mit einem Drachen zu fliegen. Allerdings traute er sich nicht, zu fragen und Chima reimte sich seinen Wunsch nur aus dem enttäuschten Gesicht zusammen, als sie starten wollte. Kichernd blieb sie hocken.

„Na komm schon, ich kann es nicht ertragen, wenn Männer in Tränen ausbrechen. Ihr müsst einfach nur sagen, was ihr wollt, dann kann ich euch sagen, ob ich es auch will." Dann winkte sie ab. „Na ja, ihr seid Tarronn, da läuft das Spiel wohl anders."

Diesmal lachten die Männer. Der Jungdrache schien ziemlich gut über das Zusammenleben der Ureinwohner unterrichtet zu sein. Jedenfalls hatten sie mit ihm bis zum Nachmittag so viel Spaß, dass sie sich schon auf den nächsten Tag freuten, an dem sogar schon mit dem Anlegen der Pflanzungen begonnen werden konnte. Chima holte sich noch ein reichhaltiges Abendbrot aus dem Meer, ehe sie rechtschaffen müde in ihre provisorische Schlafhöhle kroch.

Jamal nahm mit Drakos Kontakt auf, um ihn zu informieren, wie gut Chima mit der ungewöhnlichen Situation umgehen konnte. Am letzten Tag ihres Aufenthaltes war der waldähnliche Park bepflanzt, wobei Chima nicht nur die Löcher für die schon recht großen Bäume aushob, sondern selbige auch vorsichtig zu ihren neuen Plätzen trug.

Als Drakos erschien, um sie nach Hause zu begleiten, kam sie gerade vom Bad im See zurück, setzte ihren Passagier ab und sagte: „So, ihr Lieben, ab Morgen müsst ihr wieder alleine rackern. Ich komme auf jeden Fall irgendwann wieder vorbei und schau nach, ob hier alles gut wächst." Sie stupste alle mit der Nase an. „Viel Spaß mit dem Wald und bis bald! Es war schön bei euch!"

Dann segelte sie auch schon in Begleitung ihres Vaters zurück nach Dafa. Die Atlan empfingen sie mit einem Fest, wie es sonst nur weitgereisten Gästen geschah. Chima staunte. Auf dem Höhepunkt der Feier trat Drakos in die Mitte des Platzes. Sofort herrschte Ruhe.

„Siri und ich haben eine Entscheidung gefällt, die unsere nunmehr erwachsene Chima betrifft."

Das junge Weibchen wurde nervös. Sicher werde man sie morgen fortschicken. Auch die Drakonat wechselten beunruhigte Blicke.

„Wir sind übereingekommen, in Anbetracht der Tatsache, dass nach alter Tradition mehrere Weibchen Eier gemeinsam in ein Nest legen, welches der Sieger über alle Konkurrenten bewacht, Chima bei uns zu behalten. Mindestens so lange, bis es vielleicht irgendwann, in vielen hundert Jahren, noch ein geschlechtsreifes Männchen gibt, das sich ihre Gunst erringen könnte. Bis dahin werde ich sowieso mit beiden Weibchen fliegen, was es noch unsinniger macht, Chima wegschicken zu wollen."

Unbeschreiblicher Jubel brandete auf. Chima schaute mit großen Augen um sich. „Das ist ein ganz wundervoller Traum. Weckt mich bloß nicht auf!"

Die Drakonat streichelten die überglückliche Drakon. „Hast du noch einen Wunsch, außer, nicht geweckt zu werden?"

Sie schloss die Augen. „Den traue ich mich nicht, zu sagen."

„Warum?"

„Weil er völlig verrückt ist und mich dann alle auslachen."

Imset stutzte. „Du verrätst ihn nur mir, dann entscheide ich, ob er wirklich so abwegig ist."

Chima telepathierte einen Moment, dann flog ein heiteres Lächeln über Imsets Gesicht. „Du bist eine Atlan, da ist mit solch ungewöhnlichen Dingen durchaus zu rechnen, auch wenn es noch niemals irgendwo auf dem alten Atla oder hier auf Tarronn vorgekommen sein dürfte, dass eine Drakon solch ein Verlangen hat. Ich bin dafür, dass du deinen Wunsch allen vorträgst."

Natürlich schaute nun jeder Chima an, die noch viel verlegener wurde. „Ich ... ich ... ich möchte euch bitten, das kleine Schweinchen mit dem lustigen Knick im Ohr nicht zu essen", sagte sie dann mit kratziger Stimme. „Das kann Kunststückchen machen und schmust so gerne."

Logisch, dass nun wirklich alle lachten.

„Es gehört ab heute dir", erklärte Sobek. „und bekommt eine gut sichtbare Ohrmarkierung, damit es nicht, aus Versehen, doch noch im Kochtopf landet."

Arko wanderte gleich am nächsten Morgen zum Gehege, um das Schweinchen zu kennzeichnen. Erstaunt stellte er fest, dass Chima auch schon da war. Sie lag vor dem Gatter und beobachtete das Gewimmel der Ferkel.

„Guten Morgen, Chima. Schau, was ich mitgebracht habe!" Er zog eine kleine runde Silberscheibe mit Steg und Gegenstück aus den Falten seines Gewandes.

Neugierig betrachtete die Drakon das Mitbringsel. „Oh! Ein Drache!"

„Extra, damit alle sehen: Halt! Das ist Chimas Schwein! Kannst du das Kleine herlocken und ein bisschen festhalten?"

Chima stieß ein paar schnalzende Lockrufe aus, auf die sich tatsächlich eines der Ferkel näherte. Dann schob sie ein Stück ihrer Schwinge unter dem ersten Querbalken durch, auf das das Kleine sofort kletterte und nun praktisch zwischen Flughaut und Gatter gefangen war. Arko griff schnell nach einem Ohr, lochte es mit der Zange, steckte die Markierung hindurch, drückte sie mit einer anderen Zange fest und schon ließ er das quiekende Tier wieder frei. Chima griff neben sich, wo mehrere Maiskolben lagen. Sie krümelte dem Winzling ein paar Körner hin, der darauf seine ganze Angst vergaß und zufrieden schmatzte.

„Alles in Ordnung?", fragte Arko, mit Blick auf das Tier.

„Ganz bestimmt. Morgen hat der süße Racker garantiert das kleine Ungemach vergessen", freute sich Chima und warf die restlichen Maiskolben ins Gehege. „Darf ich dich nach Hause tragen oder willst du lieber laufen?"

„Tragen klingt nicht schlecht", lachte Arko, der genau wusste, wie gerne sich das junge Weibchen für den *Ohrring* ihres *Haustieres* erkenntlich zeigen wollte. Unterwegs erzählte sie ihm von Kantar, vom neuen Park neben dem Palast und wie sie im Hangar geschlafen hatte.

„Ich könnte auch nicht einschlafen, wenn es nachts immer so hell ist", verriet Arko. „Übrigens verabschieden wir schon morgen die Asen."

„Oh je! Die Armen! Die sind doch jetzt schon halb krank, dass sie weg müssen!", rief Chima mitfühlend. „Wenn du wüsstest, was ich gestern für Ängste ausgestanden habe, Dafa verlassen zu müssen." Sie seufzte. „Ich weiß nicht, aber ich wäre vielleicht vor Kummer eingegangen."

Arko klopfte Chimas Hals. „Das hätten wir alle miteinander zu verhindern gewusst. Die Drakonat standen bei Drakos Rede auch komplett unter Hochspannung. Das konnte wirklich jeder sehen."

„Ich liebe euch", gab Chima unumwunden zu.

„Und wir lieben dich." Arko sprang vor seinem Häuschen vom Rücken des Weibchens.

Leon stand vor der Werkstatt und winkte. „Lieblingstier gerettet?"

Beide nickten.

„Was ist es denn eigentlich?"

„Keine Ahnung!" Arko sah Chima fragend an, die hilflos die Vorderklaue hob.

„Das werde ich Cheiron ergründen lassen. Der kennt sich mit dem kleinen Unterschied bei solchen Mini-Schweinchen bestimmt aus", erklärte die Drakon blinzelnd.

Leon lachte. „Du hast in den paar Tagen auf Kantar einen regelrechten Entwicklungssprung gemacht."

Chima hockte sich zu den Männern. „Wisst ihr, hier bin ich für alle ein Jungdrache, der noch viel zu lernen hat. Dort sieht man in mir, nur weil ich für ihre Begriffe riesig groß bin, eine Drakon, die auf alle Fragen eine Antwort haben muss. Ich habe mir Mühe gegeben, die großen Erwartungen nicht zu enttäuschen, war Transportmittel, Gesprächspartner, Helfer bei der Arbeit, Streicheltier und habe schnell begriffen, dass man ziemlich viel kann, wenn man es wirklich muss."

„Und du hast deine Aufgabe wirklich toll gelöst", sagte plötzlich Sobek hinter ihr.

Chima fuhr herum. „Huch! Hast du mich erschreckt. Anschleichen gilt nicht!"

„Stimmt, das ist ziemlich fies", kicherte Sobek. „Was muss ich tun, um dich zu besänftigen?"

„Meinst du das ernst?", fragte die Drakon mit schief gelegtem Kopf.

„Ich glaube schon."

Sie lachte. „Aha! Du glaubst es! Na gut, dann musst du mir beibringen, wie man die Drachenflamme erzeugt."

„Ups!" Sobek kratzte sich am Ohr. „Du meinst das jedenfalls todernst."

„Stimmt. Das ist zwar auch fies, aber du hast angefangen. Jetzt, wo ich hierbleiben darf, kann ich es kaum erwarten, die Flamme zu haben."

Arko und Leon amüsierten sich köstlich über das kleine Wortgeplänkel der Drachenwesen.

Sobek schwang sich auf Chimas Rücken. „Ab ins Drachenland! Wir üben ein bisschen."

„Bin schon unterwegs!" Chima hob sofort mit rauschenden Schwingen ab.

Die Handwerksmeister schauten überrascht hinterher.

„Sollte mich wundern, wenn es außer dem Asen-Abschied nicht noch was zu feiern gäbe", murmelte Leon.

Arko nickte. „Das sehe ich ganz genau so."

Horus inspizierte den Gleiter nach erfolgreichem Umbau. Die Danaë und Cheiron zugedachten Kabinen lagen gleich am Anfang des Ganges. Der Zentaur hatte so nur kurze Wege ins Cockpit und zu den Gemeinschaftsräumen. Zufrieden bereitete sich Horus auf das Fest am Abend vor.

Im Vorbeigehen streichelte er Darinas Bauch, wobei sich der zufriedene Zug um seine Mundwinkel deutlich verstärkte. Wenn er nun noch daran dachte, dass in wenigen Wochen seine Enkel und Urenkel zu ihrem ersten eigenständigen interstellaren Besuch aufbrechen würden, dann fühlte er sich als glücklichster Mann im ganzen Universum.

Darina lachte herzlich. „Denk daran, deine zwei Urenkel an Bord sind verrückterweise auch meine Urenkel."

Nun grinste Horus noch breiter. „Wohin man hier auch schaut, fast alles Familie."

„Bei Familie fällt mir ein: Hat sich Ahab noch einmal mit Leon angelegt oder ist da ein für allemal Ruhe?"

„Der geht dem Clan ziemlich weiträumig aus dem Weg. Immerhin ist es meine Enkelin, die sich seinetwegen das Leben nehmen wollte und Leons offene Worte haben für ganz klare Fronten gesorgt. Ich bin ziemlich sicher, dass Leon auch Chima beauftragt hat, ein wachsames Auge, auf die Sache zu werfen. Die Kleine kreist verdächtig oft über dem Wald, wenn Lilly allein unterwegs ist."

„Das beruhigt mich", seufzte Darina und fragte im Gegenzug. „Hat Isis schon irgendwelche Informationen über Zaids Vater?"

„Sie hat Jamal alle Daten vom Nordmeer recherchieren lassen. Fakt ist, dass vier Kriegsgötter und die Urdrakon den Befehl hatten, das Gebiet von Splittern zu säubern. Und du wirst es nicht glauben – Sachmet war dort im Einsatz."

„Und das ging gut?"

„Eben nicht. Sie hat aus unerfindlichen Gründen ziemlich häufig Sonderbehandlung verlangt."

Darina zog die Augenbrauen zusammen. „Sachmet soll die Einzige gewesen sein, die Zaid jede Hilfe verweigerte, als die Sache mit Loki passierte."

„Das kann ich bestätigen", warf Horus ein, der schließlich zu jenem Zeitpunkt auf Taris der Oberbefehlshaber dieser Galaxie war. „Woran denkst du?"

„Tabea ist über dem Eismeer verunglückt. Month arbeitete dort. Dass Upuaut auch Zaids Vater sein soll, das kann und will ich einfach nicht glauben. Und Sachmet war auch dort."

„Die Vierte im Bunde war Neith", vervollständigte Horus.

Über Darinas Gesicht huschte ein Lächeln. „Neith ist wie du oder Upuaut, eine Person, zu der man mit äußerster Hochachtung aufschauen kann. Für mich stellt sich die Frage, weiß Sachmet, dass Zaid Tabeas Tochter ist? Wusste sie vielleicht auch, das Month der Vater ist? Und wenn ja, ist sie deshalb so gemein zu ihr gewesen? Das wirft gleich die nächste Frage auf. Hat jemand Tabea die Hilfe verweigert und musste sie deshalb sterben?"

„Du verdächtigst Sachmet?"

„Eindeutig. Dass Month die Mutter seines eigenen Kindes umbringt, wäre zu verrückt, zumal es hier eine außerordentlich große Auszeichnung ist, seine Linie erhalten zu dürfen."

„Aber warum ist er dann wie vom Erdboden verschluckt?", sinnierte Horus.

„Denk einfach dran, was Imset gemacht hat, als man dich und Neri gefangen hielt. Er ist aus Verzweiflung in den tiefsten Urwald geflohen. Month wird es genau so getan haben. Er ahnt sicher nicht einmal in seinen kühnsten Träumen, dass seine Tochter lebt."

„Dann ist Isis auf dem richtigen Weg. Sie lässt nämlich im ganzen Universum unauffällig nach ihm suchen."

„Das macht Tabea zwar nicht wieder lebendig, aber vielleicht erfahre ich so endlich, was da draußen wirklich passiert ist." Darina rieb mit beiden Händen ihr Gesicht.

„Sollte die Kampfkatze wirklich ihre unsauberen Finger im Spiel haben, dann überlasse ich sie mit Freuden Leon und den beiden Drakonat zur öffentlichen Aburteilung." Horus küsste seine Gefährtin zärtlich. „So, genug Trübsal geblasen. Jetzt stürzen wir uns ins Getümmel auf dem Festplatz."

Die Asen saßen schon mit Cheiron zusammen und sahen ziemlich wehmütig aus. Osiris und Isis trafen soeben ein und konnten sich das Lachen wirklich nicht verkneifen. „Wenn ich nicht wüsste, dass ihr unsterblich seid, dann würde ich glatt Mitleid bekommen", witzelte Osiris.

Thor seufzte gespielt theatralisch. Dann schmunzelte er. „Und wenn einer meiner Männer auch nur einen einzigen Ton verlauten lässt, was ich hier wirklich in meinen sechs Wochen Dienst treibe, dann hat sich für ihn jeglicher Flug Richtung Tarronn für die nächsten hundert Jahre erledigt."

Alle fünf hoben sofort die Hand zum Schwur, worauf Atlan und Tarronn in wieherndes Gelächter ausbrachen.

„Aber so, wie es aussieht, werden wir sechs wohl im nächsten Jahr wieder hier auf Handelsmission sein und gemeinsam das brisante Geheimnis hüten." Thor und seine Crew stießen mit den Magiern an.

Spät am Abend, als sich die Luft schon merklich abkühlte, baten die Frauen darum, die Feuer zu entzünden.

„Ich glaube, das sollte Chima tun", riet Sobek und bedeutete dem Weibchen, die Mitte des Platzes einzunehmen. *Konzentriere dich einfach auf den Holzhaufen und deine Kraft. Du schaffst es,* sagte seine telepathische Stimme.

Siri glaubte, sich verhört zu haben. „Chima?", fragte sie Drakos.

„Offensichtlich!" Er deutete mit dem Kopf auf ihre Tochter, die sich bereits dem Zentrum des Platzes näherte.

Chima hockte sich auf den Boden, schloss, um sich besser konzentrieren zu können, die Augen, dann spie sie eine Feuergarbe zum ersten Holzstapel. Ehe alle begriffen hatten, was sich da gerade ereignete, steckte sie auf gleiche Weise auch noch die anderen drei Haufen in Brand. „Geschafft!", jubelte sie, Sobek glücklich in die Schwingen schließend.

Zu den ersten Gratulanten gehörten Leon und Arko. „Wir wussten, dass du es packst! Herzlichen Glückwunsch!"

„Ich war furchtbar aufgeregt!", sprudelte Chima heraus.

Und in der Tat konnten alle ihr Herz überlaut schlagen hören.

„Jetzt müssen wir uns um dich wirklich keine Sorgen mehr machen", freuten sich Siri und Drakos. „Nun darfst du auch mit uns gemeinsam die Quelle bewachen."

„Ist das schön", hauchte Chima und faltete die Vorderklauen. Dann blinzelte sie Thors Männern lustig zu. „Wird nichts mehr, mit heimlich Drachennachwuchs entführen, da gibt es Feuer unterm Hintern!"

„Autsch!" Die fünf blinzelten unter den Lachsalven der Atlan zurück.

Thor kraulte Drakos zwischen den Hörnern. „Ich freue mich schon tierisch auf den nächsten Besuch bei euch."

„Um dein zweites Weibchen zu genießen?", schmunzelte der große Drache.

Thor brach in Gelächter aus. „Na ja, ich hab nun mal nicht so ein Glück wie du, offiziell zwei Weibchen haben zu dürfen. Im Gegensatz zu deinen beiden, die ein Herz und eine Seele sind, würde Sif meiner heimlichen Liebe die Augen auskratzen. Und wenn ich dann zwanzig haben wollte, wie du vielleicht eines Tages wieder haben wirst, dann wäre bei allen der Ofen ganz aus."

Drakos schaute den Asen belustigt an. „Irgendeinen kleinen Vorteil muss es doch haben, wenn man als Drakon auf die Welt gekommen ist."

„Hach, du Glücklicher!"

„Dafür kannst du täglich, wenn dir so ist. Mir ist nur ein Mal im Jahr so, aber dann mit allen", lachte Drakos. „Damit sind wir wieder quitt."

„Interessante Sicht der Dinge" amüsierte sich Osiris.

„Ein typisches Männergespräch", kicherte Isis. „Dabei ist der Oberschürzenjäger schon auf dem Weg nach Asgard."

Thor nickte. „Da sagst du wahre Worte. Zeus wird wieder wildern, was die Hormone hergeben. Es sei denn, Hera wäre mit an Bord. Sie ist die Spaßbremse schlechthin, da muss es nicht einmal um Sex gehen."

Cheiron verkniff sich jeden Kommentar. Die schwierige Gattin des Olympiers kannte jeder, der lange genug auf der Welt war. Manchmal konnte er sogar verstehen, warum Zeus lieber unter fremden Röcken suchte und immer auch fündig wurde. Ihm konnte das beim bevorstehenden Besuch auf Asgard egal sein, als Atlan und Gast der Asen.

Nach der Abreise Thors und seiner Männer kehrte für ein paar Wochen etwas Ruhe in die Siedlung ein. Chima, die Drakos inzwischen immer deutlicher als sein zweites Weibchen behandelte, ließ sich von ihm und den Magiern in die Geheimnisse des Unsichtbarmachens und der Teleportation einweihen, ehe sie ganz intensiv das Kampftraining bei den Drakonat absolvierte.

Maris hatte öfter ziemlich viel zu tun, denn Chima nahm jede Herausforderung an. Zwischendurch brachte sie ihrem Schweinchen bei, aufs Wort zu gehorchen und bald wunderte sich niemand mehr, wenn das Borstentier hin und wieder im Schweinsgalopp hinter Chima durch die Siedlung rannte. *Borsti* avancierte schnell zum Liebling aller Atlan. Chima ließ ihn immer wieder auf dem Festplatz seine Kunststückchen vorführen.

Irgendwann schauten sich die vier Hunde das Verhalten des Ebers ab, der stets leckere Bröckchen für seine Show bekam und Chima hatte plötzlich einen regelrechten Zirkus zu betreuen. Und weil die vier Racker die Schweine nun auch nicht mehr hetzten, gestattete ihnen die Drakon auch wieder den Zutritt zum Gehege, welches inzwischen mehrfach erweitert worden war.

Als das erste Mal ein Schwein geschlachtet werden sollte, brachte sie ihren Borsti vorsichtshalber zu Lilly in den Garten, um ihm die ganze Aufregung zu ersparen. Danach sah zwar die halbe Wiese wie ein Schlachtfeld aus, aber Lilly und Leon nahmen es mit Humor, zumal sich Chima alle Mühe gab, das angerichtete Chaos zu beseitigen. Sie puzzelte die, heraus gewühlten, Grasstücke mit einer wahren Engelsgeduld wieder zusammen und nach zwei Tagen erinnerte nichts mehr an Borstis Besuch.

„Beim nächsten Mal bleibt er im Wald. Ich bin wohl etwas überbesorgt", erklärte sie sofort.

„Die Schafkoppel ist wohl nichts für ihn?", fragte Leon, der wusste, wie wenig Chima diese Tiere mochte.

Das Weibchen lachte. „Dazu ist Borsti zu schlau, der trickst euch den Leithammel aus, dass die ganze Herde hinterher noch doofer aus der Wolle guckt."

Leon stimmte in das Gelächter ein. „Das glaube ich dir sogar unbesehen. Jeder, der Borsti kennt, wird da unweigerlich zum selben Ergebnis kommen."

Auch Drakos und Siri amüsierten sich köstlich über Chimas Schwein, das inzwischen zu einem stattlichen Eber herangewachsen war.

Seit zwei Tagen liefen die Vorbereitungen für das Treffen mit Helion und Asen auf Asgard. Mira, Luna, Lilly und Sara hatten sich selbst übertroffen und alle Mitreisenden, die noch nicht im Besitz von Prunkgewändern für interstellare öffentliche Auftritte waren, erstklassig ausgestattet.

Arko und Leon kreierten für Cheiron eine Lederweste, in deren Taschen er allen möglichen Kleinkram unterbringen konnte, um nicht ständig mit einer Umhängetasche herumlaufen zu müssen. Sie ließ seine, ohnehin bärenstarke, Gestalt regelrecht martialisch erscheinen, obwohl er seit seiner Umsiedlung nach Neu-Atla dem friedlichen Handwerk frönte.

Leon zog beinahe ehrfürchtig sein Kleiderbündel aus den Tiefen der Truhe hervor. Lilly breitete das Gewand auf dem Bett aus und untersuchte es akribisch auf eventuelle Schäden.

„Alles bestens", sagte sie erfreut und schlug es wieder in die Schutzhülle ein. „Du wirst umwerfend aussehen."

Der junge Schlangenmagier ließ seine Hand über das Päckchen gleiten. „Ich kann meine Gefühle schlecht in Worte fassen, aber es macht mich sehr glücklich, dass ich es wieder tragen darf."

Lilly schmiegte sich an seine Brust und Leon schloss sie zärtlich in die Arme.

Den Vorabend der Abreise verbrachten alle auf dem Festplatz. Horus übergab den Gleiter offiziell dem Kommando Leons.

„Dein Stellvertreter?", fragte er.

„Wird Sami sein", erklärte Leon. „Erster Pilot ist Tamu. Wir drei teilen uns auch den Dienst, damit immer einer als Ansprechpartner zur Verfügung steht. Wollen wir hoffen, dass uns sämtliche noch existierende Splitter einfach in Ruhe lassen."

„Dein Wort in den Gehörgang aller guten Geister", murmelte Darina. „Das ist das Einzige, um das ich mir Sorgen mache, solange ihr unterwegs seid."

„Ach! Noch was!", rief Leon. „Gebt uns Bescheid, wenn euer Baby auf der Welt ist. Ihr wisst doch, wie neugierig wir alle sind."

„Das werden wir nicht vergessen. Versprochen", schmunzelte Horus. „Ihr habt wohl auch Wetten abgeschlossen?"

„Nicht direkt. Aber Laura und ich gehen davon aus, weil in Darinas direkter Ahnenfolge fast nur Mädchen waren, es höchst wahrscheinlich ist, dass es diesmal eine Horus-Tochter wird." Leon blinzelte der werdenden Mutter zu. „Ich bin in dieser Reihe bislang der einzige Hahn im Korb."

Horus lachte herzlich. „Und nun hast du Angst, deinen Sonderstatus zu verlieren."

„Na klar, siehst du nicht, wie ich schon zittere", schmunzelte Leon.

Die Drakon schlossen am nächsten Morgen die Reisenden zum Abschied fest in die Schwingen.

„Passt gut auf euch auf", wisperte Chima Leon ins Ohr.

„Machen wir und du achte gut auf all unsere Freunde."

Chima nickte. Als das Raumschiff abhob, eskortierte sie es mit Drakos und Siri bis an den Rand der Lufthülle des Planeten.

Abenteuer auf Asgard

Kira schaute zu, wie Tarronn immer kleiner wurde und schließlich ganz im All verschwand.

„Aufgeregt?", fragte Arko.

„Ja, sehr sogar. Das ist mein erster Sternenflug."

„Meiner auch!", riefen Lilly und Sara gleichzeitig.

„Wir beide kennen das auch nur aus dem Simulator", erklärte Lilly.

„Ich hatte das große Glück, bei Jamal als Pilot einen kurzen Ausflug ins All machen zu dürfen", berichtete Sami.

„Und wir anderen haben zumindest als Passagiere schon die gute alte Kugel da unten von oben gesehen, als wir auf Taris waren", fügte Leon hinzu. „Meine Raumflugkenntnisse stammen auch nur vom Simulator. Aber Jamal ist ein exzellenter Lehrer. Unser einziger Pilot, der wirklich alle Eventualitäten kennt, ist Tamu, dann kommt Sami. Ich würde deshalb auch nie eine Entscheidung mit Gewalt durchdrücken, die die beiden für unsinnig halten. Asgard-Erfahrungen haben Tamu, Cheiron und Danaë.

Und da wären wir gleich beim Thema", wandte sich Leon an den Zentauren. „Du musst mich nicht um Erlaubnis bitten, wenn du mit Thor auf die Jagd gehen willst. Meine Bitte an alle: Seid mit dem Met der Asen vorsichtig. Der hat einen Alkoholgehalt, dagegen ist Safis Wein die blanke Limonade."

„Hast du ausreichend Nasentinktur?", fragte Kira Cheiron.

„Ja, mehrere Flaschen und für den Notfall das Rezept, wie man sie herstellt."

„Ich habe, vorsichtshalber, auch immer ein Fläschchen einstecken", erklärte Danaë. „Das habe ich mir sofort angewöhnt, kaum, dass uns Maris das hilfreiche Gemisch zusammengebraut hatte."

Leon schaute auf die Uhr. „Wenn ihr keine Fragen mehr habt, dann ziehe ich mich jetzt zurück. Ich werde heute den Nachtdienst übernehmen."

Abends übergab ihm Tamu das Schiff mit den Worten: „Wir fliegen in einem besonders ruhigen Sektor. Es dürfte in den nächsten Stunden keine Störungen geben."

Und Tamu behielt Recht. Bis der erste Asgard-Mond in Sicht kam, glühte nicht ein einziges Warnlicht auf. Wenige Augenblicke später bekamen die Atlan Landeerlaubnis und gingen genau neben dem Raumschiff der Helion nieder, die wenige Stunden vorher eingetroffen waren. Leon verließ als Erster die Rampe, ihm folgten die Männer, die Frauen schlossen sich ihnen an.

Herakles zuckte in freudigem Schreck zusammen. „Cheiron und Danaë sind mit an Bord!"

„Tatsächlich!" Auch die anderen Helion staunten.

Thor grinste breit. „Für einen deftigen Jagdausflug ist Cheiron nicht einmal der Weg nach Asgard zu weit. Herzlich willkommen, meine Freunde!"

„Na, steht das Häuschen noch?", wandte sich der Ase lachend an Lilly und Leon.

„Keine Frage! Wo du mit deinen Männern anpackst, kommt ein ordentliches Ergebnis raus. Noch einmal danke für die Hilfe." Leon erwiderte die feste Umarmung.

Zeus stutzte. „Die Asen haben an deinem Haus gebaut?"

„So ist es!", rief Cheiron. „Ich habe mit meinem Pferdehintern nur gestört, also haben wir als Ersatz die ersten Reisenden, die uns besuchten, als Sklaven auf den Bau getrieben. Diesmal hat es Thor und seine Männer erwischt."

Die Helion schauten sich erschreckt an, während Asen und Atlan in Gelächter ausbrachen.

Athene hatte als Erste die Situation begriffen und stimmte in das Lachen ein. „Bei dir muss man sich jetzt also auch vorsehen, dass man nicht Doppeldeutigkeiten und Späßen aufsitzt. Das kann ja heiter werden."

Cheiron grinste harmlos.

„Im Gegenzug nehmen wir heute Meister Arko gefangen", witzelte Odin.

„Um Himmels Willen! Bloß nicht!", rief Thor. „Dann macht dir beim nächsten Besuch Chima Feuer unterm Hintern, dass du nur noch als Grillhähnchen durchgehst."

„Hm, ich merke schon, wir haben ganz schlechte Karten", sagte Odin, gespielt zerknirscht, während die Helion mit großen Augen von einem zum anderen schauten.

„War ein Scherz." Thor amüsierte sich über Zeus verblüfftes Gesicht. „Nur das mit dem Feuer ist todernst", erzählte Arko. „Chima beherrscht inzwischen die Flamme, die Teleportation und ist Drakos zweites Weibchen geworden."

„Dann leben alle drei jetzt dauerhaft bei euch auf Dafa?", fragte Ares erstaunt.

Die Atlan nickten.

Auf der Wiese bauten unzählige Helfer inzwischen Tische und Bänke auf, rollten Fässer herbei und heizten mehrere Grills an. Aus dem Wald waren die hellen Stimmen einiger Frauen zu hören.

„Sif!" Cheiron trabte der Gattin Thors entgegen. „Danke für das Überraschungspaket!"

„Und du hast es natürlich sofort mit allen geteilt", schmunzelte sie. Dann winkte sie ab. „Na, so seid ihr Atlan eben. Was machen die Schweine?"

„Denen geht es bei uns im Wald saugut", blinzelte Cheiron. „Eins hat sich Chima erbeten und wir konnten ihr die kleine harmlose Bitte, beim besten Willen, nicht abschlagen."

„Sie isst Säugetiere?", fragte Zeus, unangenehm überrascht.

„I wo!", rief Arko. „Sie hat Borsti wie einen Hund erzogen und unterhält uns auf allen möglichen Feiern mit seinen wirklich witzigen Kunststückchen. Ich hab ihrem Schmuseschwein eine silberne Ohrmarkierung verpasst, damit es alle gleich von Weitem erkennen und in Ruhe lassen."

Athene schüttelte amüsiert den Kopf.

Leon lächelte hintergründig. „Ich weiß genau, was dir durch den Kopf geht und du hast recht. Wir Atlan sind mit Abstand die Verrücktesten im ganzen Universum."

Die Göttin lachte. „Ich mag euch. Wahrscheinlich sogar gerade deshalb." Sie bat Leon und Lilly an ihre Seite. „Du bist Sobeks Sohn und deine Gefährtin ist Kebechsenefs Tochter?"

„Stimmt genau."

Athene schaute sich nach den anderen Atlan um. „Deine Schwester gehört zu Solons Sohn?"

„Auch richtig."

„Eure Väter sind sicher sehr glücklich darüber."

„Die Mütter auch", fügte Leon schmunzelnd hinzu.

Ares' Mundwinkel zuckten.

„Ist selten, dass ihn jemand amüsiert", erklärte Zeus mit Seitenblick auf den Kriegsgott.

Einige Mädchen eilten geschäftig um die Tische, kredenzten Wein und servierten Fleisch. Thor hatte sie gut instruiert und so erhielten die Atlan Fisch mit gegrilltem Gemüse. Die Teller für Cheiron und Danaë füllte er gleich selber, aber mit Hirschlende und Wildschweinbraten. Für den Zentauren stand ein großer Krug mit kühlem Quellwasser auf dem Tisch.

Die Helion warfen dem ungleichen Paar Cheiron und Danaë stets wieder neugierige Blicke zu. Sie unterhielten sich glänzend mit den Asen, wobei Cheiron immer wieder durch witzige Kommentare die Frauen zum Lachen brachte. Der würdevolle, beinahe unnahbare Ernst früherer Zeiten, war kaum noch zu spüren.

Er fühlte die Blicke der Helion und sagte unvermittelt: „Es ist kein Trugbild, wir sind wirklich so glücklich wie wir aussehen."

„Ihr habt noch gar nicht erzählt, wie es den anderen geht", warf Herakles ein.

„Im Augenblick wartet ganz Tarronn wohl nur darauf, dass Horus' und Darinas Baby auf die Welt kommt", erzählte Leon. „Jeden Tag kann es soweit sein und einer ist neugieriger als der andere, ob es Junge oder Mädchen ist. Aber egal wer, alle freuen sich schon darauf."

„Den Magiern und ihren Familien geht es gut, die Drakon sind glücklich, alle anderen Bewohner von Dafa auch – atlanische Verhältnisse eben", fügte Arko hinzu.

„Habt ihr wirklich niemals Probleme?", fragte Poseidon.

„Doch, die haben wir auch. Mitunter sogar recht handfeste", erwiderte Leon. „Aber wir sind gewohnt, sie gemeinsam in den Griff zu bekommen. Keiner ist unfehlbar. Nahe daran sind nur die Drakonat und Horus."

„Es erstaunt mich, wie tief diese Verehrung sogar in der eigenen Familie ist", murmelte Zeus. „Du stehst ihnen, als Schlangenmagier, doch sicher nicht nach."

Leon lächelte melancholisch. „Dazwischen liegen Welten – nicht nur, weil ich kein Krieger bin. Es wird für mich ein steiniger Weg, wenigstens ein bisschen wie sie zu werden."

„Bist du nicht zu hart gegen dich selbst?"

„Ganz bestimmt nicht."

Spät in der Nacht erzählte Lilly Athene und Zeus, wie Leon sie gerettet hatte und was dem vorangegangen, aber auch, was danach gekommen war.

Über das Gesicht der Göttin der Weisheit huschte ein flüchtiges Lächeln. „Auch wenn er es weit von sich weist, er ist schon ein ziemlich großes *Bisschen* wie sie. Er steht genau so für seine Fehler ein und genau so felsenfest zu seinem Wort."

Zeus nickte. „Außerdem weiß Horus genau, wem er solch ein Kommando übergibt, Verwandtschaftsgrad hat da nichts zu sagen."

Im Morgengrauen endete das Fest und die Gäste zogen sich in ihre Raumschiffe zurück. Die Helion merkten erst am Morgen, dass ihr König die Nacht nicht allein verbracht hatte. Hera war weit weg und sie wähnte ihn bei Ares, Poseidon und Athene unter strenger Kontrolle. Dass sich die drei hüten würden, auch nur einen einzigen Ton zu verraten, wäre ihr nicht im Traum eingefallen.

Den ganzen folgenden Tag frönten alle ihren Leidenschaften. Die Kämpfer hielten Waffenschau bei den Asen, die Handwerker steckten irgendwo in Schmieden und Werkstätten, während sich die Frauen fast ausnahmslos zu einer Wanderung in den Wald zusammenfanden, wohin sie Odin von mehreren bewaffneten Männern begleiten ließ, um sicher zu sein, dass Loki nicht zuschlagen konnte.

Wohl wissend, dass es in Asgards Wäldern unzählige große und auch gefährliche Tiere gab, blieb die Gruppe stets zusammen und manchmal spähten sie ängstlich ins Unterholz, wenn undefinierbares Rascheln erklang. Lautes Grunzen ließ die Frauen dicht zusammengedrängt stehen bleiben, die Herzen der Männer aber höher schlagen.

Zwei von ihnen machten stumme Zeichen, still zu bleiben, und schlichen davon. Quieken, Prasseln im Unterholz, das Geräusch davon rennender Tiere, dann tauchten die beiden Jäger auch schon mit einem großen Wildschwein auf. Laura gab Thor telepathisch Bescheid und so nahte bald ein Reiter, der das Tier übernahm und direkt zum Festplatz brachte.

„Jetzt kann ich mir erst wirklich vorstellen, warum sich Cheiron so sehr auf die Jagden gefreut hat", sagte Laura zu Danaë. „Hier gibt es Wild in Hülle und Fülle und er kann sich selbst beweisen, dass er es noch voll drauf hat."

„Ich glaube, die Jagdgesellschaft ist schon hierher unterwegs", gab einer der Männer bekannt. „Machen wir vorsichtshalber den Weg frei!"

Am Waldrand stehend hörten sie, wie das Trommeln der galoppierenden Pferdehufe immer lauter wurde und schließlich mehrere Reiter in wahrhaft halsbrecherischer Geschwindigkeit vorbei rasten. Vor ihnen, und sogar mit Sleipnir gleichauf, Cheiron.

„Er ist beeindruckend gut", stellte Athene zufrieden fest.

Kira bestätigte das gern. „Außerdem ist er nach wie vor einer unserer besten Lehrer. Zu ihm gehen nicht nur die Kinder am liebsten."

„Auch junge Drakon und gestandene Männer holen sich bei ihm Rat", erklärte Lilly auf Sifs fragenden Blick. „Und Osiris erste Frage lautet immer, wenn er ihn nicht gleich sieht: Wie geht es Cheiron?"

„Ist Leon wirklich kein Krieger?", fragte Athene unvermittelt.

„Wie meinst du das?", stellte Lilly die Gegenfrage.

Athene zeigte wortlos auf ihren Bizeps.

„Das kommt von der harten Arbeit in der Schmiede", erklärte Lilly. „Du kannst ihn, mit gutem Gewissen, in einen Wettstreit mit Odins besten Handwerkern schicken, aber nicht in einen Magier-Kampf Mann gegen Mann."

Am Abend überzeugte sich die Helion von der Richtigkeit der Worte. An den Schaukämpfen nahmen ausschließlich Sami, Tamu und Sara teil, welche damit die Asen und Helion restlos schockte. Arko, Leon und Cheiron stellten hingegen ihr handwerkliches Können zur Schau.

Bei Leon sammelten sich irgendwann so viele Bestellungen für geschnitzten Schmuck, dass er nur noch versprechen konnte, die Kleinode beim nächsten Treffen fertig zu haben.

„Ich denke, du bist ein Magier?", fragte Odin erstaunt.

„Auch wenn ich einer bin, gezaubert wird nur, wenn es nicht anders oder um Leben und Tod geht. Die Damen werden aber sicher nicht an Kummer sterben, wenn sie die Schmuckstücke etwas später bekommen, zumal ich weiß, dass alle hier Versammelten unsterblich sind und die Ewigkeit noch eine Weile dauert."

„Junge, du bist ganz nach meinem Geschmack!" Odin hielt ihm die Hand hin, in die Leon gern einschlug.

In der folgenden Nacht war Athene die einzige Helion, die allein ihre Räume aufsuchte. Sogar Herakles und Ares waren den Verlockungen der ledigen Frauen bereitwillig gefolgt. Bei den Atlan, gab es nichts holen. Außer Cheiron, der etwas aus dem Beuteschema fiel, hatten die Männer zwar genau die richtige Kragenweite, waren aber offensichtlich in so festen Händen, dass jeder Versuch, sie auf Abwege zu locken, völlig ins Leere lief.

Den Tag verbrachten wieder alle individuell, um sich am späten Nachmittag zum gemeinsamen Feiern zu treffen. Cheiron hatte einen kapitalen Hirsch erbeutet, der inzwischen fast gar über dem Feuer hing und darauf wartete, verspeist zu werden. Der Zentaur ging den Asen beim Drehen mit zur Hand, unterhielt sich aber zwischendurch angeregt mit Poseidon, Herakles und Ares, an deren Tisch auch ein Platz für ihn frei gehalten wurde und wo sein Krug mit dem Quellwasser stand.

Leon spürte plötzlich dieses unangenehme Ziehen im Nacken, wie immer, wenn sich handfester Ärger ankündigte, dabei hatte er gleichzeitig einen undefinierbaren Geruch in der Nase. Aus den Augenwinkeln sah er, wie Cheiron nach seinem Becher fasste.

Ohne weiter nachzudenken, hechtete er auf Cheiron zu und schlug ihm das Gefäß aus der Hand. „Nicht trinken!", schrie er. „Da ist Alkohol drin!"

Der Zentaur erstarrte, während sich Leon vom Boden aufrappelte. Er griff nach dem Becher und roch noch einmal daran. Sein inneres Warnsystem hatte perfekt funktioniert. Mit vor Zorn funkelnden Augen schaute er sich um. Das Mädchen, welches mit dem Weinkrug die Gäste bediente, wurde totenbleich. „Ich war es nicht", stammelte sie, kaum hörbar.

„Ich glaube dir, denn das hier ist kein Met." Leon kniff die Augen zusammen. „Wer hat Cheiron das Zeug in den Becher gekippt?" Sogar die Atlan zuckten zusammen, denn seine Stimme klang gefährlich wie das Zischen einer angriffsbereiten Schlange.

Zeus wechselte einen schnellen Blick mit Athene, dann erhob er sich. „Das dürfte herauszufinden sein, wer hier Unfrieden stiften will." Er deutete auf sein Raumschiff. „Wir haben immer, auch zu Hause, die Außenüberwachung laufen. Komm, schauen wir uns die Aufzeichnungen der letzten Viertelstunde an."

Thor nickte Leon beruhigend zu, er würde darauf achten, dass sich inzwischen nicht noch einmal jemand am Becher des Zentauren zu schaffen machen konnte. Odin schloss sich den Männern an, um notfalls gleich Befehle gegen die noch unbekannte Person erteilen zu können. Zeus führte sie in die Kommandozentrale seines Raumschiffs und rief sofort die letzten Minuten der Überwachung auf.

„Achtung, jetzt, Cheiron verlässt den Tisch und geht zum Grill. Da! Seht ihr die Gestalt? Sie geht zielstrebig auf seinen Platz zu, macht irgendwas am Becher und verschwindet sofort wieder", rief der König der Helion.

„Kannst du aufzoomen?", fragte Odin.

„Sicher." Zeus speicherte die Videosequenz, um sie besser bearbeiten zu können.

„Das ist eine Frau!", rief Odin überrascht, als die vierfache Vergrößerung langsam Details deutlich machte.

Zeus zoomte noch weiter auf.

„Wer ist das?", murmelte Leon. „Mir ist, als hätte ich sie schon einmal gesehen." Er versuchte, sich zu erinnern.

Odin machte eine überraschte Geste, als Zeus noch einen Tick weiter vergrößerte. „Das ist Sachmet. Irrtum ausgeschlossen. Jetzt fragt sich nur, wie kommt sie hierher, seit wann ist sie hier und was will sie hier? Warum wollte sie, dass Cheiron die Kontrolle über sich verliert. Es dürfte doch inzwischen allgemein bekannt sein, dass wir miteinander reden, um Missverständnisse einvernehmlich zu klären. Ich begreife das einfach nicht!"

Die drei Männer schauten sich ratlos an.

„Holt alle eure Leute rein", bat Odin. „Meine werden auch gleich da sein."

Innerhalb weniger Sekunden waren alle Atlan, Helion und die höchsten Vertreter Asgards versammelt. Der Ase zeigte ihnen das Bild der Fremden.

„Das ist Sachmet!", riefen Asen und Helion, aber auch Cheiron, einstimmig.

Auf den fragenden Blick der Atlan erklärte er. „Ihr seid alle noch zu jung, um sie zu kennen. Höchstens auf Bildern könntet ihr sie schon einmal gesehen haben."

„Das riecht nach Loki, nach Midgard und Verrat", konstatierte Leon.

Odin nickte. „Damit dürftest du goldrichtig liegen."

„Vater sprach einmal davon, dass Sachmet untergetaucht sein könnte, um nach einem Caiphas-Splitter zu suchen. Loki hatte doch auch die Tappa-Falle, ohne dass einer davon wusste. Vielleicht hat er ja auch das, was sie sucht, in seinem Keller liegen?" Leon hob die Augenbrauen.

„Junge, du machst mir Angst", murmelte Odin, dem in der Tat ein eiskalter Schauer über den Rücken rann.

„Ab sofort höchste Sicherheitsstufe für alle Raumschiffe!", forderte Leon. „Ich nehme jetzt gleich mit unseren Leuten zu Hause Kontakt auf."

„Willst du den Code haben?", fragte Thor.

„Nein, das geht auch anders." Leon schloss für einen Moment die Augen. Als er sie wieder öffnete, lag in ihnen nicht nur der bekannte metallische Glanz, sie waren gelb geworden, wie die der Drakonat.

Verblüfft schauten ihn die Versammelten an. Er schien mit jemandem sehr intensiv zu kommunizieren, wie die anderen sogar fühlen konnten. Nach etwa zehn Minuten endete der Kontakt. Leon wandte sich den Atlan zu.

„Unser Befehl lautet: Sachmet stellen und in Osiris' Palast überführen." Tief durchatmend fügte er hinzu: „Es tut mir leid, der Urlaub ist ab sofort gestrichen." An Odin richtete er die Bitte: „Erteilst du uns die Erlaubnis, sie auf eurem Gebiet gefangen zu nehmen?"

Odin legte ihm die Hand auf die Schulter. „Selbstverständlich und wir beteiligen uns an der Jagd, eben weil sie sich hier auf unserem Gebiet aufhält."

„Danke."

„Wenn ihr alle nichts dagegen habt, dann sind wir auch mit dabei", sprach Zeus.

„So soll es sein! Unsere Völker ziehen erneut gemeinsam in den Kampf." Leon reichte den beiden Befehlshabern die Hände.

Forseti, der nordische Gott des Rechts und des Gesetzes, versprach, die atlanischen Frauen, Meister Arko und Cheiron an einen sicheren Ort zu bringen.

Der Zentaur willigte allerdings erst ein, als ihn Leon beinahe anflehte, zu bedenken, wie gering seine Chancen gegen Sachmet stünden, da diese mit tödlicher Sicherheit Magie einsetzen würde.

Sara, die Kriegerin, legte Veto ein. Leon blieb nichts weiter übrig, als sie mit in den Kampf ziehen zu lassen.

Findet Sachmet!

Auf Tarronn überschlugen sich inzwischen auch die Ereignisse. Während des Abendessens mit Neri, Luna, Zaid, Imset, Kebechsenef und Sobek hatte es Darinas und Horus' Nachwuchs plötzlich sehr eilig, auf die Welt zu kommen. Ehe alle zum Erschrecken und Wundern kamen, waltete Neri, die beste Hebamme der Atlan, bereits ihres Amtes und drückte dem aufgeregten Horus seine lang ersehnte neugeborene Tochter in den Arm.

Mit strahlenden Augen trug er sie in den Garten zu den anderen und ließ den Freudentränen freien Lauf. Wenig später hatte Neri Darina versorgt, aufgeräumt und ließ die Großfamilie herein. Wie ein Lauffeuer verbreitete sich die Nachricht vom freudigen Ereignis auf Dafa und auf Kantar, um schließlich nach Taris, Mitri und Asgard überzuspringen.

Am nächsten Morgen parkten mehrere Gleiter den Landeplatz dicht an dicht zu und die Drakon kamen kaum zum Ausruhen, weil sie ständig Eskorte flogen.

Hapi, Duamutef und Anubis mit Schep-en-Hor hatten sich sofort auf den Weg gemacht. Aber auch Isis und Osiris ließen sich mit dem Gleiter bringen, weil sie viel zu aufgeregt gewesen waren, sich gefahrlos über diese Entfernung zu teleportieren.

Sogar Re gratulierte, wenn auch nur telepathisch. Er ließ Zaid durch Horus ausrichten, sie möge ein Zimmer für einen Überraschungsgast bereit halten. Nephtys schien es nicht zu sein, denn die war mit Anubis und Schep angereist und übernachtete, wie schon öfter vorher, bei einem ledigen Atlan, der nur zu gern sein Bett mit ihr teilte.

Am dritten Tag des Feier-Marathons, als die ersten Gäste Atla verließen, verschwanden die Drakon wie auf Kommando über dem Meer.

„Mal schauen, wen sie uns bringen", murmelte Zaid. „Hat Re wirklich keinen Namen genannt?"

„Nicht, dass ich wüsste." Horus dachte angestrengt nach. „Ich bin auch ganz sicher, dass ich ihn nicht vor lauter Glück über meine kleine Tochter vergessen habe."

„Wow! Seht mal! Da kommt ja noch so ein Superflitzer, wie Hapi fliegt!" Ihi deutete gen Himmel, wo die deutlich sichtbaren Gestalten der Drakon einen silbern funkelnden Gleiter zum Landeplatz lotsten.

Das fremde Fluggerät landete perfekt in der Lücke, die Duamutefs Gleiter zurückgelassen hatte und die Kanzel schwang auf. Sobek und Imset erreichten den Landeplatz in dem Augenblick, wo der Fremde die Luke wieder schloss.

„Herzlich willkommen in Neu-Atla auf Dafa", begrüßten sie ihn völlig synchron.

Irritiert betrachtete der Fremde die Gesichter der Männer, die sich fast aufs Haar glichen. „Imset?", fragte er vorsichtig und schaute den linken Mann unsicher an.

„Er ist Imset", erhielt er zu Antwort. „Und ich bin sein Sohn, Sobek."

„Mein Name ist Month", beeilte sich der Fremde, zu erklären, und diesmal war es an den beiden anderen, erstaunt zu sein.

„Jetzt wird es interessant", schmunzelte Imset, während Sobek Month einlud, ihm zu folgen.

Der Kriegsgott drehte sich noch einmal nach seinem Gleiter um. Dabei streifte sein Blick die drei Drakon, die wie Statuen noch immer am Landeplatz hockten. „Die drei sind wirklich echt?", fragte er unsicher.

„Genau so echt wie wir", antwortete Imset und verwandelte sich mit Sobek.

Month wich jede Farbe aus dem Gesicht. „Ich glaube, ich habe Halluzinationen."

„Das gibt sich wieder", grinste Sobek und deutete auf Imset, der zurückverwandelt, den Heimweg angetreten hatte. „Komm, ich bin sicher, dass du schon sehnsüchtig erwartet wirst."

„Von wem?" Month wirkte deutlich irritiert.

„Lass dich überraschen. Du wirst sie sicher mögen."

„Sie???", echote Month.

„Wir sind schon da", erklärte Sobek und öffnete die Gartenpforte.

Im Schatten eines hohen Obstbaumes saß eine Frau, die sich jetzt neugierig umdrehte. Month blieb, wie gegen eine Mauer gelaufen, stehen, begann zu schwanken und hauchte: „Tabea".

Sobek fasste zu, bevor Month stürzte und führte den am ganzen Körper zitternden Gott zu einem Gartenstuhl.

„Ich bin Zaid, Tabeas Tochter", hörte Month wie durch eine Watteschicht sagen und fühlte ihre Hand auf seinem Arm.

„Ich hole eine kleine Herzstärkung." Sobek verschwand im Haus. Mit einem Tablett, auf dem drei Becher und ein verkorkter Krug standen, kam er kurz darauf wieder. „Worauf trinken wir?"

„Darauf, dass sich Vater und Tochter nach mehr als dreitausend Jahren gefunden haben?" Zaid schaute Month, der noch immer wie erstarrt saß, fragend an.

Nun nickte er. „Das ist ein guter Anlass." Er lächelte zaghaft. „Zaid." Er lauschte dem Klang des Namens nach. „Zaid", wiederholte er. „Meine kleine große Tochter."

Sobek nickte erfreut und Zaid warf sich in Month' Arme. „Vater!"

Nun brauchte der, von Gefühlen völlig überwältigte, Gott ganz schnell eine Stärkung, sonst wäre er doch noch aus den Schuhen gekippt. So dauerte es auch eine Weile, bis er merkte, dass noch drei andere Paare mit hinzugekommen waren, von denen eine Frau Tabea ebenfalls verblüffend ähnelte. Sie trug ein Neugeborenes im Tuch vor dem Körper und ihren Gefährten identifizierte Month recht schnell als Horus.

Als Zaid sie ihm als ihre Großmutter, Darina, vorstellte, gab es für Month nicht einmal mehr den geringsten Zweifel, sein tot geglaubtes Kind gefunden zu haben. Er hielt Zaids Hände. Immer wieder streichelte er ihr Gesicht. „Du siehst deiner Mutter erstaunlich ähnlich", schwärmte er. Dann zog ein düsterer Schatten über seine Augen. „Sie hat gesagt, Tabea sei tot. Man hätte ihre Leiche zerstückelt auf dem Meeresgrund gefunden.

Das gehässige Grinsen sehe ich heute noch manchmal im Traum. Weil sie sich feige gedrückt hat, übernahm Tabea ihre Arbeit, um mir wenigstens alle paar Wochen einmal nah zu sein."

„Von wem redest du eigentlich? Wer ist *Sie*?", fragte Zaid schließlich.

„Sachmet."

Zaid schrie auf.

„Hab ich was falsch gemacht?", fragte Month erschreckt.

„Meine Kinder sind beide auf Asgard und versuchen, gemeinsam mit Asen und Helion, die Bestie in Gestalt einer Frau aus dem Verkehr zu ziehen", berichtete Zaid.

Horus und Darina taten Zaid ihre Gedanken kund, über den Zusammenhang zwischen Sachmet und dem Tod ihrer Mutter.

„Ich werde sofort losfliegen. Wenn wir sie haben, komme ich wieder und dann können wir uns bis in alle Ewigkeiten unterhalten", rief Month.

„Du hast einen Zweisitzer? Hyperspeed, wie Hapi? Toll! Du kommst hier nur weg, wenn du mich mitnimmst!" Zaid reichte ihm die Hand. „Komm, worauf warten wir noch?"

Auf das entsetzte Gesicht Month' hin, begannen die Horus-Männer schallend zu lachen. „Sie zeigt dir gerne, wo der Drache die Zähne hat. Beeilt euch und kommt gesund wieder."

Wie im Traum folgte Month seiner voraneilenden Tochter zum Gleiter. Er konnte nicht fassen, was hier gerade geschah. Erst, als sie die Lufthülle des Planeten verließen, setzte das klare Denken wieder ein.

„Was weiß ich über dich", rekapitulierte er unter den amüsierten Blicken Zaids halblaut. „Du bist die Gefährtin eines Drakonats."

„Stimmt."

„Du bist Imsets, des anderen Drakonats, Schwiegertochter und damit eine aus dem Horus-Clan."

„Stimmt auch."

„Du hast einen Magier und eine Seherin geboren."

„Richtig."

„Wenn mein Denkapparat recht funktioniert, dann hast du, egal ob Atlan oder Tarronn, den Stand einer sehr hochrangigen Göttin."

„Auch richtig."

„Macht mich wahnsinnig stolz."

„Freut mich", lachte Zaid. „Meine Großmutter, Darina, ist die Gefährtin von Horus. Sie hat ihm vor wenigen Tagen eine Tochter geboren."

„Fantastisch und ich armer Tropf hatte die ganzen Jahre von nichts eine Ahnung!"

„Tröste dich! Re auch nicht. Für ihn waren meine Kinder und ich auch nur gaaaanz, gaaaanz entfernte Nachfahren."

„Du kennst meinen Vater?"

„Natürlich. Ab und zu kommt er bei uns vorbei und besucht Neri und Isis. Die sind ja immerhin deine Halbschwestern."

„Neri, die Gefährtin Imsets, ist meine Halbschwester?", fragte

Month, völlig perplex.

Zaid kicherte übermütig. „Wird wirklich Zeit, dass du deine Verwandtschaft kennen lernst!"

Month schaute Zaid einfach nur an.

„Fehlen dir jetzt wirklich die Worte?"

„Kann man durchaus so sagen. Seit zwei Stunden erleide ich einen Schock nach dem anderen! Erst tauchen drei riesige Drachen neben meinem Gleiter auf, dass mit fast das Herz in die Hose rutscht, dann stehe ich zwei Drakonat gegenüber, finde meine Tochter und die wirft hier mit Fakten um sich, die ich nicht einmal bei völlig klarem Verstand fassen könnte. Ich habe plötzlich Enkel, noch eine Schwester und Verwandte, deren Namen man eigentlich unter Verbeugungen aussprechen müsste. Wer ist eigentlich der Befehlshaber unserer Leute bei der Mission auf Asgard?"

„Unsere Leute sind ausschließlich Atlan, egal, wie sie aussehen und wo sie geboren sind. Ihr Befehlshaber ist mein Sohn, also dein Enkel Leon, der Schlangenmagier."

„Dann unterstehe ich seinem Befehl?"

„In dem Augenblick, wo du den Boden von Asgard betrittst. Lass mich am besten die Kommunikation mit den Asen machen", bat Zaid.

„Soll mir recht sein. Mir ist das alles nicht geheuer. Die wollen übrigens schon jetzt die Kennung haben!"

„Kein Wunder, die sind im Kriegszustand!" Zaid widmete sich den Instrumenten. „Hallo Asgard, hier ist die Atlan Zaid von Tarronn!"

Month fielen bald die Augen aus dem Kopf.

„Hallo Zaid! Hier ist Thor! Kommt über die Nordroute rein, der Rest ist Sperrgebiet. Ich freu mich auf euch!"

„Na also, so einfach geht das!" Zaid rieb sich die Hände.

„Thor freut sich auf uns?", murmelte Month kopfschüttelnd.

„Na klar, Thor ist auch Atlan. Der freut sich immer, wenn Landsleute kommen."

„Odins Thor???"

„Genau der."

„Der ist doch Ase!"

Zaid lachte hellauf. „Du wirst dich noch gewaltig wundern, wer alles zu uns Atlan gehört!"

Eine Stunde später tauchte Asgard im Panzerglas der Fenster auf, wurde rasend schnell größer und schon traten sie in die Lufthülle ein. Month ging auf Normalflugmodus. Das Kontaktlicht glühte auf.

„Hier Zaid. Ich höre."

„Parkt euren Mini-Hüpfer im Laderaum von Zeus großer Bude. Sicher ist sicher."

„Danke für den Tipp. Bis gleich."

Month stöhnte. „Ich fasse das alles nicht. Wir sollen in ein Helion-Raumschiff fliegen?"

„Korrekte Anweisung. Der Kleine ist sonst schnelle Beute." Zaid schaute sich um. „Ach! Das ist es ja schon, mit einladend geöffnetem Heck. Nichts wie rein und sichern!" Sie sprang auch als Erste aus der Luke, um Athene, die sie empfing, zu umarmen.

„Heute mal mit anderer Begleitung?", fragte diese überrascht. „Wer ist er?"

„Das ist Month, mein Vater. Und sie ist Athene von Helion", stellte Zaid kurz vor.

„Na, das ist ja eine Überraschung. Kommt, die anderen warten schon."

Zaid führte ihren Vater in die Runde der Versammelten ein, dann verteilte sie unzählige Umarmungen. Sie schaute Ares mit in die Hüfte gestemmten Armen an. „Schaust du wegen mir so finster?"

Ein winziges Lächeln huschte über das Gesicht des Gottes, dem man diese Fähigkeit völlig absprach. „Ganz bestimmt nicht."

Sie reichte ihm lachend beide Hände. „Na also, es geht doch."

Ares grinste. „Ich gebe mir Mühe."

Month blieb förmlich die Spucke weg. Offensichtlich hatte er in den letzten Paartausend Jahren gewaltig viel verpasst.

Odin unterrichtete die Neuankömmlinge vom Stand der Dinge. „Leon hat lokalisiert, wo sich Midgard und Loki aufhalten. Von Sachmet fehlt weiter jede Spur."

„Sie wird sich bei Loki da versteckt halten, wo er jahrtausendelang auch die Falle gebunkert hatte", sagte Zaid.

„Das war auch Leons erster Gedanke", verriet Odin.

„Die Bude zu stürmen, dürfte sicher eine blöde Idee sein, wenn man keinen Drakonat verfügbar hat", sinnierte sie. „Habt ihr es mit Rauslocken versucht?"

„Nein. Wir wüssten nicht, womit."

„Ich schon", warf Month ein. „Ich kann mit einem transportablen Gerät Frequenzen erzeugen, mit denen Caiphas-Splitter aktiviert werden."

Es wurde so still, das sogar die Stille zu fühlen war.

„Sachmet hat schon immer sehr sensibel darauf reagiert."

„Wo hast du das her?", fragte Zeus sofort.

Month begann zu erzählen, wie er damals, mit Upuaut, Sachmet, Neith und den sterblichen Drakon, Tarronn von den vielen Splittern gesäubert hatte. „Irgendwann lernte ich eine junge Frau kennen, mit der ich eigentlich die Ewigkeit verbringen wollte. Sie wurde schwanger und Sachmet giftig. Die Kampfkatze kann es nicht haben, wenn andere glücklich sind. Tabea half mir, weil sich Sachmet immer öfter drückte, bei der Überwachung des Gebietes. Eines Tages flog sie hinein, obwohl keine Notwendigkeit bestanden hätte. Jemand hatte meine Frequenz erzeugt und sie in den Tod gelockt.

Ich habe in der Verzweiflung das Kommando hingeworfen und mich in meinem Kummer zu Quetzalcoatl geflüchtet, der einen guten Techniker für Sonderaufgaben suchte. Vor wenigen Stunden habe ich erfahren, dass meine ungeborene Tochter den Mordanschlag überlebt hat. Und heute bin ich mir ihr hier, um das Monster Sachmet zur Strecke zu bringen." Er streichelte Zaids Hand.

Ich will auch Loki, wenn möglich, haben. Er hat Zaid als junges unberührtes Mädchen vergewaltigt und ihr auf Jahrtausende das Leben vergällt, hörte Month plötzlich Leons Stimme in seinem Kopf, obwohl der sich angeregt mit Zeus unterhielt.

Verstanden.

„Ich stelle mir die Sache so vor", erklärte Leon für alle. „Zaid und Sara sind unsere *hilflosen* Lockvögel, die am Rande des Sumpfgebietes so tun, als ob sie mittels Technik nach einem Caiphas-Splitter suchen. Month erzeugt die Frequenz und behält die Damen im Auge, damit Midgard nicht unvermittelt zuschlägt. Wir Atlan bilden den Innenring für den Zugriff auf Sachmet. Die Asen halten sich für Loki bereit und die Helion sind die schnelle Eingreiftruppe an allen Fronten.

Wenn wir Sachmet haben, überstellen wir sie der Gerichtsbarkeit Tarronns, indem wir sie im Angesicht der magischen Quelle aburteilen. Osiris befürwortet meinen Plan. In einer halben Stunde nehmen wir unsere Positionen ein."

„Zu Befehl, Commander!", riefen Zeus und Odin.

Month wunderte sich inzwischen nicht einmal mehr. Er bekam, wie auch Zaid, alle relevanten Daten telepathisch übermittelt. Sofort konnten sich beide ein Bild vom Einsatzgebiet machen, obwohl sie noch nie dort gewesen waren.

„Du bist ein ausgezeichneter Stratege", wandte sich Leon an Month. „Wenn dir brauchbare Ideen kommen, dann gib mir bitte Bescheid."

Der Kriegsgott holte das kleine unscheinbare Gerät aus dem Gleiter, welches in einer winzigen Umhängetasche steckte. Am Zielort schaltete er es ein.

Das gibt es doch nicht, hörten die Atlan Leons überraschte Stimme. *Das Ding sendet in der mir und Laura angeborenen Bio-Frequenz. Kein Wunder, dass uns der Splitter einen Volltreffer verpasst hat!*

Auf Month erstaunt-fragenden Blick sagte er: *Du wirst alles erfahren, wenn wir wieder in Atla sind.*

Zaid hielt Month die geöffnete Hand entgegen. Nickend übergab er ihr das Gerät, um sich mit den anderen am Rande des Sumpfes zu verstecken. Die beiden Frauen wählten ein morastiges Loch, von dem aus sie nichts, aber alle anderen alles sehen konnten. Perfekt, um jemandem fieberhafte Tätigkeit vorzuspielen. Der strömende Regen passte genau so dazu, wie die Schlammspritzer bis in die Haarspitzen.

So rührten sie zusammen mit Schaufeln im Morast und schützten emsige Arbeit vor. Hin und wieder ruhten sie aus, als wären sie von den Anstrengungen des Umgrabens körperlich völlig fertig.

Nach fast drei Stunden meldete Sami für alle: *Energetische Veränderungen, die schnell näher kommen.*

Jeder fühlte die Anwesenheit eines Fremden, nur zu sehen war keiner. Das Kraftfeld bewegte sich hinter den Frauen rund um das Loch.

„Der steckt zu tief!", seufzte Sara. „Mit der Schaufel kommen wir nicht weiter."

Zaid schaute interessiert zu, wie der Schlamm immer wieder in die Grube zurück rutschte. „Hm, hast recht, mit der Technik brauchen wir ewig."

Die Energie unterbrach ihre Wanderung. Der oder die Fremde schien stehen geblieben zu sein, und ebenfalls das Loch zu beobachten.

„Da!" Sara sprang auf. „Hast du das gesehen?"

„Meinst du das Licht?", fragte Zaid und beugte sich nach vorn.

Auch die fremde Energie näherte sich um ein paar Schritte der Grube.

Jetzt!!!

Auf Leons Befehl hin, sprangen die Atlan aus den Büschen und schnitten jeglichen Fluchtweg ab.

Schlagartig materialisierte sich Sachmet, packte Sara am Arm und versuchte, ihr selbigen umzudrehen. Fast genau so schnell begriff sie, dass sie sich das völlig falsche Opfer ausgesucht hatte. Sara drosch ihr, ohne sich wirklich bemühen zu müssen, das Schienbein vor die Stirn, dass Sachmet einen unfreiwilligen Salto rückwärts machte, auf den Rücken krachte und mit schreckgeweiteten Augen liegen blieb.

Leon kniete sich mit einem amüsierten Lächeln nieder, um ihr magische Hand- und Fußfesseln anzulegen. „Herzlichen Dank meine Damen, perfekt serviert."

Ares erschien und in Sachmets Augen stahl sich die nackte Angst. Der Helion war völlig gefühlsresistent. Er nickte in die Runde, warf sich die Gefangene ohne ein Wort einfach über die Schulter und brachte sie in den kleinen Meteoritenraum von Zeus' Raumschiff. Er setzte sie mit dem Rücken an die Wand auf den Boden, stellte eine geöffnete Wasserflasche daneben und ging genauso stumm wieder hinaus.

Das Rudel der Häscher aus Asen, Helion und Atlan umstellte das Gebiet, welches, den Energien nach, Lokis Schlupfwinkel sein musste.

Vielleicht hat die Höhle mehrere Ausgänge. Ich versuche, ihn mit einer List herauszulocken, gab Leon den anderen bekannt.

Er setzte sich im Lotossitz auf den Boden, fasste sich mit den Händen der auf der Brust überkreuzten Arme an die Schultern, wobei er gleichzeitig kreisende Bewegungen mit dem Oberkörper vollführte. Zuerst glaubte Month an eine Sinnestäuschung. Aber schließlich waren die Veränderungen für alle offensichtlich. Leon verwandelte sich langsam in eine gigantische Schlange, die zusammengerollt, aber mit weit erhobenem Kopf vor der Höhle lag und suchend züngelte. Das Rascheln der Schuppen, wenn die Windungen des Körpers aneinander rieben, war weithin zu hören.

„Midgard?", hörten sie Loki aus der Tiefe der Höhle fragen.

Die Schlange zischte.

Aus dem Dunkel des Einganges tauchte Loki auf, in die Umgebung sichernd, wie ein wildes Tier. „Wo ist Sachmet?"

„Im Raumschiff der Helion", kam zischend sie Antwort.

„Ach, schau an! Hat sie den Startcode schon geknackt? Komm rein, ehe dich noch jemand sieht!"

Das Reptil glitt auf Loki zu, umringelte, wie zufällig, dessen Beine und zog blitzschnell seinen gesamtem Körper als Spirale über den entsetzten Asen. „Hab ich dich!", lachte es und schnürte ihm die Luft ab.

„Lass den Unsinn, Midgard!", japste Loki.

„Vergiss es!", sagte die Schlange plötzlich mit fremder Stimme und trug auf einmal, statt des Reptilienkopfes, die Gesichtszüge des jungen Atlan. Loki verlor jede Farbe aus dem Gesicht. Als plötzlich Zaid vor ihm stand, glaubte er ohnmächtig zu werden.

Sie legte ihm genüsslich langsam die magischen Fesseln an und versprach: „Diesmal wird es erheblich mehr, als ein paar Ohrfeigen geben. Viel Vergnügen!"

Wieder übernahm Ares den Transfer, aber diesmal zur Festung Gladsheim, wo der Delinquent im Hochsicherheitstrakt verschwand und kaum jemals wieder frei kommen werde.

Leon erstattete Osiris sofort Bericht über die geglückte Mission.

Ich gestatte euch eine Woche Urlaub auf Asgard, kam prompt die Antwort und der König hatte sehr zufrieden geklungen.

Jubelnd nahmen die Atlan diese Nachricht auf. Odin ließ sofort seine unfreiwilligen Gäste aus Gladsheim holen, die noch immer nicht wussten, wie die Mission ausgegangen war.

Laura blieb abrupt stehen, stutzte, die Frau neben Ares sah ihrer Mutter zum Verwechseln ähnlich! Dann drehte sich diese herum und breitete die Arme aus. Mit einem Jubelschrei flog Laura hinein.

„Kann man euch keine fünf Minuten alleine lassen?", witzelte Zaid und drückte ihre Tochter an sich.

„Ist Vater auch hier?"

„Nein, aber Großvater Month!" Sie lächelte den Fremden neben Ares an. „Darf ich vorstellen, meine Tochter Laura, die Zwillingsschwester von Leon."

„Hallo Month!" Cheiron drückte dem Gott die Hand.

Der grüßte erfreut zurück. „Was macht Helion?"

„Keine Ahnung", sagte der Zentaur und Athene rief: „Das kann er nicht wissen. Er ist seit vielen Jahren ein Atlan und lebt auf Tarronn."

„Du ... du bist auch ein Atlan?!"

„Ja, wie meine Gefährtin, obwohl sie irgendwann als Mensch geboren wurde." Er machte ihn mit Danaë bekannt.

Zum großen Fest kam sogar Idun aus ihrem Wald hervor. „Ah, Zaid! Schön, dich zu sehen. Ich habe gehört, die Äpfel waren erfolgreich?"

Zaid winkte ihre Kinder heran. „Hier hast du unseren Doppelpack in voller Lebensgröße, Laura und Leon. Ariel, dem Sohn von Jani und Maris, geht es auch prächtig."

„Deine beiden sind in festen Händen, wenn ich das richtig einschätze."

„In ganz festen", bestätigte Zaid.

Idun lächelte melancholisch. „Lebt Kebechsenef noch bei euch?"

„Ja, und noch immer mit derselben Frau", erzählte Zaid.

„Dann ist er glücklich?", vergewisserte sich Idun.

„Du liebst ihn noch immer", stellte Zaid leise und wenig überrascht fest.

Idun nickte kurz.

„Ja, er ist glücklich. Seit ein paar Monaten vielleicht sogar noch glücklicher als vorher. Leons Gefährtin ist seine Tochter. Mein Sohn hat ihr das Leben gerettet. Seitdem sind die jungen Leute unzertrennlich."

Neugierig betrachtete Idun die dunkelhaarige Frau an der Seite des Magiers. „Ihre Mutter muss sehr hübsch sein."

Zaid winkte ab. „Das sind die atlanischen Frauen alle."

Idun seufzte.

„Nur der Vollständigkeit halber: Sami, Lauras Gefährte, ist der jüngere Bruder ihrer Mutter."

Nun flog ein amüsiertes Lächeln über Iduns Gesicht. „Bei euren komplizierten Verwandtschaftsverhältnissen sieht so wie so kein Fremder durch."

Den ganzen Abend lang beobachtete sie unbewusst die beiden Pärchen und stellte irgendwann überrascht fest, dass sie gegen Kebechsenefs Gefährtin weder Eifersucht noch Groll empfand. Etwas fiel ihr allerdings auf, nämlich, dass sich Leon hin und wieder in den Nacken fasste, als wolle er einen verspannten Muskel lockern, sich dabei aber forschend umsah. Schließlich machte sie Zaid darauf aufmerksam.

Was hat er, fragte sie Zaid telepathisch.

Da braut sich offenbar handfester Ärger zusammen, gab diese beunruhigt zurück und nahm ihrerseits Kontakt zu Laura auf.

Die Midgardschlange ist in der Nähe, lautete die Antwort. *Ich kann es ebenfalls fühlen. Sie wird versuchen, in Zeus' Raumschiff zu gelangen und Sachmet zu befreien.*

Sekunden später waren alle, magisch Begabten, informiert. Ares, Poseidon, Leon, Month, Thor und Odin hielten ständig Kontakt miteinander, um für alle Eventualitäten gewappnet zu sein. Frauen und Handwerker wurden unmerklich in die Mitte des Festplatzes dirigiert, wo sie ein Ring aus Kriegern der versammelten Völker umschloss. Die Magier zogen sich ganz am äußeren Rand, in der Nähe der Raumschiffe zusammen, unter ihnen, zur größten Verwunderung der Asen und Helion, auch Zaid.

Er ist da, warnte Leon die anderen.

An der Einstiegsluke des Helion-Schiffes flimmerte kaum merklich die Luft. Offenbar versuchte Midgard, den Code zu knacken oder die Tür mit Gewalt zu öffnen. Die Magier näherten sich ein paar Schritte. Das Flimmern verdichtete sich sofort zu einem grauen Nebel, der deutlich die Form einer gigantischen Schlange annahm, sehr viel größer als die, in die sich Leon verwandelt hatte.

Der junge Magier nahm noch einmal die Gestalt der Riesenkobra an. Die Midgardschlange griff unvermittelt an und Leon konnte in letzter Sekunde ausweichen. Dem nächsten Angriff entkam er noch knapper. Einige Frauen schrien entsetzt auf und die Männer ballten die Fäuste.

Zaids grüne Augen begannen gefährlich zu funkeln. „Jetzt ist endgültig Schluss mit lustig! Vergreif dich an meinem Sohn und du bist tot!" Sie legte beide Hände auf Leons Schlangenleib. „Meine Kraft für deine Magie!" In einem violetten Wirbel zerfloss ihr Körper und ließ die Kobra auf ein Vielfaches wachsen. *Nun gilt, unser Gift gegen die*

Muskeln dieser Würgeschlange, zischte sie telepathisch. *Mach ihn fertig, Leon!*

Nach fast zehn Minuten Kampf gelang es der Kobra, ihre Giftzähne in die schuppige Haut der Midgardschlange zu schlagen. Sekunden später erlahmten deren Kräfte und das gefürchtete Reptil lag bewusstlos, in Gestalt eines dunkelblonden Mannes, vor ihnen.

„Schafft ihn weg!", befahl Odin. „Dafür haben sich die Atlan glatt eine Woche Zusatzurlaub verdient!"

„Ich werde es Osiris ausrichten", lachte die Kobra zischend und nahm Kontakt mit dem Heimatplaneten auf, ehe sie die magische Verbindung mit einem leisen Knistern löste. Month fing Zaid auf, die sich kaum noch auf den Beinen halten konnte.

„Alles in Ordnung?", fragte Leon besorgt, sich über Zaid beugend.

„Aber ja doch! Ich brauche nur einen kleinen Energietransfer", lachte sie glücklich.

„Sollst du haben." Sami war sofort zur Stelle und legte beide Hände an ihre Schläfen.

„Genug! Genug! Ich will doch nicht gegen einen Dämon zu Felde ziehen! Mir reicht schon, wenn ich mein Trinkhorn halten und mit euch auf den Sieg anstoßen kann!"

„Und worauf noch?", blinzelte Leon.

„Auf zwei volle Wochen Urlaub von heute an!", gab Zaid Osiris' Antwort an alle weiter.

„Heh, heh, dann urlauben wir aber auch so lange hier!", rief Zeus.

Odin nickte erfreut. Er ließ Sachmet für diese Zeit ebenfalls nach Gladsheim in Gewahrsam bringen und die Helion versprachen, nach Ablauf der zwei Wochen die Gefangene für die Atlan nach Tarronn zu überführen, und noch ein paar Tage bei ihnen auf Dafa zu bleiben.

Ares schaute Zaid mit zusammengekniffenen Augen an. „Wo nimmst du nur diese Kräfte her?"

Sobeks Gefährtin lachte übermütig. „Bei mir passt einfach alles zusammen. Ich habe zwei Kriegsgötter in direkter Ahnenfolge mütterlicherseits, bin die Gefährtin eines Drakonat, habe eine magisch übersensible Familie, die alle Höhen und Tiefen kennt, gehöre dem interstellar gefürchteten Drachenclan von Horus an, und durfte in der Quelle der Magie baden. Reicht das als Erklärung?"

„Kein Wunder, dass du, mit diesem Hintergrund, wie ein gereizter

Drache reagierst, wenn jemand deine Kinder angeht", stellte Idun beeindruckt fest.

„Und manche Dinge passieren einfach", schmunzelte Zaid. „Ich hatte, als ich Leon meine Kraft übertragen wollte, keine Ahnung, dass ich gleich ein Teil seines magischen Wesens sein würde."

Month saß einfach nur da und lächelte glücklich. Er freute sich nun doppelt auf die Rückkehr nach Atla, um all die wirklich kennen zu lernen, die Zaid soeben angesprochen hatte.

„Am besten lassen wir den kleinen Sternenflitzer bei Zeus im Raumschiff und fliegen mit unseren Leuten im Großgleiter nach Hause", schlug ihm Zaid vor. „Oder hast du keine Zeit?"

Month begann zu lachen. Laura und Zaid schauten ihn so bittend an, dass er selbst dann ja gesagt hätte, wenn morgen der Weltuntergang angestanden hätte.

Die Atlan nutzten ihren Urlaub, um all das zu tun, wozu sie sonst kaum Gelegenheit hatten. Leon steckte zusammen mit Month in Odins Bibliothek, Cheiron und Arko frönten mit Herakles, Ares und Poseidon der Jagd und dem Handwerk, die Frauen lernten Schafwolle zu Filzen und die anderen wanderten durch die Sümpfe, um einfach die Schönheiten des Landes zu bestaunen.

Am Lagerfeuer erzählten sie abends reihum Legenden aus alter Zeit, denen die jungen Atlan besonders aufmerksam lauschten. An besonders warmen Tagen, suchten alle Abkühlung im nahen Flüsschen und Asen, wie Helion, bedauerten sehr, mit den ausnehmend hübschen atlanischen Frauen nicht näher Tuchfühlung aufnehmen zu können. Zeus hätte ohne Nachzudenken locker die Hälfte seiner Kräfte dafür verschenkt, wenigstens ein paar nette Stunden mit Zaid verbringen zu können. Aber die Tatsache, nicht nur Ärger mit den Anwesenden, sondern auch noch mit fünf Drachenwesen zu bekommen, hielt ihn meilenweit davon ab.

„Hast du gesehen, was er dir für Augen macht?", schmunzelte Athene.

„Hab ich. Aber das hilft ihm auch nicht weiter", erwiderte Zaid. „Das, was ich zu Hause habe, gibt es im ganzen weiten Universum nur zwei Mal und das in jeder Weise. Da könnte selbst der feurigste Liebhaber von Helion nichts mehr draufsetzen."

„Ob er es weiß?"

„Keine Ahnung. Ich werde es ihm auch kaum sagen. Lass ihn einfach ein bisschen träumen." Zaid tauchte noch einmal in die klaren Fluten.

Tja, mein Guter, die Amphitryon-Variante funktioniert hier nicht, dachte sich auch Ares, der Zeus' Blick ebenfalls bemerkt hatte. *Warum soll es dir auch immer besser gehen, als uns anderen Männern?*

Leon wurde die Ehre zuteil, den vorletzten Tag vor der Abreise auf der Lichtung von Iduns Apfelbaum verbringen zu dürfen. Er nahm sein Schnitzwerkzeug mit und ließ sich ganz von der Magie des Ortes gefangen nehmen. Am Abend überreichte er den Damen die ersehnten Schmuckstücke, welche er in jenen Stunden gefertigt hatte.

„Hast du gar nicht ausgeruht?", fragte Idun überrascht.

„Nein, mich haben die Energien dieses wundervollen Fleckchens völlig mitgerissen. Die Hände arbeiteten genau so schnell, wie der Kopf dachte", verriet Leon.

„Und deine Augen haben einen verräterischen Bernsteinschimmer", freute sich Lilly.

In den letzten Stunden vor der Abschiedsfeier brachten bis an die Zähne bewaffnete Reiter Sachmet in den Meteoritenraum des Helion-Raumschiffes zurück, den Leon zusätzlich mit diversen Sperren versah. Auch Month silbernen Flitzer sicherte er extra. Auf dem Höhepunkt des Festes überreichte Idun den Pärchen Leon/Lilly und Sami/Laura je einen ihrer goldenen Äpfel.

„Wie sie zu handhaben sind, dürftet ihr von Zaid und Sobek wissen." Sie drückte die vier liebevoll an sich, die sich hoch erfreut bedankten.

Kira steckte sie ein Beutelchen zu. „Apfelplätzchen", flüsterte sie mit verschwörerischem Blinzeln.

Heimkehr nach Neu-Atla

Noch vor Sonnenaufgang starteten die beiden Raumschiffe mit Kurs auf Tarronn. Month genoss den Flug als Passagier, staunte, welch tolle kulinarische Kreationen Zaid dem Synthetisator entlockte und ließ sich von Kira und Arko über das Erdenleben informieren.

Am nächsten Morgen schaute er verdutzt auf die Monitore der Bioüberwachung. „Ich glaube, wir haben einen Systemfehler."

„Was für einen?", fragte Tamu und studierte die Messreihen. Er stutzte und begann lauthals zu lachen, worauf sich alle anderen im Kontrollraum einfanden. Als Zaid erschien, deutete er wortlos auf die Daten. Zu Month' größtem Erstaunen stimmte Zaid in das Gelächter ein.

„Was bedeutet das, dass der Computer plötzlich drei Personen mehr anzeigt?", fragte der Kriegsgott neugierig.

„Dass wir mindestens eine, wenn nicht gar drei Schwangere an Bord haben", klärte ihn Zaid schließlich auf. „Du weißt ja, wie du ihn programmieren musst, damit er uns in Ruhe lässt", wandte sie sich freudestrahlend an Tamu. „Wenn Maris oder Horus hier wären, dann wüssten wir sofort, wer die Glücklichen sind, obwohl bei zwei offiziell verschenkten Äpfeln eigentlich keine Fragen offen sind."

„Und bei Apfelplätzchen?" Kira schaute Zaid hoffnungsvoll an.

„Der da ist Magier", kicherte Zaid, auf ihren Sohn deutend. „Vielleicht kann er auch die Veränderungen spüren."

„Oh je!" Leon schlug die Hände vor das Gesicht. „Versuchen kann ich es ja. Ich schließe die Augen und bitte jede Frau reicht mir die linke Hand, ohne dass ich weiß, wer sie ist. Niemand sagt einen einzigen Ton, bis ich die Augen wieder öffne."

Die Frauen streiften ihre Armreifen ab, damit er sich auch nicht zufällig daran identifizieren konnte. Danaë machte den Anfang. Leon brauchte ein paar Sekunden, ehe er: „Nicht schwanger", sagte. Bei Laura brauchte er wesentlich länger, murmelte: „Da ist was" und legte sich fest: „Schwanger." Zum gleichen Ergebnis kam er bei Kira und Lilly, um bei Zaid: „Nicht schwanger", zu sagen.

Leon öffnete die Augen und sah in glücklich strahlende Gesichter.

„Apfelplätzchen von Idun funktionieren also auch, vorausgesetzt, dass beide Partner rein atlanische Gene haben", jubelte Kira und warf sich überglücklich in Arkos Arme.

„Und wenn ich mich doch geirrt habe?", fragte Leon mit zusammengezogenen Augenbrauen.

„Ach, Unsinn! Wir vertrauen deiner Magie!", verkündeten die beiden anderen potenziellen Väter. „Übermorgen wirst du schon bei der Begrüßung durch Horus wissen, ob du richtig liegst."

Month behagliches Lächeln wurde noch eine Spur breiter. Wenn Leons Diagnose zuträfe, dann würde er in wenigen Monaten zum zweifachen Urgroßvater avancieren und das, obwohl er sich bis vor vier Wochen für den einsamsten Mann der Welt gehalten hatte.

Zaid blinzelte ihm zu. „Wie wäre es, wenn du ganz einfach bei uns bliebest? Hübsche ledige Frauen gibt es zur Genüge, die gern mit einem Bild von Mann, wie du bist, die Ewigkeit verbringen würden."

„Zumindest sagt er nicht gleich nein", witzelte Cheiron, als Month Zaid groß anschaute.

Der Heimflug verlief genau so ruhig wie die Anreise und bald schon tauchte aus der Schwärze des Alls der Planet Tarronn mit seinen fünf Monden auf.

„Treibstoff auf zweiunddreißig Prozent", gab Sami bekannt.

„Wir fliegen nach Dafa durch und bitten dort um einen Tanker für uns und die Helion", legte Leon fest.

Tamu nahm mit Poseidon Kontakt auf, um die Aktion zu koordinieren, dann informierte er Jamal.

„In Ordnung, ich schicke morgen Nachschub direkt nach Dafa. Gute Landung, meine Freunde!"

Fünf Stunden später nahmen die Drakon beide Raumgleiter in Empfang. Month konnte sich kaum satt sehen. „So entsetzt ich beim ersten Anflug war, so fasziniert bin ich heute", gestand er freimütig. „Ich werde alle Hände voll zu tun haben, meine, weit klaffenden, Informationslücken zu schließen."

„Das ist gleichbedeutend damit, dass du auf lange Zeit bei uns bleiben musst", erklärte Leon grinsend. „Aber das wirst du selbst und früh genug merken."

„Irgendwie werde ich das Gefühl nicht los, dass ihr recht haben könntet", überlegte Month laut und alle an Bord nickten.

Sami brachte den Silbervogel sanft zur Landung und daneben setzte Zeus' Raumschiff auf. Month glaubte zu träumen, weil sich fast zweitausend festlich gekleidete Atlan am Landeplatz zusammengefunden hatten. Die Ankömmlinge beider Gleiter verließen gleichzeitig die Raumschiffe und wurden von der jubelnden Menge begrüßt.

Sobek zog Zaid in seine Arme, küsste sie leidenschaftlich und flüsterte: „Du hast mir gefehlt."

„Du mir auch." Sie schmiegte sich zärtlich an.

Horus schüttelte Hände, teilte Umarmungen aus und schaute dreimal ziemlich überrascht. „Heh, Maris, komm mal kurz her!"

Maris sah Leons lustiges Blinzeln. „Wo brennt es denn?"

„Sag mal was!" Horus deutete auf Kira, Laura und Lilly.

„Na ja, Asgard ist ein grüner Planet und hat fruchtbares Klima", stellte der Heiler lakonisch fest. „Mal schauen, wann die ersten Wallfahrten einsetzen. Safi würde jetzt sagen, wir haben drei gefüllte Täubchen."

Das einsetzende Gelächter war sicher noch bis zur Pyramide zu hören.

„Dann hatte Leon doch in allen Punkten recht", triumphierte Laura. „Er hat uns nämlich ganz genau gesagt, wessen Babys die Bordüberwachung plötzlich anzeigte."

„Tatsächlich?" Horus schaute überrascht auf.

Leon zuckte hilflos mit den Schultern. „Das lief ganz nach dem Motto, du bist Magier, du musst das können. Und wie Chima schon einmal treffend festgestellt hat, wenn man muss, dann kann man plötzlich viele Dinge."

Athene kam auf die atlanischen Magier zu. „Zeus bietet euch an, die Kampfkatze bis zur Aburteilung bei uns in Arrest zu lassen."

„Danke, wir nehmen an", sagte Imset sofort. „Morgen am späten Vormittag werden wir sie mit euch gemeinsam zur Quelle der Magie bringen und über sie Gericht halten. Es ist gut, wenn aus der interstellaren Gemeinschaft ranghöchste Vertreter als Beobachter dabei sind."

„Deinen kleinen Flitzer kannst du dir morgen früh ganz in Ruhe abholen", schmunzelte Athene, mit Blick auf den nervösen Month. „Der läuft nicht weg und mit Tarronn-Technik im Laderaum gäbe uns Duamutef auch keine Starterlaubnis. Versuche, dich völlig zu entspannen, du bist hier auf Dafa bei den Atlan, dem friedfertigsten Volk im ganzen Universum."

Zaid lachte übermütig. „Nachdem, was er in den letzten Tagen erlebt hat, wird es ihm schwerfallen, das zu glauben. Eher nähme er an, dass wir den Asen den Rang ablaufen. Vielleicht hat er jetzt sogar Angst, sich den hiesigen Frauen zu nähern, weil er denkt, dass wir alle unsere Männer verprügeln."

Month schüttelte amüsiert den Kopf und sogar über Ares' Gesicht huschte ein flüchtiges Lächeln. Athene bemerkte das wohl und meinte mit Seitenblick auf den finsteren Gott: „Er überlegt wohl auch gerade, ob es vielleicht erregend sein könnte, sich mal von einer Frau richtig verhauen zu lassen."

Ares brach in schallendes Gelächter aus. Die Helion fuhren verblüfft herum und Athene rief überrascht: „Huch! Ich wusste gar nicht, dass er das kann!"

Ares grinste in die Runde, worauf sogar Drakos zu kichern begann. „Da hat sich einer den Virus eingefangen."

„Welchen Virus?", fragte Month beunruhigt.

„Den unheilbaren Atla-Virus", entgegnete Drakos mit todernster Stimme. „So fängt es an und dann frisst dich die Sehnsucht nach Dafa auf, so dass du mindestens ein Mal im Jahr hierher kommen musst, um wirklich glücklich zu sein, wie Thor. Mit fortschreitender Infektion hast du keine Kraft mehr, jemals wieder von hier weg zu gehen und wirst sesshaft, wie Horus, Imset, Kebechsenef, Cheiron, Zaid, Jani, Darina oder Danaë. Na ja, Ares hat sich halt auf Asgard bei unseren Leuten angesteckt."

Auf die Worte des Drachen hin wurde Ares' Grinsen noch breiter.

„Volltreffer!", konstatierte Sobek.

„Lasst euch am besten die Hologramme aller Aktionen zeigen, dann wisst ihr, warum ein Krieger in höchste Verzückung gerät", schlug Ares vor. „Ich freue mich diebisch darauf, morgen das Training zu beobachten."

„Training?", echote Month.

„Ehe wir es lange erklären, nehmen wir dich einfach mit", legte Sobek fest. „Bei Sonnenaufgang geht es los. Da du sowieso bei mir und Zaid wohnen wirst, ist alles kein Problem. Aber jetzt ziehen wir erst einmal alle auf den Festplatz. Die Drakon werden gleich vom Fischfang zurück sein und Safi hat mit Imset ein Schaf und ein paar Hähnchen geschlachtet, die jetzt fast gar sein dürften."

„Hallo Month."

„Osiris???" Der Gott fuhr sich über die Augen. „Du bist es wirklich! Ich habe zwar davon gehört, dass dich die Atlan geheilt haben, aber das klang alles so unglaublich." Er betrachtete erfreut die muskulöse Gestalt vor sich.

„Ah, da steckt ja unser Brüderchen", sagte jemand hinter ihm.

Month drehte sich neugierig um. Isis, Neri und Nephtys standen dort, hielten ihm die Hände hin, zogen ihn heran und jede drückte ihm links und rechts ein Küsschen auf die Wange.

„Jetzt ist er sprachlos", kicherte Osiris.

„Kein Wunder, wenn man plötzlich drei so hübsche Schwestern hat", erwiderte Month lachend. „Da bleiben einem glatt die Worte weg."

„Es war nicht einfach, dich im tiefsten Busch ausfindig zu machen", sagte Isis.

„Wie habt ihr mich gefunden?"

„Ich habe Vater gefragt, wo du dich aufhältst", erzählte Isis. „Zuerst wollte er nicht mit der Sprache heraus rücken, aber als ich drohte, die Drakonat auf die Suche zu schicken, hat er freiwillig verraten, wohin du dich verkrochen hast."

„Wie hast du ihn denn überhaupt hierher gelockt?", wollte Zaid wissen.

„Mit dem Befehl von Osiris, am Tag X hier auf Dafa zu erscheinen", verriet Isis. „Die Überraschung warum, wollte ich ganz euch überlassen und wie es aussieht, hat es bestens geklappt."

„Zumindest weiß er jetzt, dass seine ganz Verwandtschaft ein einziger Chaoten-Haufen ist", amüsierte sich Zaid.

„Einer, auf den nicht nur ich wahnsinnig stolz bin", stellte Month sofort klar.

„Wie wäre es mit einem kleinen Bericht, wie es euch ergangen ist?", rief Safi. „Wir sterben vor Neugier!"

Leon nickte Month zu. „Ich liefere das Hologramm und den ersten Teil, du die Erinnerungen seit dem Tag, wo du mit Zaid unterwegs warst, dann können es alle so erleben, wie jemand, der uns noch nie in Aktion gesehen hat."

Beide traten in die Mitte des Platzes und erzeugten ein riesiges Bild, das bis in den hintersten Winkel deutlich zu erkennen war.

Leon, als Schlange, rief von Entsetzen bis Begeisterung jedes Gefühl hervor. Die Kobra aus Leon und Zaid konnten die einfachen Atlan nicht mehr fassen, während die Magier höchst entzückt dem Geschehen folgten. Am Ende gab es donnernden Applaus für alle, die an der Gefangennahme der drei Verbrecher beteiligt waren. Bei Leons Erkenntnis über den Zusammenhang der Bio-Frequenz mit dem Caiphas-Splitter sahen sich die Magier bedeutsam an. Über diesen Punkt würden sie später ganz in Ruhe und nur mit Eingeweihten sprechen.

„Ihr habt alle miteinander Tarronn würdig vertreten", fasste Osiris zusammen. Dann flog ein heiteres Lächeln über sein Gesicht. „Ihr habt es ja auch wieder geschafft, mit mehr Atlan heimzukehren, als ihr abgeflogen seid. Herzlichen Glückwunsch an die drei werdenden Elternpaare! Kommt am besten einmal her, damit euch alle sehen können. Horus' Töchterchen wird also bald genügend Spielkameraden im richtigen Alter haben."

„Und die Drakon alle Schwingen voll zu tun, auf die vielen Kleinen aufzupassen", setzte Isis hinzu.

Chima nickte begeistert. Mini-Atlan hüten, war die schönste aller Aufgaben.

„Wie wäre es, wenn du unseren Gästen von Helion deinen Borsti vorstellst?", fragte Isis mit einem Blinzeln.

„Bin schon unterwegs!" Chima teleportierte sich sofort zum Gehege und mit Borsti wieder zurück. Sofort fanden sich auch die Hunde ein und die Vorstellung konnte beginnen. Der Eber sprang im Hürdenlauf über die Hunderücken, stibitzte im Vorbeigehen irgendwelche Dinge von den Tischen und verteilte sie an die Hunde. Schließlich nahm er sein kleines Körbchen zwischen die Zähne und holte offiziell die Belohnung für die kleine Show an den Tischen ab. Jeder steckte ein Bröckchen hinein. Gemeinsam mit den Hunden naschte er aus dem Gabenkorb. Am Ende deckte er ein Tuch über die Hunde, die vorsichtig darunter weg schlichen, womit sie Borsti quasi weg zauberte. Das Schwein verbeugte sich vor dem Publikum, indem es auf die Vorderknie ging. Athene klatschte vor Begeisterung in die Hände und Zeus lachte Tränen. Chima freute sich über die gelungene Darbietung riesig.

„Zeigt ihr heute wieder euren Feuerzauber?", bat Ares.

„Aber natürlich!" Alle fünf Drachenwesen nahmen ihre Plätze ein. Jetzt, wo Chima auch noch mitmachte, bildete sich ein geradezu gigantischer Strudel aus wirbelndem Feuer am Himmel. Für Month und die Helion wie zufällig, begaben sich Imset und Sobek in die Mitte des Platzes, als auch schon drei regelrechte Höllenfeuer auf die beiden zurasten. Athene schrie auf, die Männer riss es von den Plätzen.

Es dauerte einen Moment, bis sie begriffen, dass dies alles nur Spiel war. Die glühenden Drakonat gingen zu den Holzstapeln, um diese wieder nur durch die Berührung mit ihren Händen zu entzünden. Begeisterter Beifall von allen Seiten.

Month rekapitulierte, was er über die alten Atlan wusste und kam zu dem Schluss, dass er allein in den letzten, nicht mal fünfzig Jahren, so viel verpasst haben musste, wie selten in seinem Leben. Dass die wenigen, die von diesem geheimnisvollen Volk übrig geblieben waren, mehrere uralte Völker in ihren Bann gezogen hatten, war ihm schon auf Asgard schlagartig bewusst geworden.

Imset, einer der gefürchteten Drakonat, nahm gerade sein Halbschwesterchen aus Siris Schwinge und wiegte es sanft im Arm. Kebechsenef und Ihi machten große Augen und warteten, bis sie endlich das Baby tragen durften. Die kleine Taweret schlief friedlich in den Armen ihres Bruders ein und wanderte von da zu Kebechsenef und schließlich zu Ihi, um am Ende bei Papa Horus zu landen.

Und alle gehören zu deiner Verwandtschaft, hörte Month die Stimme seiner Tochter im Kopf.

Tolles Gefühl, gab er zurück. *Als Tarronn weiß man gar nicht, was Familie bedeutet. Wer gehört denn alles zum Clan?*

„Das kann ich dir genau sagen", schmunzelte Zaid. „Es wird nur kompliziert, wenn ich die Verwandtschaftsgrade mit heraus fitzen muss."

„Willst du es trotzdem versuchen?", ermunterte sie Sobek, der ahnte, worüber die beiden telepathiert hatten.

„Gut, dann beginnen wir mit Horus, nach dem der Clan benannt ist.

Horus: Vater Osiris, Mutter Isis. Kinder: Kebechsenef, Duamutef, Hapi, Imset, Ihi und Taweret von den Müttern Isis, Darina und Neri, die du eher unter dem Namen Hathor kennen dürftest. Die Gefährten der Mütter Isis und Neri sind Osiris und Imset.

Horus' Enkel sind Lilly mit Sami und Sobek mit mir als Partnerin. Seine Urenkel demzufolge Leon und Laura mit Lilly und Sami.

Lillys Eltern sind Luna und Kebechsenef und so gehören auch Mira und Solon mit zum Clan, deren gemeinsamer Sohn Sami ist, wodurch seine Eltern noch viel näher heran rücken. Dann haben wir noch die Blutgeschwister. Drakos ist Sobeks, Imsets und Neris Blutsbruder. Siri ist die Blutsschwester von Tanit, Safi und Merit-Amun, die die Tochter von Neri ist. Also gehören all diese, wie auch die Drakon Chima zum Clan. Weiterhin kommen dazu: Anubis mit Schep-en-Hor und dadurch auch Nephtys, als Anubis' leibliche Mutter. Dass Osiris sein Vater ist, ist allgemein bekannt. Ach ja, Darina ist meine Großmutter." Zaid strahlte in die Runde. „Hoffentlich habe ich niemanden vergessen. Na, jedenfalls steckst du mittendrin", blinzelte sie ihrem Vater Month fröhlich zu. „Das Tüpfelchen auf dem i ist dein Vater Re, der hier noch eine Menge mehr Kinder auf einem Fleck versammelt hat und sich immer ziemlich rar macht."

„Ich gelobe Besserung", sagte jemand am Rand des Platzes.

„Re!"

Der Ankömmling faltete seine strahlend weißen Flügel. „Guten Abend, alle miteinander!" Er nickte besonders den Gästen von Helion zu, die es kaum fassen konnten, den höchsten aller Götter in diesem Universum, je zu Gesicht zu bekommen.

„Kommst du nur zum Familientreffen oder hast noch andere Gründe?", blinzelte Isis.

„Ich hab den Virus", schmunzelte Re. „Das erklärt doch wohl alles."

Die Versammelten brachen in wieherndes Lachen aus.

Re schaute sich um. „Spaß beiseite. Ich habe viele Gründe hier zu sein. Morgen werden auch meine vier anderen Söhne hier erscheinen. Wie die Helion, wollen wir als Beobachter am Prozess gegen Sachmet teilnehmen, obwohl ich handfeste Gründe hätte, als Kläger aufzutreten."

Mit diesen Worten nahm er Zaids Hände. „Ich habe nicht geahnt, dass unsere familiäre Verbindung noch enger ist, obwohl ich hätte gewarnt sein müssen durch das, was du als magisches Potenzial offenbart hast. Die Nornen haben mir ja wieder tolle Nachrichten zugetragen!" Er blinzelte auch Leon zu.

Der blinzelte zurück. „So ist das eben, der Clan trägt Schuppen oder Flügel und manchmal auch beides. Die einen sind halt Drachen- oder Schlangenwesen und andere haben strahlend weiße Flügel. Hauptsache ist, wir ziehen alle am selben Strang in dieselbe Richtung."

„Wahre Worte." Re ließ sich am Tisch der Magier und Gäste nieder. „Du scheinst nicht unzufrieden zu sein, mit dem, was das Schicksal plötzlich für dich bereit hält", wandte er sich an Month.

Der lächelte. „Ich glaube, so fühlt es sich an, glücklich zu sein."

Lilly brachte Re Fisch, duftendes Brot und Salate. Laura schenkte Takin-Wein ein.

Spät in der Nacht endete das Fest.

„Du schläfst doch bei uns", sagte Zaid zu Re in einem bittenden Ton, der sogar in einer Mumie freundliche Gefühle geweckt hätte. „Month bleibt auch bei uns", fügte sie schnell hinzu.

Re lachte. „Aber ja, keine Sorge, ich bleibe bei euch. Ich will schließlich morgen ebenso das Training sehen."

„Es wird aber keine Kämpfe gegen Drakos und Siri geben und auch keinen von Sobek gegen mich", warf Imset ein. „Nur Chima wird zeigen, was sie inzwischen gelernt hat."

„Das weiß ich und bin äußerst dankbar dafür. Die wahnsinnigen Energieentladungen habe ich oft genug gespürt und ahne, was euch alles möglich ist."

Am nächsten Morgen fanden sich, außer Re und Month, ausnahmslos alle Helion am Kampfkrater ein. Die drei Drakon und Leon übernahmen die Aufgabe, die Gäste zu schützen.

„Du bist zum ersten Mal am Krater?", fragte ihn Re.

„Ja, denn ich bin kein Krieger. Aber ich habe die Kraft, Querschläger zu vernichten, ehe sie Unbeteiligte treffen."

Sekunden später tobte der Kampf. Wie so oft in den letzten Wochen wehrten sich die Drakonat und Sami gegen alle anderen. Dass sich die beiden Drachenmänner noch nicht einmal verwandelten, beeindruckte besonders Month, wie auch die Tatsache, dass Osiris unter den Akteuren war. Leon erzeugte mit den Drakon ganz einfach ein Netz aus Energie, wie es die Magier bei den Drachenkämpfen getan hatten. So konnten alle recht entspannt den Wahnsinnsduellen zuschauen. Sami, spezialisiert darauf, den anderen die Energieschilde abzusaugen, tat sich schließlich mit Kebechsenef zusammen, der die nunmehr Wehrlosen mit kleinen Energiesonnen durch die Gegend hetzte, wo ihnen die Drakonat auflauerten. Sara und Mara unterließen die Teleportation komplett, verschwanden mittels Flickflacks und anderer höchst akrobatischer Sprünge aus der Schusslinie, wobei sie immer wieder das Überraschungsmoment nutzten und den männlichen Kontrahenten die Füße um die Ohren droschen. Safi bekam schließlich Mara zwischen die Finger, indem er sie am Knöchel erwischte. Bevor er sie auf den Boden schmettern konnte, sprang ihm Sara ins Genick und der überraschte Safi musste sein Opfer loslassen, das, sich überschlagend, auf die Wand des Kraters zuraste, geschickt mit den Füßen an dieser abfederte und Safi beide Fäuste in den Solarplexus rammte. Nur die stahlharten Bauchmuskeln retteten ihn davor, angeschlagen zu Boden zu gehen.

„Autsch", murmelte Ares.

Maris hatte die üblichen Blessuren, wie Brandwunden und Rissverletzungen, zu behandeln.

„Das tut ja schon beim Zuschauen weh!" Month verzog das Gesicht.

Chima flog inzwischen in den Krater hinunter. Die Atlan suchten rasch das Weite, denn zwischen den *Schuppentieren* ging es nicht gerade sanft zur Sache. Nach kurzer Absprache kamen die drei überein, ausschließlich Schnelligkeit und Telepathie vorzuführen, indem Chima den beiden Drakonat ganz einfach nicht in die Finger fallen durfte. Das ging eine ganze Weile gut, bis Imset plötzlich das Weibchen an der Schwinge erwischte. Im gleichen Augenblick tauchte links von ihm noch ein Drache auf. Irritiert ließ der Drakonat los. Da saßen tatsächlich zwei rötliche Drachen vor ihm, obwohl Siri nachweislich oben am Krater hockte.

„Wie jetzt!", rief er überrascht.

„Ich werd verrückt! Die sind beide nicht echt! Chima versteckt sich hinter dem Vorsprung da!" Sobek zeigte auf den Felsblock.

„Dieser Punkt geht an eine äußerst begabte Drakon!", rief Imset. „Mit Trugbildern hat uns noch keiner so perfekt genarrt." Er kraulte das Weibchen zwischen den Hörnern.

„Ich habe mit Borsti geübt", kicherte Chima. „Der ist auch immer darauf herein gefallen."

„Eine äußerst lehrreiche Vorstellung", lobte Re. „Wer ist dieser Borsti?" Er schaute sich um.

„Borsti ist mein Schwein", erklärte Chima.

Re schaute die Drakon überrascht an. „Ich habe es für einen Scherz gehalten, als man mir davon erzählte. Du hast also tatsächlich einen Eber, mit dem du Kunststückchen einübst."

Chima nickte. „Wenn du möchtest, dann zeigen wir dir heute Abend ein paar lustige Sachen."

„Sehr gern. Ich habe noch nie eine Drakon gesehen, die ein Haustier hatte."

„Die anderen auch nicht", lachte Chima und segelte davon.

Zum Frühstück bei Zaid und Sobek luden sich ganz einfach auch noch Isis, Osiris, Horus, Darina, Neri, Imset, Laura, Sami, Leon und Lilly ein. Natürlich brachte jeder ein paar Spezialitäten mit und Month, genau wie Re, langten tüchtig zu.

„Wir haben seit ein paar Tagen Honigspringer in Chimas Wald", erzählte Isis. „Wir konnten gar nicht so schnell schauen, wie die ersten Nester an den Stämmen hingen. Die Kleine hat fantastische Arbeit geleistet."

„Chimas Wald?", fragte Re neugierig, worauf Osiris detailliert über die ganze Aktion berichtete.

„Na, was wundere ich mich überhaupt", schmunzelte Re. „Wer ein Schmuseschwein hat, schafft es auch, einen Zauberwald zu pflanzen, in dem alles etwas anders ist, als im Rest der Welt ringsherum. Wenn ich könnte, dann würde ich dem Tier das ewige Leben geben. Aber ich darf es nicht."

„Gute Idee!", rief Leon. „Ich mach das für dich."

„Wie?"

„Lass dich einfach überraschen."

Imset schaute nach dem Stand der Sonne. „In einer Stunde werden wir Sachmet zur Quelle bringen. Bitte haltet euch bereit."

Alle Atlan säumten den Weg, um den Zug der Magier zu beobachten, wie früher auf der Erde, wenn diese die Fesseln des Lethan erneuern mussten.

Das Königspaar führte den Zug an, hinter ihnen gingen Solon und Talos, die beiden ältesten Magier des Volkes. Imset und Sobek wachten darüber, dass Sachmet nicht verschwinden konnte, der man die magischen Fesseln abgenommen hatte. Dahinter reihten sich die Kläger, die anderen Magier und die Beobachter. Kira und Mara folgten den beiden Seherinnen Neri und Laura. Ausnahmslos alle trugen ihre reich mit Gold- und Silbergarn bestickten Ritualgewänder. Am Portal der Tempelpyramide hockten wartend die drei Drakon.

Chima ließ sich nicht anmerken, wie überwältigt sie vom Anblick der prunkvoll gekleideten Atlan, Tarronn und Helion war. Im Inneren der Pyramide bestiegen die beiden Weibchen die Podeste genau neben dem Eingang, Drakos jenes hinter dem Altar mit seinem Herzkristall.

Es ist wie in uralter Zeit, dachten Re und Osiris, Isis, Month und die Horus-Männer im gleichen Moment.

Rauschen von riesigen Schwingen erklang vor dem Portal und Sekunden später traten die vier Verborgenen, die Söhne Res ein. Stumm grüßend nickten sie in die Runde, um sich sofort hinter ihrem Vater aufzustellen.

Osiris eröffnete den Prozess. „Wir haben uns hier zusammengefunden, um über Sachmet ein Urteil zu fällen."

Von der betonten Hochnäsigkeit der Angeklagten war keine Spur mehr zu merken. In den Tagen der Gefangenschaft unter der Aufsicht Ares' war sie zu einem Bündel Angst geworden. Dabei hatte er sämtliche Grausamkeiten unterlassen, die auf Helion Gang und Gäbe gewesen wären. Sie bekam ausreichend Nahrung, durfte schlafen, wann sie wollte und niemand krümmte ihr auch nur ein Haar.

Schon allein die allgegenwärtige Präsenz des finsteren Gottes hatte ihr Angstschauer über den Rücken getrieben. Und die Helion wussten genau, warum sie ausgerechnet ihn mit ihrer Bewachung betrauten. Sachmet wich jede Farbe aus dem Gesicht, als sie sah, wer sich hier alles versammelt hatte, um sie abzuurteilen.

Hatte sie es auf Asgard für einen Zufall gehalten, dass einer der Atlan wie Month aussah, so wurde sie hier schlagartig eines Besseren belehrt. Und nun fiel es ihr auch wie Schuppen von den Augen, warum zwei der Frauen seiner großen Liebe Tabea ähnelten. Damit hatte Sachmet schon gar nicht gerechnet.

Ihr wurde regelrecht übel vor Aufregung, als sie daran dachte, dass Zaid, die Frau, die sie wegen Sobek am meisten hasste, mit Tabea verwandt sein könnte. Sie hätte nicht einmal im Traum daran gedacht, dass es gelungen war, das ungeborene Kind zu retten. Darina, ihr eigenes Baby auf dem Arm, berichtete noch einmal von jenen schrecklichen Tagen. Osiris trug vor, was Jamal und seine Leute über die Tage vor und nach dem vermeintlichen Unglück herausfanden, das sich Stück für Stück als besonders hinterhältiger Mord an ihrer Tochter herausstellte.

Sachmet gab alles zu und verriet, um ihr Leben zu retten, sogar, wo Loki ein Gefäß mit Caiphas-Staub versteckt hielt. Re gab diese brisante Information zeitgleich an die Asen weiter. Sachmet ahnte nicht, dass die Atlan, die gefürchtetsten Kämpfer im Universum, niemals Todesurteile fällten, ihre Strafen aber durchaus härter sein konnten, weil sie für die Ewigkeit waren.

Zur Urteilsfindung rief die Quelle die Haupt-Kläger zu sich. „Streckt eure Hände in meinen Strom", gebot sie.

Darina, Zaid und Month folgten der Aufforderung.

„Bringt Sachmet her!" erschallte die Stimme der großen Kobra laut, worauf die beiden Drakonat die Delinquentin in den hinteren Teil der Pyramide dirigierten, wohin ihnen alle anderen folgten.

„Stell dich ins Zentrum meines Stromes und erfahre deine Strafe!", forderte Sachmet sie auf.

Als sie auch beim zweiten Mal nicht reagierte, schoben sie die Drakonat ohne Federlesen hinein.

„Ich nehme dir jegliche Magie und auch die Möglichkeit, sie jemals wieder zu erlangen. Kein fühlendes Wesen wird je wieder auf deine weiblichen Reize reagieren – nicht einmal mehr die grässlichsten Dämonen. Du wirst als graues Nichts dein Dasein auf Mitri fristen."

Ein kurzes Flimmern, dann war die Verurteilte verschwunden, um Sekunden später vor ihrem alten Commander, der Kriegsgöttin Neith, zu stehen, die sie dauerhaft der Brigade zuteilte, die die Kanalisation und das Klärwerk der Raumstation zu reinigen und zu warten hatte.

In der Pyramide auf Dafa machte sich deutlich Erleichterung breit und die große Kobra gewährte allen Versammelten die Ehre, sie sehen zu dürfen. Ein blaues Lichtchen schwebte auf Taweret zu, legte sich wie ein dünner Schleier über ihren Körper.

„Kraft und Glück für das Krümelchen", wisperte die Quelle und die erfreuten Eltern dankten ihr sehr. Auch Kira, Laura und Leon überzog sie mit einem blauen Schein. „Teile es heute Nacht mit deiner Gefährtin", sagte sie zu ihm und es schien, als blinzele sie ihm zu. Die Gruppe verneigte sich vor der Quelle, um die Pyramide zu verlassen.

„Halt! Nicht so eilig! Mir fehlt noch jemand in meiner Sammlung! Chima, komm zu mir!"

Das junge Weibchen näherte sich schüchtern dem Strom der leuchtenden Energie.

„Tritt ein. Du musst wahrlich keine Furcht haben."

Chima huschte durch den pulsierenden Vorhang aus Licht und breitete wohlig die Schwingen aus. Als sie wieder heraus kam, leuchtete ein blaues Dreieck auf ihrer Stirn, genau da, wo ihre Eltern Mi-Kels goldenes Mal trugen.

„Nun können alle sehen, dass du eine Wächterin der wahren Magie bist." Die blaue Kobra zerfloss im Licht des Stromes. Chima neigte ihren Kopf bis zum Boden.

Month im Glück

Genau so, wie alle gekommen waren, zogen sie zu Fuß zurück in die Siedlung. Nur die Drakon beeilten sich, aufs Meer hinaus zu fliegen, um für das große Fest Fische zu fangen.

Res Wunsch entsprechend, führte Chimas Borstentier mit den Hunden die tollsten Tricks vor und auch ein paar, die die Helion am Vorabend noch nicht gesehen hatten. Natürlich ging Borsti wieder mit seinem Körbchen die Gage für die Vorstellungen abholen.

Ehe Chima ihren Liebling wieder in den Wald brachte, rief Leon das Tier zu sich heran. Brav hockte es auf dem Hinterschinken und schaute den Magier neugierig an.

„Ich habe auch ein Versprechen einzulösen", erklärte Leon, ein braunes kleines Etwas aus der Tasche ziehend. „Weil Re die Hände gebunden sind, ein Schwein unsterblich zu machen, übernehme ich das jetzt. Komm, Borsti, friss!"

Der Eber schnüffelte und schlang das duftende Stückchen schnell hinunter. Leon atmete auf. „Geschafft! Chima wird niemals mehr auf ihren Rüssel-Freund verzichten müssen, denn er hat soeben ein Stück Schale von einem goldenen Apfel der Idun bekommen. Herzlich willkommen im Kreis der Unsterblichen, Borsti!"

Re schüttelte unter dem tosenden Applaus der Feiernden amüsiert den Kopf. „Ihr Atlan findet wirklich immer einen Weg, um euern eigenen Kopf durchzusetzen."

„Stimmt! Dafür sind sie inzwischen berühmt-berüchtigt!" Osiris drückte Leon die Hand. „Gut gemacht."

Dieser Abend klang mit Musik aus. Neri, Merit-Amun, Ihi und Cheiron spielten gemeinsam auf Harfen und Leiern, Doppel- und Panflöten.

Poseidon warf Zeus einen erstaunten Blick zu. *Cheiron ist wirklich nicht mehr wiederzuerkennen.*

Dann schau dir mal Ares an! Hast du den schon mal so in Musik eintauchen sehen? Ich glaube, er hat sich gründlich infiziert.

Die Nacht verbrachten die vier Verborgenen, wie man die Söhne Res auch nannte, in einem der Gästehäuschen. Neri und Merit-Amun kümmerten sich um die Verpflegung. Bei der Abreise versprachen die vier den beiden Frauen, ein wachsames Auge auf Neris Kinder und somit Merits Geschwister auf der Erde zu haben.

Neri umarmte ihre Halbbrüder zum Abschied herzlich und natürlich auch Re, der ihr verschwörerisch zublinzelte. „Du weißt doch, wie der Virus wirkt."

Month hingegen hatte so viele Fragen und gar keine Eile mehr, Atla wieder zu verlassen und Zaid, genau wie alle anderen, machte keinen Hehl daraus, wie gern sie es sehen würde, wenn er ganz bei ihnen bliebe. Das geruhsame, wenn auch einfache Leben, gefiel ihm. Wenn er ganz ungestört sein wollte, dann wanderte er hinaus zum verbotenen Strand und döste im warmen Sand. Heute schien er hier nicht allein zu sein, denn ein Faltengewand und ein Paar zierliche Sandalen lagen auf einem Felsblock.

Störe ich, fragte er telepathisch.

Mich nicht. Es sei denn, du hättest ein Problem damit, mit einer nackten Frau allein zu sein, kam prompt die Antwort.

Bestimmt nicht, ich bin ein Tarronn.

Dann komm ins Wasser oder kannst du nicht schwimmen, lockte die Stimme.

Belustigt streifte er sein Gewand ab und warf sich ins Meer, obwohl er keine Ahnung hatte, wer sich da draußen vergnügte, denn dafür kannte er die Auren der meisten Atlan noch zu wenig.

Sei vorsichtig, dass du den Hydren nicht zu nahe kommst, warnte die Fremde.

Danke für den Tipp! Ich bin nicht wild auf die Viecher. Mit langen Zügen schwamm Month der geheimnisvollen Fremden entgegen, die am Ende der Landzunge aus dem Wasser stieg, um auf ihn zu warten. Der Figur nach war sie eindeutig eine Atlan und als sie Month die Hand reichte, um ihm auf die Sandbank zu helfen, tauchte sein Blick in faszinierend grüne Augen. Das brandrote hüftlange Haar passte perfekt in sein Beuteschema und Month vergaß die Welt um sich herum.

„Zufrieden mit der Betrachtung?", flüsterte sie, als sein heißer Blick ihren Körper streichelte.

„Ja, sehr", murmelte er ertappt und schaffte es sogar, rot zu werden. Dass er noch immer ihre Hand hielt, merkte er gar nicht.

„Du bist zwar ein Tarronn, aber du bist in Atla", hauchte sie ihm ins Ohr.

In Atla, in Atla, in Atla, hallte ihre Stimme mehrfach in seinen Gedanken wider.

Month zog sie in seine Arme und versank mit ihr in einem schier endlosen Kuss, dem zärtliches Streicheln folgte und als irgendwann sein Denkvermögen wieder einsetzte, lag er zwischen ihren Schenkeln und fühlte sich so euphorisch wie seit Jahrtausenden nicht mehr. Weil sie weiterhin ihre Fingerspitzen genüsslich über seinen Rücken huschen ließ, sah er sich auch nicht gemüßigt, seinen Platz aufzugeben und ging nahtlos in die nächste Runde.

„Wer bist du?", fragte er irgendwann sehr interessiert.

„Mona, die Tochter von Aron und Mara."

Den Magier und die Kriegerin hatte Month schon oft in Aktion im Krater erlebt.

„Habe ich eine Chance, auf mehr als diesen wundervollen Nachmittag?", murmelte er.

Sie stützte sich mit den Ellenbogen auf seiner Brust ab, legte das Kinn auf die Hände und sagte amüsiert: „Ich dachte, du wüsstest inzwischen, wie das Leben hier läuft."

„Ich habe meine Wahl getroffen", blinzelte Month.

Mona blinzelte zurück. „Und ich nehme mit Freuden an."

„Nun muss ich es nur noch deinen Eltern schonend beibringen."

„Vergiss nicht immer, dass du in Atla bist, da regelt sich so was von allein", schmunzelte Mona. „Auf alle Fälle sollten wir uns vorher anziehen."

„Brillante Idee", lachte Month und schwamm mit ihr zurück zum Strand.

Mona legte ihren Kopf an seine Schulter, als sie gemächlich, Arm in Arm, durch die Siedlung schlenderten. Und die Nachricht, wer sich da zusammengefunden hatte, eilte ihnen um Längen voraus. Aus beinahe jedem Vorgarten winkte ihnen jemand fröhlich zu und Aron hatte schon Takin-Sekt und Sonnengebäck bereit gestellt, um mit dem glücklichen Pärchen anzustoßen.

„Das war ein Blitz aus heiterem Himmel, der mitten ins Herz eingeschlagen hat", gab Month gerne zu.

Horus erschien, klopfte ihm auf die Schulter und sagte, ich wusste gar nicht, dass du hier ernsthaft auf Eroberung aus warst. Er zog einen Replikator aus der Tasche, den er Mona sofort umhängte.

Month hob gespielt hilflos die Schultern und zwinkerte Mona zu, die zu lachen begann. „Ich habe ihm keine Chance gelassen. Als er das Netz der Spinne bemerkte, saß er auch schon unrettbar drin."

„Das umschreibt es perfekt", schmunzelte Month.

„So, wie es aussieht, hast du dich mit Freuden in dein Schicksal ergeben", witzelte Horus.

„Stimmt, ich habe vor ihren Waffen sofort kapituliert und nicht den winzigsten Fluchtversuch unternommen." Month hauchte Mona einen Kuss auf die Wange.

Es dauerte nicht lange, da trudelten Paar für Paar alle Freunde ein. Irgendwann platzte der Garten fast aus den Nähten und so zogen alle auf den Festplatz um, wo man das neue Pärchen gebührend feierte.

„Erstaunlich, dass sich die stillsten Frauen immer die tollsten Hechte an Land ziehen!", rief Talos.

„Hört, hört! Da spricht einer aus Erfahrung!" Safi klopfte ihm lachend auf die Schulter.

„Ich kenne noch welche", witzelte Talos und zeigte auf Mira, Lilly, Kira und Zaid, die gerade in der Nähe standen. „Da wären auch noch…"

„Hör auf, hör auf!", unterbrach ihn Safi lachend. „Sonst zählst du morgen früh noch auf."

Ariel rieb sich die Hände. „Ich hatte zwar auch keine Chance bei Mona, aber wenigstens hat Ahab sie nicht bekommen. Der ist ihr in den letzten Wochen auffällig hinterher gestiegen."

„Wirklich? Den habe ich gar nicht bemerkt", stellte die junge Frau nachdenklich fest.

„Genau das ist ja das Schöne!", feixte Ariel schadenfroh. „Nicht mal bemerkt!"

Hast du schon ein neues Opfer ins Auge gefasst?", fragte Maris interessiert, denn dass Ariel ein Auge auf Mona geworfen hatte, war ihm völlig entgangen.

Der schüttelte langsam den Kopf und erwiderte. „Ich habe beschlossen, erst mal mein Leben zu überdenken, um wirklich eine Dame für mich begeistern zu können. Sogar Ahab kann mir gegenüber deutlich punkten, weil er sein Handwerk mit den Schafen perfekt versteht."

„Ach, schau an! Du willst doch nicht etwa endlich erwachsen werden?" Maris blieb vor Überraschung fast der Mund offen stehen.

„Wenn es dir mit diesem Vorhaben wirklich ernst ist, dann können wir irgendwann noch einmal über deinen Plan von vorgestern reden, gemeinsam nach Kantar zu fliegen", sagte Tanit und schenkte ihm ein wundervolles Lächeln.

Diesmal war es an Safi, überrascht zu sein. Seine Tochter klopfte ihm blinzelnd auf die Schulter. „Erst muss er beweisen, dass er mehr kann, als reden. Dann gebe ich ihm eine reelle Chance, dein Schwiegersohn zu werden, aber ich werde nicht ewig warten – es gibt genug richtige Männer auf diesem Planeten." Sie zeigte zum Beweis mit dem Kopf auf Month, der Mona fest in den Armen hielt.

Ariel schreckte zusammen. „Mist, da ist man unsterblich und dann läuft einem die Zeit davon! Cheiron, hast du Lust und Nerven, einem faulen Sack etwas Nützliches über Kräuterkunde und Anatomie beizubringen?"

„Aber sicher. Morgen bei Sonnenaufgang geht es in den Wald."

„Oh, danke! Auf dich kann man immer zählen", seufzte Ariel unter den Lachsalven der anderen.

Ihi wunderte sich keinesfalls, bei dem, was ihm als Preis winkte. Auf Tanit mit den faszinierend blauen Augen hatten schon viele ein Auge geworfen, aber sie schien gegen Männer resistent zu sein. Umso mehr erstaunte es alle, wie sie Ariel nun ganz öffentlich Mut machte. Natürlich hofften einige ledige Herren, er möge an seinem Vorhaben kläglich scheitern.

Selbst Maris hegte im tiefsten Inneren Zweifel, ob sein Sohn wirklich so viel Energie aufbringen werde wie Leon, der sich sogar von Null auf Hundert zurück gekämpft und der dabei keine Verlockung der besonderen Art als festes Ziel vor Augen gehabt hatte.

Am Tisch der Magier tauschten sich Arko und Leon mit dem glücklichen Pärchen über den bevorstehenden Hausbau aus. Denn daran, dass die beiden auf Dafa bleiben würden, zweifelte niemand auch nur im Geringsten. Ein Platz im Magierviertel, wie das Areal manchmal scherzhaft, aber sehr zutreffend, genannt wurde, war schnell gefunden und der Baubeginn gleich für den nächsten Tag festgesetzt.

„Wir sollten unsere Tiefbauspezialistin Chima fragen, ob sie uns ein wenig hilft", schlug Leon vor.

„Gute Idee", meinte auch Arko und lief sofort zum Grill hinüber.

Chima nickte erfreut. „Aber natürlich. Ich habe doch mein Universalwerkzeug immer dabei." Dann kam sie zu Mona und Month herüber. „Wenn ihr größere Bäume für den Garten haben wollt, kann ich auch helfen. Ich habe auf Kantar gelernt, wie man sie vorsichtig ausgräbt und am neuen Ort wieder einbuddelt, damit sie gut weiterwachsen. Hin und wieder steht nämlich im Urwald ein Obstbaum, der dort eigentlich nicht hin gehört."

„Das Angebot nehme ich gern an", freute sich Mona. „Da bleibt bei der Ernte bestimmt auch etwas übrig, das du deinem Borsti und den anderen Schweinchen bringen kannst."

„Oh ja, die haben immer Hunger", lachte Chima.

Darina wandte sich an die junge Drakon: „Möchtest du ein bisschen auf Taweret aufpassen, damit wir in Ruhe essen können?"

„Nichts lieber als das!" Das Weibchen ließ sich das Baby in die Schwinge legen, weil gerade kein Korb in der Nähe war. Sofort standen auch die vier Hunde bereit und wachten darüber, dass sich kein Unbefugter dem Winzling nähern konnte.

„Das ist Atla", erklärte Zaid Month mit einem Blinzeln. „Hier kommt nicht einmal ein Käfer in die Nähe der Kleinen."

„Gut zu wissen", seufzte er und streichelte ihre Hand. „Vielleicht ist mir ja irgendwann das Schicksal noch einmal gnädig."

Horus winkte ab. „Mit uns legt sich seit Jahren kein Schicksalsgott mehr an. Du kennst doch den Trick mit den Replikatoren. Oder etwa nicht? Und falls du ihn nicht kennst, bist du einer jener Götter, die getrost selbst darüber entscheiden können, wann und mit wem sie Nachwuchs zeugen."

„Das hatte ich in all den Jahren fast schon vergessen", murmelte Month. Er zog Mona in seine Arme. „Noch besser, das zu wissen. Danke für die vielen Tipps."

„Immer wieder gerne", schmunzelte Horus und blinzelte Darina zu. „Wir hatten aus ganz anderen Gründen einige Startschwierigkeiten, zu denen mir Seth verholfen hatte."

„Kannst du dir vorstellen, wie froh ich bin, dass ihr dem Kerl das Handwerk gelegt habt?" Month atmete tief durch. „Ich gehörte damals zu seiner Crew, na du weißt schon…"

„Oh ja, darüber weiß ich mehr als genug. Seine Wut, weil ich das Kommando bekommen hatte, musstet ihr ausbaden."

Sobek, der Horus genau gegenüber saß, schien plötzlich zu lauschen. „Die Asen bitten um Hilfe. Sie können allein den Staub nicht vernichten. Ich habe ihnen versprochen, zu kommen."

Lilly fasste nach Leons Hand, was Sobek nicht entging.

„Wir werden erst fliegen, wenn euer Kleines auf der Welt ist. Unter anderen Umständen wären wir vier Paare gewesen, die eine Gegenmagie erzeugen könnten. So fliegen wir Drakonat mit unseren Gefährtinnen, nehmen Leon und Month mit."

Mona schloss für den Bruchteil einer Sekunde die Augen, um Month zu beruhigen, der ihr Erschrecken durchaus bemerkt hatte.

„Wenn du mit möchtest...", begann Sobek.

Mona schüttelte sofort den Kopf. „Ich bleibe hier bei Lilly, dann können wir uns gegenseitig trösten. Ich weiß, wie hoch eure Verantwortung ist und würde sicher nur stören."

„Das ist mir auch lieber", gab Month gerne zu. „Ich möchte nicht noch einmal eine Gefährtin durch den Caiphas verlieren. Hier ist es fast unmöglich, dass jemand von euch in das verseuchte Gebiet fliegt. Dazu müsste er sich einen Gleiter leihen und schon wissen es alle. Die Drakon würden solch verrückte Bitten, jemanden dahin zu tragen, von vorn herein ablehnen."

„So ist es", bestätigte Drakos.

„Wir werden auf Mona und Lilly mit dem Baby ganz besonders aufpassen, wenn ihr auf Asgard seid", erklärte Chima. „Wachschwein Borsti schicke euch lieber nicht, sonst habt ihr wieder einen umgeackerten Garten und ich die Arbeit."

Die Atlan lachten herzlich, als sie daran erinnert wurden.

Month erzählte Cheiron und Danaë was sich in den letzten Jahren in dem Teil der Erde ereignet hatte, wo er für Quetzalcoatl im Einsatz gewesen war und sich die Menschen Tolteken nannten.

Danaë verzog das Gesicht. „Und du hattest Spaß dort?"

„Ganz bestimmt nicht. Ich habe in den ganzen Jahren, hoch gerechnet, drei Mal das Raumschiff verlassen. Ich habe schon viel erlebt, aber was man dort an Opfern brachte, drehte mir manchmal doch den Magen um."

„Warum habt ihr es nicht unterbunden? Ihr hättet doch die Macht gehabt? Poseidon hat es doch auch geschafft, dass da, wo ich herkomme, niemand mehr Menschen opfert."

Month schaute Danaë lange nachdenklich an. „Die Frage habe ich mir auch oft gestellt. Möglicherweise haben Quetzalcoatls Leute solche Vorlieben. Keine Ahnung, was passiert wäre, hätte ich das Thema überhaupt angesprochen. Dass ich es nicht getan habe, hat auch nichts mit Feigheit zu tun, denn ich hätte mich in Sicherheit bringen können, wenn er daraufhin mich, als nächste Opfergabe bestimmt hätte.

Wahrscheinlicher wäre aber, dass dann in ganzen blühenden Staaten die Gesellschaftsstruktur zusammengebrochen wäre. Ihr geht doch auch nicht zu uns Ureinwohnern hier und sagt, ihr müsst ab sofort monogam sein und in Familienverbänden leben. Wenn es hier immer mehr tun, indem sie zu euch kommen, dann geschieht das auf freiwilliger Basis."

„Hast ja recht", seufzte Danaë. „Ich reagiere auf Menschenopfer nur etwas heftiger, weil ich selbst eines gewesen bin."

Dann erzählte sie Month ihre ganze Geschichte und die jungen Atlan hörten überrascht zu, denn darüber hatten sie noch nichts erfahren. Wohingegen die Geschichte, wie Osiris aus einem Zentaurenbaby, welches Uräus töten wollte, ein Fohlen und ein Mädchen gemachte hatte, allgemein bekannt war.

„Wenigstens ist bei mir was an dem Gerücht dran, dass Menschenopfer hoch in den Himmel aufsteigen. Ich bin ziemlich weit von der Erde weg", schmunzelte Danaë, „und ich will auch nie wieder dahin zurück."

Month nickte. „Verständlich. Ich würde, in gleicher Situation, wohl denselben Wunsch hegen."

„Du bist hier in allerbester Gesellschaft", erklärte Zaid ihrem Vater. „Die meisten von uns hat es schon kräftig durchgebeutelt und beinahe jeder hat irgendeinen Schicksalsschlag wegstecken müssen. Irgendwann wirst du die Geschichte jedes einzelnen kennen und wissen, warum wir so eng zusammenhalten."

Month fiel die große Narbe auf dem Rücken seiner Tochter ein, die er am Strand bemerkt hatte, die denen von Osiris Narben ähnelte und ihn ahnen ließ, was sich ereignet haben könnte.

Es war ein Atlan, hörte er Imset sagen.

Oh, ich habe wohl zu laut gedacht, erschreckte sich Month.

Keine Sorge, nur ich habe gelauscht. Imset grinste quer über den Tisch.

Wir erzählen es dir auf dem Flug nach Asgard.
Als am späten Abend die Feuer entzündet werden sollten, rief Imset: „Leon, komm doch mal her. Du kannst das auch. Schließlich bist du ein Magier."

„Jetzt geht das schon wieder los!" Leon verdrehte spaßig die Augen. „Immer auf die Kleinen!"

Er stellte sich in die Mitte des Platzes, formte mit den Händen eine imaginäre Kugel aus Luft, die er betont langsam auf die Reise zum ersten Holzstapel schickte. Je näher die verdichtete Luft dem Stapel kam, um so mehr flimmerte sie. Beim Auftreffen auf das Holz, platzte die Kugel geräuschvoll wie ein Luftballon und knisternd begann die untere Holzlage zu brennen, um schließlich den ganzen Haufen in Brand zu setzen.

Zum zweiten Stapel sandte Leon einen Energieblitz, der beinahe explosionsartig das dürre Material entzündete. Auf den dritten Haufen warf er in schneller Folge abwechselnd mit beiden Händen kleine Flammen. Das Feuer griff allen Teilen gleichzeitig über und bildete ein eher ruhiges Flammenmeer. Den vierten Holzstapel tippte er mit dem Finger an. Zuerst geschah nichts. Als Leon weit genug weg war, brannte er plötzlich, als wäre er schon vor Minuten entzündet worden.

Imset lachte. „Na also, wie die Frauen schon sagten, du bist ein Magier, du musst das können."

Leon zog eine leidende Grimasse. „Vor allem musste ich ganz schnell überlegen, wie ich eine Show aufziehe, die wenigstens annähernd an die eure kommt."

„Dem Beifall nach, war sie mindestens gleichwertig", schmunzelte Sobek. „Man muss kein Krieger sein, um anderen ordentlich Feuer unter dem Hintern machen zu können."

„Nur einer guckt immer ganz pikiert", feixte Ihi.

„Wer denn?"

„Ahab."

„Der ist für mich in keiner Weise ein Thema", gab Leon bekannt. „Vielleicht gerät er ja mal an eine, die den Spieß gründlich umdreht."

„An die traut sich der Feigling doch nicht ran. Eos hat ihm vor ein paar Tagen die Leviten gelesen, indem sie, wie Tanit, erklärte, dass es nicht nur ihn auf Tarronn gäbe. Hättest wirklich sein Gesicht sehen sollen!"

„Warst du dabei?", fragte Leon erstaunt.

„Nein, aber ganz in der Nähe und Eos war nicht gerade leise, als sie ihn zurechtwies", schmunzelte Ihi. „Er flanierte am Strand entlang und verirrte sich buchstäblich im Vorbeigehen mit der Hand unter ihr Hüfttuch. So schnell konnte ich kaum folgen, wie sie ihm eine knallte und ihn herunterputzte."

Leon begann schallend zu lachen. „Weiß Cheiron davon?"

„Glaub ich kaum. Eos pflegt ihre Probleme selbst zu lösen und das mit Bravour."

„Du klingst echt begeistert. Hast du etwa auch Ambitionen in diese Richtung?"

Ihi kratzte sich hinterm Ohr. „Na ja, abgeneigt wäre ich nicht – eher voll das Gegenteil. Sie mag Musik und weiß immer genau, was sie will."

„Frag sie doch einfach!"

„Einfach so???"

„Wie sonst? Willst du warten, bis sie dir ein anderer vor der Nase wegschnappt?"

„Mehr, als ein Nein, kann dir kaum passieren."

„Hast recht!" Ihi sprang auf und ging festen Schrittes, ganz zielstrebig auf Eos zu.

Cheirons hübsche Tochter schaute ihm neugierig entgegen. Sie deutete einfach auf den freien Platz neben sich. Ihi setzte sich.

„Eos, ich will nicht lange herumeiern, ehe mich der Mut wieder verlässt: Ich mag dich sehr. Habe ich eine kleine Chance?"

Sie sah ihn völlig überrascht an. „Meinst du das ernst?"

Ihi nickte mit flehendem Blick.

Über Eos Gesicht huschte ein winziges Lächeln. Sie beugte sich zu ihm herüber. „Darüber sollten wir wohl ganz in Ruhe reden. Wie wäre es mit einem Strandspaziergang?"

Sofort reichte ihr Ihi seinen Arm und Eos hängte sich ein.

„Das hätte ich nun wirklich nicht erwartet", staunte Horus.

Leon nickte erfreut. „Na also, es geht doch!"

Neri schaute dem Pärchen nachdenklich hinterher. „Bei dieser genetischen Konstellation ist Nachwuchs unmöglich."

„Ich denke, das wissen beide", erwiderte Horus. „Sollten sie sich wirklich entschließen, zusammen zu leben, dann verzichten sie freiwillig oder suchen den ungewöhnlichen Weg, um gemeinsam ein Kind aufzuziehen."

Und genau dieses Thema sprach Eos auch sofort an, kaum dass der Festplatz außer Hörweite war. „Ich möchte auch nicht herumeiern, um bei deinen Worten zu bleiben. Das Thema Nachwuchs wäre entweder für immer vom Tisch, oder du müsstest damit leben, dass uns ein genetisch reiner Atlan dazu verhilft. Was das beinhaltet, kannst du dir wohl selber denken."

Ihi seufzte. „Genau deine Geradlinigkeit ist es, was mich so zu dir hinzieht. Ich hab das alles zwar gewusst, aber völlig ausgeblendet. Männer denken wahrscheinlich wirklich mit dem falschen Körperteil, wenn sie verliebt sind."

Eos brach in herzliches Lachen aus. „Na, wenigstens schaltet das Gehirn ein, um diese Erkenntnis zu registrieren. Ich favorisiere, im Falle des Zusammenlebens, die Version, das Kind eines anderen Mannes gemeinsam groß zu ziehen. Neri hat Kinder von drei Männern, lebt gut damit und wird von Imset über alles geliebt. Auch wenn du Horus' Sohn bist, liebt dich Imset wie seinen eigenen."

Ihi ließ den Kopf hängen. „Ich bin nicht so stark wie Imset."

„Dann solltest du lieber die Finger von mir lassen, ehe dich irgendwann die Eifersucht auffrisst."

„Das fällt für den Augenblick verdammt schwer", murmelte Ihi traurig. „Ich danke dir aber dafür, dass du ehrlich bist und mich nicht in trügerische Hoffnungen wiegst."

Auch wenn sich beide den Rest des Abends glänzend miteinander unterhielten, war für die anderen überdeutlich, dass sich da kein neues Pärchen zusammengefunden hatte. Spätestens die traurigen Weisen auf der Panflöte, die nun Nacht für Nacht von der Schafkoppel erklangen, hätten es auch noch den Letzten deutlich gemacht. Ihi litt. Nur das Lachen seiner kleinen Schwester Taweret zauberte immer wieder ein Lächeln auf sein Gesicht. Horus machte sich schließlich ernsthafte Sorgen.

„Vielleicht wäre es besser, wenn ich dich für ein paar Wochen nach Taris schicke", nahm er ihn eines Abends beiseite.

„Allein?!"

„Wird nichts anderes übrig bleiben. Die jungen Männer gehen hier auf Freiersfüßen und Frauen gibt es dort schon weit in der Überzahl. Außerdem wäre Dina, die Tochter von Sara und Tamu, die Einzige, die technisches Interesse hätte."

Ehe Horus dazu kam, diesen Plan weiter zu verfolgen, beendeten die Magier und Handwerker den Bau von Month' und Monas Häuschen, die drei neuen Atlan erblickten das Licht der Welt und die sechs Auserwählten bereiteten ihre Abreise nach Asgard vor.

Natürlich überschlugen sich die Ereignisse völlig, was die Geburten betraf. Alle drei Kinder hatten es eilig und wollten fast zur selben Stunde auf die Welt. So kam es, dass Neri Lilly beistand, Maris Laura und Horus Kira, die zuerst ziemlich erschreckt schaute, wer da zu Hilfe eilte. Arko war dankbar, denn kein anderer Magier und Heiler, außer Maris, hatte so viel Erfahrung als Geburtshelfer wie Horus.

Und da Not an der passenden Frau war, nahm er gern einen Mann in Kauf. Es dauerte auch nicht allzu lange, als der erfreute Arko seinen kerngesunden Sohn im Arm hielt und verstohlen ein paar Freudentränen wegwischte.

„Herzlichen Glückwunsch zu deinen beiden Urenkeln", wünschten die frisch gebackenen Eltern noch, ehe sich Horus aufmachte, um seinen eigenen neuen Familienzuwachs zu bestaunen.

„Und ich bleibe der Hahn im Korb!", lachte Leon, weil sowohl Lilly, als auch Laura, Mädchen zur Welt gebracht hatten. „Wenigstens vorerst."

Month war natürlich auch schon da, *Enkel gucken*, wie er es blinzelnd nannte.

„Dabei hätte das noch vor fünfzig Jahren keinen einzigen Tarronn interessiert", waren sich er und Horus einig.

Diesmal dauerte die Babyparty volle drei Tage. Isis und Osiris versuchten schon gar nicht mehr, zu zählen, wie viele „Ur" sie inzwischen vor die Enkel setzen mussten. Natürlich fiel beiden die gedrückte Stimmung Ihis auf, die offenbar nichts mit Taweret zu tun hatte. Denn die Kleine liebte der ältere Bruder genau so sehr, wie es Darina vorausgesagt hatte.

Osiris winkte schließlich Ihi, ihm zu folgen. „Was ist los?"

„Brautschau-Depressionen", lautete die kurze Antwort.

Osiris prustete los. „Wo hast du denn das Wort her?"

„Aus der Zukunft. Mutter hat es dort irgendwann irgendwo gehört und irgendwie passt es."

„Weiß deine Angebetete von deinen Gefühlen?"

„Ja und sie hat mir sofort die Flügel gestutzt. Eos wäre meine Traumfrau gewesen", murmelte Ihi.

„Gar nicht gut", sagte Osiris sofort. „Kinderlosigkeit ist nicht jedermanns Sache und der andere Weg, um welche zu bekommen, auch nicht."

„Eben. Sie hat mir sofort klar gemacht, dass sie den anderen Weg gehen würde. Ich bin nicht so wie Imset oder du. Wem wäre gedient, wenn ich mich zu einem Tyrannen, wie Seth, mausern würde?"

„Mit diesen Problemen musst du in der Tat selber fertig werden", bestätigte Osiris. „Nur so viel, ein geschenktes Kinderlachen ist genau so schön, wie wenn es das eigene Kind wäre. Vor allem, wenn man die Vorgeschichte kennt. Ich kann Eos verstehen, aber dich genau so gut. Es wäre wirklich besser, wenn du endlich akzeptierst, dass ihr beide todunglücklich wärt.

Such dir eine Atlan oder Tarronn, so wie sie sich einen Atlan suchen wird, um wirklich glücklich zu werden. Die Ewigkeit ist noch lang, wie Leon immer zu sagen pflegt – vielleicht findet ihr ja noch zueinander, wenn ihr auf Kinder und Enkel zurückblicken könnt. Versuche sie, einzig und allein, als deine Muse zu betrachten."

Ihi nickte erfreut. „Das könnte durchaus funktionieren. Danke. Vor Liebe blind, sieht man halt keinen Ausweg mehr."

„Wem sagst du das?!" Osiris klopfte ihm auf die Schulter.

„Hast du es geschafft, ihn ein bisschen zu trösten?" Eos setzte sich neben Osiris.

Der schaute sie von der Seite an. „Manchmal kann ich es kaum glauben, dass du ein Mensch bist. Du hast verdammt viel von deinem Vater."

Eos lächelte flüchtig.

Kein Wunder, dass er sie liebt, huschte es Osiris durch den Kopf. „Ich glaube, ich konnte ihn ein bisschen dahin lenken, dich einfach nur als Inspiration zu betrachten und sich vielleicht auf später zu freuen. Wer weiß heute schon, was in tausend Jahren ist?"

„Danke! Da fallen mir ganze Gebirge vom Herzen. Es tut mir aufrichtig leid, ihm einen Korb geben zu müssen, aber die Schöpfung hat es nun mal anders beschlossen." Eos wandte sich ihrer Pferde-

Schwester Hippomaia zu.

Leider! Und noch eine Perle haben wir nicht. Osiris hätte diese, ohne Zögern, noch einmal seinem menschlichen Schützling gewidmet.

„Sag mal, kann der Caiphas wirklich nur zerstören?"

Osiris fuhr herum. „Leon, hast du mich erschreckt!"

„Du solltest leiser denken, wenn ich in der Nähe bin", lachte der, wobei er den König nach Antwort heischend anschaute.

„Was anderes ist mir nicht bekannt und alle Versuche endeten in Tod und Verzweiflung, siehe Lethan, Seth, Sachmet und wie sie alle heißen. Dabei war Lethan ursprünglich der beste Wächter, den die Atlan hatten. Selbst die Nähe der Kristalltürme hat nichts genutzt."

„Ich habe da ganz andere Gedankengänge", verriet Leon. „Komm, verschwinden wir kurz zu mir nach Hause, hier sind zu viele Ohren in der Nähe."

Sekunden später materialisierten sich beide in Leons Bastelkabinett.

„Ist mehrfach abgesichert", sagte dieser sofort und begann: „Das Gerät, mit dem Month die Splitter aufspürt, sendet in der Biofrequenz, die mir und Laura, aber auch Zaid, angeboren ist. Kein anderer kann diese bläuliche Lichtreaktion hervorrufen, die man nicht als Angriff bezeichnen kann."

„Sprich weiter! Ich glaube, ich weiß, worauf du hinaus willst!"

„Möglich, dass nicht wir beide, sondern die anderen angegriffen worden sind."

Schweigen.

„Ich weiß, dass Solon die Technik beherrscht, ein Bewusstsein kurzzeitig in Kristall einzuschließen. Nun müsste es doch theoretisch, unter euren technischen Bedingungen, möglich sein, diesen Kristall zu klonen und somit das Bewusstsein. Sollte ich bei dem Experiment, dem Caiphas etwas Gutes abzuringen, mein Bewusstsein in negative Richtung entwickeln…"

Osiris packte ihn an den Schultern. „Weißt du, was du da von uns verlangst? Vergiss den ganzen Unsinn! Dann wären wir keinen Deut besser als Aker. Auch wenn du gute Absichten verfolgst, werde ich nicht einwilligen und nötigenfalls sogar mein Veto einlegen. Mach dich und uns nicht unglücklich. Vernichten wir die Reste lieber, so gründlich es irgendwie geht."

Leon nickte. „Es war dumm von mir."

„War es nicht – nur verdammt gefährlich und nicht abschätzbar." Osiris legte ihm den Arm um die Schulter. „Nur, weil zwei genetisch völlig unterschiedliche Wesen nicht zueinanderfinden können, machen wir uns ganz bestimmt nicht heiß, egal, wer die beiden sind."

„Und wenn sich der Staub plötzlich nach meinen Wünschen richtet? Was soll ich dann tun? Ihm den erhobenen Zeigefinger präsentieren, damit er es unterlässt? Nimm doch einfach einmal diesen Fall an. Ich habe ehrlich Angst, dann die falsche Entscheidung zu treffen."

„Rufe die Drakonat mit hierher. Ich bin genau so am Ende mit meinem Wissen."

Sekunden später traten Imset und Sobek ein. Osiris erklärte ihnen mit einem detaillierten Hologramm, was soeben besprochen worden war.

„Nicht uninteressant", stellten beide, synchron antwortend, fest.

„Das blaue Licht war in der Tat kein Angriff und auch die Möglichkeit, dass der Staub auf die Wünsche Leons reagiert, sollten wir nicht als Unsinn abtun. Dass ein gezieltes Experiment nach hinten losgehen kann, halte ich hingegen für sehr wahrscheinlich", sinnierte Imset, von Sobek mit einem kurzen Nicken in seinem Gedankengang bestätigt.

„Wie wäre es, wenn wir einfach abwarten, jegliche Reaktion als möglich einstufen und agieren, je nachdem, was passiert. Auch wenn Leons Macht phänomenal ist, kommt er gegen zwei Drakonat nicht an. Damit sind wir relativ gut gegen alle Eventualitäten abgesichert", sprach er weiter. „Es ist mit dem Caiphas-Rest wie mit wilden Tieren, entweder sie fliehen, sie greifen an, sie ergeben sich in ihr Schicksal oder tun so als ob und beißen dich plötzlich. Nichts ist unmöglich."

„Wenigstens sind wir durch dieses Gespräch auf alles vorbereitet", fügte Sobek hinzu.

„Gut, dann lasse ich euch völlig freie Hand", sprach Osiris mit fester Stimme. „Ihr habt immer das Richtige getan. Passt bitte gut auf euch und auch die drei anderen auf."

Der Caiphas-Staub

Zwei Tage später hob Horus' Langstreckengleiter mit den sechs Magiern an Bord ab. Ganz Atla stand am Startplatz und schaute zu, wie die drei Drakon das Raumschiff begleiteten. Wehmütig sah Leon noch einmal hinunter auf Lilly und sein Töchterchen, in der Hoffnung, bald wieder bei ihnen sein zu können.

Month drückte Leons Arm. *Da unten sind sie in völliger Sicherheit.*

Imset schaltete auf Autopilot. „Ich habe Month versprochen, ihm die Geschichte deiner langen Narbe auf dem Rücken zu erzählen", wandte er sich an Zaid. „So erfährt er auch gleich, wie Sobek zur Drachenflamme kam."

„Bitte!", sagte Zaid. „Ich werde dich nicht unterbrechen."

Die nächsten fast drei Stunden lauschten alle Imsets Bericht, den die beiden, um die es ging, hin und wieder bestätigten, wenn Month gar zu ungläubig schaute.

„Von Maris' Künsten spricht man sogar in den entlegensten Winkeln der Welt", erklärte Month.

Sobek lächelte. „Er hat mit Anubis sogar einen Handel auf Leben und Tod gemacht. Danach bekommt Anubis wirklich nur, was ihm Maris übrig lässt und das ist bei uns buchstäblich nichts. Bisher ist es ihm immer gelungen, die Todeskandidaten wieder ins Leben zurückzuholen. Was wir einmal haben, das geben wir so schnell nicht mehr her. Das einzige Opfer, welches er fast schon sicher hatte, nahm ihm Leon glücklicherweise vor der Nase weg."

„Eine der potenziellen Todeskandidatinnen war auch Mona", berichtete Neri. „Bei ihrer Geburt wären Mutter und Kind gestorben, hätte es Maris nicht gegeben."

„Meine Mona?" Month wurde blass.

„Genau die", sagte Neri. „Wenn ihr irgendwann Nachwuchs bekommt, dann holt sofort Maris, nicht dass es bei ihr die gleichen Probleme gibt."

„Ich werde es mir merken", murmelte Month. „Zum zweiten Mal die schlimme Nachricht, dass Mutter und Kind nicht mehr leben, würde wohl den stärksten Mann zerbrechen. Langsam begreife ich auch das Geheimnis eurer Stärke. Es macht mich wahnsinnig stolz, dass ich bei euch bleiben darf."

Er tauschte mit Zaid ein wahrhaft glückliches Lächeln, worauf sich die anderen zufriedene Blick zuwarfen. Auf dem zweitägigen Flug erfuhr Month auch die Geheimnisse um Osiris und Schep-en-Hor aus allererster Hand, von denen ihm einige Atlan nur bruchstückhaft erzählt hatten.

„Keine Sorge!", lachte Imset. „Es wird auch weiterhin für dich spannend bleiben. Es gibt da noch die großen Gefühle um Merit-Amun, um einen kleinen ägyptischen Jungen, der in der Wüste auf seltsame Fremde stieß und tausend andere Merkwürdigkeiten zu berichten."

„Ein paar Jugendschwänke vom alten Planeten Atla können dir Solon, Talos und Siri erzählen. Sie sind die letzten Überlebenden, die tatsächlich noch dort geboren sind", erklärte Sobek dem staunenden Gott.

Month horchte auf. „Dann habe ich mich also doch nicht getäuscht! Die beiden Männer kamen mir sehr bekannt vor. Ich hatte es allerdings für eine zufällige Ähnlichkeit gehalten, obwohl ich bei den Namen gleich stutzig geworden war."

„Oh! Asgard hat uns schon auf dem Schirm!", rief Zaid plötzlich. „Der Landeplatz ist frei und es sind keine Turbulenzen zu erwarten."

„Sehr gut!", freute sich Imset. „Starte das Landeprogramm. Es gleicht die letzten paarhundert Kilometer automatisch aus."

„Seit wann denn das?", wunderten sich alle.

Imset grinste. „Ihr kennt doch Horus! Der gibt sich nur zufrieden, wenn seine Technik auf dem allerneuesten Stand ist. Er hat kurz vor unserem Start noch ein Update von Jamal bekommen."

Eine Stunde später öffnete sich bereits das Schott und die sechs Reisenden wurden herzlich von den Asen begrüßt.

„Hallo Month! Du bist wohl jetzt öfter mit den Atlan unterwegs?", fragte Thor erfreut.

„So kann man es nennen. Ich bin auf dem besten Weg, einer von ihnen zu werden. Eine liebevolle Atlan als Gefährtin und ein Häuschen habe ich schon."

Die Asen staunten. „Da wird ja glatt das Wildschwein auf dem Grill verrückt! Wessen Tochter ist denn die Glückliche?"

„Arons."

„Na, diesen Schwiegersohn gönne ich ihm von ganzem Herzen!", rief Odin. „Was gibt es überhaupt zu Hause Neues?", rief er dann in die Runde.

„Drei neugeborene Mitbringsel vom letzten Besuch bei euch!", lachte Imset.

„Drei? Wenn meine Gehirnwindungen nicht ganz verkalkt sind, dann dürfte eins davon zu Leon gehören, ein zweites zu Laura. Herzlichen Glückwunsch an Großeltern, Urgroßeltern und natürlich an den stolzen Papa. Ihr seid ja sozusagen gerade auf Familienausflug."

Neri verzog das Gesicht. „Hör bloß auf! So sah es zuerst auch aus, als ich damals mit Horus in Seths Kerker landete."

„Tut mir leid", entschuldigte sich Odin kleinlaut.

Neri winkte ab. „Musst es dir nicht zu Herzen nehmen. Wir haben nur unterwegs Month von den vielen Verhängnissen in unseren Leben erzählt, da passte der Satz gerade, wie die Faust aufs Auge."

Die Begrüßungsfeier fand diesmal in der Festung Gladsheim statt, wo Odin erstmalig mit allen technischen Raffinessen aufwartete, die ganz Asgard zu bieten hatte.

„Ihr wisst, ich protze nicht gern mit dem ganzen Kram, aber der Gedanke an den Caiphas-Staub treibt mir Schweißperlen auf die Stirn. Sicher ist sicher."

Imset weihte die hochrangigen Asen in die Gespräche mit Leon und Odin ein. „Was ihr jetzt gleich erfahrt, wissen, außer den beiden, nur Sobek und ich. Unsere Frauen und Month werden sicher genau so überrascht sein." Er begann. Als er den Kurzbericht beendete schwiegen alle, um nachdenken zu können.

Odin hob die Hände. „Ich schließe mich all denen an, die abwarten und erst reagieren wollen, wenn es wirklich eine Reaktion erfordert. Wir, auf Asgard, haben fast keine Erfahrung auf diesem Gebiet. Ihr hattet schon mehrfach das zweifelhafte Vergnügen, mit den Splittern in Kontakt zu kommen. Ich lasse euch, genau wie es Osiris tut, völlig freie Hand."

„Danke. Das hilft uns sehr." Imset nickte Leon aufmunternd zu. „Um wie viel Staub handelt es sich?"

Odin dachte einen Moment nach. „Das kann ich dir nicht einmal genau sagen. Das Zeug hat sogar in dem Behälter, worin es Loki versteckt hielt, ein reges Eigenleben. Meist ist es über das gesamte Glas verteilt. Einmal hatte es sich aber auch in einer Ecke gesammelt. Es dürfte, meinen Schätzungen zufolge, kaum so viel sein, wie in ein mittleres Hühnerei passt."

Month überrechnet nach seinen Erfahrungswerten das Gewicht der Gesteinsmasse, Imset die gesamte Feuerkraft, die ihnen zur Verfügung stand. „Unter normalen Umständen dürften wir keine Mühe haben, die Reste zu atomisieren", gab er schließlich bekannt.

„Was zählt unter unnormale Umstände?", fragte Thor sehr vorsichtig.

„Wenn der Behälter unter dem Beschuss platzt und sich der Staub schneller verteilt, als wir denken können", gab Sobek bekannt. „Wobei wir zwar die ungefähre Masse des Staubes kennen, aber nicht die Behältergröße, in dem er sich befindet."

Forseti schluckte. „Für das bisschen Material ist er ziemlich groß, nämlich ein Quader von zehn mal zehn Zentimetern Kantenlänge."

Month atmete tief durch. „Fassen wir zusammen: Wir haben es mit der aggressivsten Sorte Staub zu tun, die sich, in einem viel zu großen Raum, ganz nach Gutdünken verteilen kann."

Sobek zog die Augenbrauen zusammen. „Treffend formuliert."

„Ich hasse solche Nachrichten." Leon stützte das Kinn in beide Hände. „Wo ist das Zeug jetzt?"

„Noch in Lokis Haus, aber in einem Hochsicherheitsbehälter."

Month lachte auf. „Wenn er da drin bleibt, dann aus ganz freien Stücken. Den Caiphas kann man nicht festhalten. Es sei denn, man hätte noch eine Tappa-Falle zur Verfügung."

Alle Atlan richteten ihre Blicke fragend auf Odin.

„Wir haben nichts dergleichen gefunden."

Imset rieb sich das Gesicht. „Gestattest du, dass wir auch noch einmal Lokis Domizil auf den Kopf stellen?"

„Ja, natürlich! Jederzeit! Vielleicht fällt euch ein Versteck auf, dass wir nie als solches identifizieren würden!"

„Wir tun es morgen, kurz nach Sonnenaufgang", legte Imset fest. „Für heute ordne ich sofortige Nachtruhe an."

Kaum lagen alle in den Betten, nahm Imset mit Month Kontakt auf.
Wärest du bereit, deinen Superflitzer zu verleihen?

Gern, wenn du ihn brauchst. Der Öffnercode ist blau-grün-zwei, die Startsequenz ist zwei-vier-violett-gelb.

Danke.

Am nächsten Tag, stellten die Atlan gemeinsam das ganze Anwesen Lokis auf den Kopf. Month aktivierte sogar seinen Scanner, um etwaige andere Splitterstücke entdecken zu können. Zwar fanden sie ein geheimes Kellergelass, welches der Besitzer aber schon komplett geräumt haben musste, bevor er in die Sümpfe floh.

„Was machen wir denn nun?", fragte Neri.

„Abwarten." Imset wirkte schon den ganzen Tag ziemlich ruhig.

„Weißt du etwas, das wir nicht wissen?" Leon schaute ihn forschend an.

„In der Tat." Allerdings ließ er sich nicht dazu hinreißen, auch nur die geringste Erklärung zu geben. Alle wussten, wenn ein Drakonat so reagierte, dann hatte er handfeste Gründe.

Thor ritt im Galopp auf die Gruppe zu, zügelte sein Pferd und rief außer Atem: „In einer halben Stunde landet jemand, der mit Month' Kennung unterwegs ist."

„Wie???" Die Atlan glaubten, sich verhört zu haben.

Nur Imset und Month blieben völlig gelassen.

„Er soll direkt in Gladsheim landen. Höchste Sicherheitsstufe für Pilot und Fracht!" Imset bedeutete den Atlan, sich zur Teleportation bereit zu machen.

Thor wendete sein Ross auf der Hinterhand und galoppierte zurück.

„Wer ist es?", fragte Zaid neugierig.

Imset wiegte leicht den Kopf. „Das kann ich dir auch nicht sagen, nur, was er an Bord hat – nämlich Lauras vierstrahligen Kristall, die einzige Waffe, die uns gegen das Ungemach in Form von Staub überhaupt helfen kann. Die Situation ist prekär, was ich den Asen so nicht sagen kann. Sie sind völlig hilflos, wenn uns hier irgendetwas aus dem Ruder läuft."

Wenige Minuten später tauchte bereits ein silberglänzender Funke am Himmel auf, der sich rasch in einen Gleiter verwandelte und exakt, auf dem vorgegeben Punkt, landete, wo er sofort von den Atlan umringt wurde.

„Ariel!", riefen sie ausnahmslos überrascht, als die Kanzel aufschwang.

„Hallo, alle miteinander! Schön, dass es euch gut geht. Wir haben uns die fürchterlichsten Sorgen gemacht, als Imset Kontakt aufnahm." Er sprang auf den Boden und erwiderte die herzlichen Umarmungen. „Moment, ich möchte erst meine Fracht an Imset übergeben." Er öffnete ein großes Wandfach, dem er vorsichtig ein Paket entnahm und sofort an den Drakonat weiter reichte.

„Sehr gut!", freute der sich und eilte, den anderen voran, in die Festung.

Odin und Thor hatten extra für die Mission *Caiphas* einen mehrfach abgesicherten Raum zur Verfügung gestellt. Imset setzte das Päckchen vorsichtig auf dem Tisch ab und begann, es auszuwickeln. Unter zwei Lagen Leinenstoff kam der Kristall zum Vorschein, den Laura zusätzlich in ein Schaf-Vlies eingeschlagen und verschnürt hatte.

„Ah, alles in Ordnung." Imset ließ die anderen herankommen.

„Was hast du vor?"

Der Drakonat drehte sich um. „Ich werde den Quader mit dem Staub direkt in die vier Arme des Kristalls legen. Unsere Frauen müssen uns Energie einspeisen, damit wir nicht der bösen Magie anheim fallen. Sobek und ich werden sich gegenüberstehen, Leon und Month die beiden anderen Seiten übernehmen.

Auf mein Kommando geben wir konzentrierte Energie in die Mitte des Quaders, ohne den Kristall zu berühren. Das sollte genügen, die Staubpartikel in einzelne Atome zu zerlegen, welche keinen Schaden mehr anrichten können."

Er wandte sich Odin, Thor und Forseti zu. „Euch drei möchte ich bitten, um uns ein zusätzliches Energiefeld zu errichten, in dem vielleicht doch davon wirbelnde Partikel an einer schnellen Flucht gehindert werden."

„Wann wollt ihr beginnen?"

„Am besten sofort!"

Odin nickte und gab eine entsprechende Warnung an das gesamte Personal heraus. „Um dich wird sich inzwischen Sif kümmern", versprach er Ariel.

Zwei Männer aus Odins Garde trugen den gepanzerten Behälter herein. Nur keine Magie, hatte bis dahin die Devise geheißen. Kaum waren die Türen verschlossen, der Raum durch Leon und Neri magisch gesichert, öffneten Imset und Sobek die Bleikiste, um den Quader zu entnehmen. Der Staub verteilte sich so fein an dessen Wänden, dass er nur mit Mühe zu erkennen war.

„Das wird es uns nicht gerade erleichtern", sagte Imset.

„Du hättest ihn lieber auf einem Punkt im Zentrum?", vergewisserte sich Month.

„Genau."

„Wie wäre es, wenn wir meinen Scanner einsetzen, um die nötige Konzentration auf einem Fleck zu provozieren?"

„Einen Versuch ist es wert."

Odin gab, nach kurzem Blickkontakt mit Month, den telepathischen Befehl, die kleine Tasche aus dessen Zimmer, direkt an die Tür des magischen Raumes zu bringen. Auf das dreimalige Klopfen streckte er nur die Hand hinaus, um sie mit dem Täschchen sofort wieder herein zu ziehen.

Zaid und Neri hielten bereits die ganze Zeit über Körperkontakt zu ihren Gefährten und nun erzeugten die Asen sofort das gewünschte Energiefeld. Month klappte an der Unterseite des Gehäuses drei Teleskopbeine heraus. Es dauerte eine Weile, bis er die ideale Stellung gefunden hatte, in der die Beine nicht mit dem Kristall in Berührung kamen, aber das Gerät, direkt über dessen Zentrum, hielten.

„Alle bereit?", fragte er und auf das achtfache Nicken. „Ich schalte es ein."

Schlagartig zog sich die Masse am Boden des Behälters zu einem eigroßen Klumpen zusammen. Leon gab ein unterdrücktes Stöhnen von sich.

„Was hast du?", fragten die Drakonat.

„Diese Frequenz bereitet mir körperliche Schmerzen. Bringen wir es bloß schnell hinter uns."

„Feuer!", befahl Imset.

Vier gleißende Energiestrahlen bohrten sich in den Quader, der explosionsartig verglühte, ohne den Kristall zu beschädigen. Der Scanner musste allerdings dran glauben, ihn schmolz es einfach mit weg. Leon kippte lautlos um.

„Oh nein!", Zaid war sofort bei ihm. Mit Tränen in den Augen versuchte sie, zu ergründen, ob ihr Sohn noch lebte, denn die wachsartige Blässe verhieß nichts Gutes. Sobek versuchte es mit einem Energietransfer. Keine Reaktion.

„Bringen wir ihn in sein Zimmer", schlug Sobek vor. „Vielleicht reagiert er hier übersensibel auf die Restenergien."

Thor unterrichtete Ariel über das Unglück. Der eilte sofort zu den anderen.

„Lasst mich mal sehen. Ich bin zwar nicht so ein Genie, wie mein Vater, aber immerhin ein Heiler." Er legte Leon beide Hände an die Schläfen. „Energie fließt."

„Wirklich? Weshalb spüren wir das nicht?", fragte Sobek.

„Keine Ahnung. Auf alle Fälle lebt er", erklärte Ariel mit fester Stimme.

Er schlug die Bettdecke ein wenig zurück. Nachdenklich betrachtete er den Magier. „Helft mir mal, sein Faltengewand auszuziehen", bat er. Sobek fasst sofort zu. Auf den ersten Blick schien alles in Ordnung zu sein. Ariel begann Zentimeter für Zentimeter der Haut des Oberkörpers genau in Augenschein zu nehmen.

„Dies hier kommt mir seltsam vor", wandte er sich dann an Zaid und Sobek, auf einen kirschkerngroßen grauen Fleck auf der Innenfläche des Oberarmes deutend. „Sieht nicht aus, als ob er dieses Mal schon lange hätte."

Zaid fasst nach Leons Arm, der sofort unnatürlich violett aufleuchtete.

„Bitte, nur das nicht!", stöhnte sie. „Da scheint ihn ein Staubkorn getroffen zu haben." Sie näherte ihre Fingerspitze dem seltsamen Fleck.

Ariel riss sie zurück. „Achtung!" Die Stelle färbte sich schwarz und begann sich aufzulösen.

„Das frisst sich weiter", hauchte Neri, erbleichend, denn der Fleck wuchs.

„Sobek und Imset bleiben bei mir, die anderen gehen bitte sofort raus!", forderte Ariel. „Bringt mir ein komplettes chirurgisches Besteck!", rief er Thor hinterher.

Sekunden später war das Gewünschte zur Stelle.

„Jetzt wird es unappetitlich", murmelte Ariel und setzte das Skalpell an. Tief und gründlich schnitt er die verseuchte Stelle aus. Die Drakonat spendeten Lebensenergie und hielten die Blutungen in Grenzen. Der Heiler verband die Wunde. „Den Rest muss der Replikator erledigen, ich bin leider kein Materiewandler, wie mein Vater."

Sekunden später öffnete Leon mit schmerzverzerrtem Gesicht die Augen.

„Tut mir leid, es ging nicht anders", entschuldigte sich Ariel.

„Ist schon in Ordnung", erwiderte Leon mit matter Stimme. „Danke, dass du mir das Leben gerettet hast. Der hätte mich Stück für Stück aufgelöst, ohne dass es jemand hätte stoppen können."

Sobek schaute in die Schale, wo Ariel das Stückchen Fleisch aus Leons Oberarm abgelegt hatte. Es war weg.

„Du hast uns die ganze Zeit gehört?", fragte Ariel überrascht.

„Klar und deutlich, ich konnte nur keinen einzigen Muskel rühren."

Imset nahm die leere Schale an sich, verschwand damit im magischen Raum der Asen und ließ sie sofort rückstandsfrei verglühen.

„Hoffentlich sind wir jetzt das lästige Etwas los", sagte er beim Wiederkommen, wo er gleich noch all die Wartenden mitbrachte.

„Gratuliert nicht mir, sondern Ariel", stöhnte Leon. „Ohne seine schnelle Hilfe hätte nicht einmal Anubis etwas von mir bekommen."

Imset setzte sich an sein Bett. „Ich werde dich jetzt für vierundzwanzig Stunden in den Heilschlaf legen, damit du wieder auf die Füße kommst."

Gesagt, getan und Odin ließ sogar Wachen vor der Tür postieren.

„Sei nicht böse, solange wir nicht genau wissen, ob Leon die Sache gut übersteht, ist uns nicht nach Feiern zumute", sagte Zaid zu ihm. „Falls morgen alles in Ordnung ist, können wir gerne auf den Erfolg anstoßen."

Jede Stunde schaute einer der Atlan nach dem Verletzten, kontrollierte Puls und Atmung. Dazwischen horchten sie Ariel aus, dessen positive Wandlung unübersehbar war.

„Ihr kennt ja meinen Deal mit Tanit", seufzte er. „Ich habe mich von Cheiron beim Schafschlachten anatomisch schulen lassen, war bei Jamal zum Raumfahrt-Sondertraining, habe mit all unseren Kräuterexperten tagelang im Wald gesteckt und mit meinem Vater gemeinsam alle Bücher über Heilkunde durchgearbeitet, die dieser irgendwo als brauchbar einstufte. Na ja, ob es dafür reicht, Tanit für mich zu gewinnen, weiß ich nicht. Ich bin nun mal kein Magier und ob ich je einer werde, das kann kein Atlan sagen."

Month tippte ihn an. „Hast du Lust, meinen Flitzer auch nach Tarronn zurück zu fliegen?"

„Oh, liebend gerne, wenn ich darf!" Ariel bekam vor Freude rote Flecken im Gesicht. „Das Gefühl, solch wahnsinnige Entfernungen fast zu überspringen, ist nicht zu beschreiben. Man muss es erlebt haben."

„Gut, dann wirst du Leon mitnehmen, sobald er transportfähig ist", legte Imset fest. „Wir anderen folgen euch."

„Wie ist Horus überhaupt auf dich, als Pilot, gekommen?"

„Keine Ahnung, welche Arien ihm Jamal gesungen hat. Als euer Hilferuf kam, gab er mir ohne weitere Erklärungen das Paket, die Codes und sagte: *Blamiere uns nicht.* Ich hoffe, das ist mir halbwegs gelungen."

„Wir werden dir ewig dankbar sein", erklärte Zaid. „Wahrscheinlich hast du Leon zum zweiten Mal das Leben gerettet. Das erste Mal dürfte gewesen sein, als du ihm drohtest, Sobek zu informieren, wenn er nicht Sami als Piloten anheuert."

„Möglich", überlegte Ariel. „Ein Gleiter ist nun mal kein Kinderspielzeug, davon bin ich, heute sogar noch mehr als damals, überzeugt."

Selbst in der Nacht wechselten sich die Atlan bei den Besuchen am Krankenbett ab. Gegen Mittag des nächsten Tages versammelten sich alle bei Leon. Imset legte ihm die Hände an die Schläfen und sofort schlug der junge Magier die Augen auf, um in erwartungsvolle Gesichter zu blicken.

„Bleib bitte noch liegen", sagte Ariel. „Ich will erst schauen, wie es unter dem Verband aussieht." Vorsichtig begann er, ihn zu lösen.

Zaid knetete nervös ihre Hände. Dann fiel auch schon die Schutzhülle und Ariel atmete deutlich hörbar auf. „Die Narbe ist kaum noch zu sehen. Da fallen mir ganze Gebirge vom Herzen."

Zaid und Neri drückten Ariel von beiden Seiten einen dicken Kuss auf die Wangen.

Leon schwang die Beine aus dem Bett, stand ohne Probleme auf und nahm ihn fest in die Arme. „Nochmals danke!" Dann wandte er sich den anderen zu und schmunzelte: „Energielevel bei etwa neunzig Prozent."

Sobek grinste. „Bestens! Das reicht zum Feiern. Ab auf den Festplatz, wir haben es uns alle hart verdient."

Es glich tatsächlich einem kleinen Triumphzug, wie sie auf die große Wiese am Landeplatz strebten, wo sie von jubelnden Asen an gedeckten Tischen empfangen wurden.

„Du bist also Ariel", sagte eine Stimme hinter diesem.

Überrascht drehte er sich um, schaute in zwei wundervolle blaue Augen und entgegnete: „Dann kannst du nur Idun sein, die gute Fee mit den goldenen Äpfeln."

Übermütig lachte die Erkannte. „Fee ist gut, das muss ich mir merken!"

Sie betrachtete Ariel von Kopf bis Fuß eindeutig wohlwollend. „Auf alle Fälle haben die Früchte von meinem Baum eine fantastisch gute Qualität", stellte sie zweideutig fest und amüsierte sich sehr, als der junge Mann flammend rot wurde. „Immer noch keine Gefährtin gefunden?"

„Ja ... nein oder vielleicht doch..." Ariel seufzte.

Idun zog ihn an ihre Seite auf die Bank. „Erzähle!"

Nach einem noch herzergreifenderen Seufzen schüttete ihr der junge Mann sein Herz aus.

„Oh, du Ärmster. Ich drücke dir ganz fest die Daumen, dass sie dich erhört. Sie ist eine Atlan?"

„Eigentlich schon. Sie ist die Tochter von Safi und Merit-Amun, der Tochter Neris mit Ramses II."

Idun begann zu lachen. „Na, irgendwie habe ich mich inzwischen an eure komplizierten Verhältnisse gewöhnt. Jedenfalls bist du ein Atlaronn und brauchst vielleicht eine kleine Initialzündung für gewisse Dinge." Sie fasste in die Falten ihres Gewandes. „Steck das ein und bewahre es gut."

Ariel bekam großen Augen, als er plötzlich einen der begehrten goldenen Äpfel in der Hand hielt. „Ich ... ich ... ich weiß gar nicht, wie ich dir dafür danken kann."

„Indem du deinen neuen Weg zielstrebig weiter gehst. Du weißt doch, hier bleibt nichts unentdeckt." Sie küsste ihn auf die Stirn.

„Na, was ist denn da am Kochen?", staunte Thor. „Sie ist doch sonst so betont reserviert."

„Nicht das, was du denkst, glaube ich", erwiderte Odin. „Schließlich sitzt Bragi nur zwei Plätze weiter."

Außer Sobek ahnte keiner, dass das ein spezieller Dank an den Mann war, der den Gefährten der Tochter ihrer großen heimlichen Liebe, Kebechsenef, gerettet hatte.

Leon war wirklich noch nicht voll bei Kräften. Er protestierte nicht einmal, als ihm Imset offerierte, mit Ariel vorab heimreisen zu sollen.

Nicht einmal, als ihn Ariel mit dem Supergleiter direkt auf dem Festplatz abholte, um sofort Richtung Tarronn zu starten. Er schwenkte an Bord auch gleich seinen Sessel in Liegestellung und schlief ein. Ariel schaltete auf Autopilot, dann widmete er sich seinem Freund und Patienten.

Er schob den Replikator mit der Rückfläche so, dass er komplett die Haut berührte. Ariels Gedanken schweiften ab. Die meisten bekamen solch ein Gerät heutzutage nur, um die genetischen Differenzen zwischen Atlan und Tarronn auszugleichen. Leon hatte seinen bereits als kleiner Junge erhalten, wie all die hochrangigen Götter der Tarronn. Und Ariel erinnerte sich auch daran, dass Leon das Gerät nicht getragen, als ihm die Quelle seine Kräfte genommen hatte, weil er glaubte, dieses geheimnisvollen Hilfsmittels nicht mehr würdig zu sein.

Die Zeit wäre normalerweise ausreichend gewesen, um die Wunde zu heilen und Leons Kräfte zu regenerieren. Ariel schob sehr vorsichtig den Ärmelansatz von Leons Faltengewand etwas höher, um den Freund bloß nicht zu wecken. Die Stelle der Verletzung war in der Tat nicht mehr zu sehen und die Bioüberwachung des Gleiters zeigte normale Vitalfunktionen an.

Ariel wandte sich zufrieden wieder den Bordinstrumenten zu und genoss einfach den wundervollen Flug. Nach einem Blick auf das Energielevel, entschloss er sich, auf Mitri, die sie in wenigen Minuten erreichen würden, Treibstoff aufzunehmen.

„Hallo Mitri, hier ist der Atlan Ariel mit Month' Gleiter, ich docke in vier Minuten an, um nachzutanken."

„Grüß dich, Ariel, komm an Gate Fünf rein, alles ist bereit."

Natürlich bekam Neith sofort Meldung, denn Atlan waren höchst selten und schon gar nicht mit, solch schnellen, Geschossen unterwegs. Sie begab sich auch gleich zur Tankstation Fünf, um den oder die Reisenden, persönlich zu begrüßen. Fast zeitgleich dockte der Flitzer an und die Kanzel schwang auf. Ariel hatte es vorgezogen, Leon zu wecken, und dieser war sehr dankbar dafür. Nun standen beide dem weiblichen Commander der Station gegenüber.

„Du musst einer aus dem Horus-Clan sein", wandte sie sich an Leon. „Ihr seht euch alle so unheimlich ähnlich."

„Stimmt, ich bin Leon, Horus' Urenkel."

„Der Schlangenmagier? Ja natürlich! Ich habe dich doch schon gesehen, als ich vor einiger Zeit auf Dafa war." Neith freute sich riesig über den Besuch. „Habt ihr ein paar Minuten oder müsst ihr gleich weiter?"

Die Männer tauschten einen schnellen Blick.

„Wir haben Zeit", erklärte Ariel und beide folgten Neith in den großen Saal.

Sie ahnten, was gleich passieren werde. In dieser weit entfernten Außenstation war hochrangiger Besuch rar und die Crew freute sich, wenn sie mal andere Gesichter zu sehen bekam. So fanden sie sich auch gleich darauf an einer großen Tafel wieder und beantworteten unzählige Fragen. Eine Stunde später machten sie sich zum Abflug bereit.

„Wie kommst du mit Sachmet zurecht?", fragte Leon noch.

Neith winkte ab. „Sie versucht hin und wieder, aufmüpfig zu sein, schadet sich damit aber stets selbst. Bei mir hier haben ziemlich viele Männer das Sagen und die lassen sie dann sofort spüren, dass sie eine leere Hülle mit Null Prozent Charakter ist. Und irgendwelche Dreckarbeiten gibt es in einem Klärsystem immer zu tun, da nutzt die beste Technik nichts. Es ist auch jeder weit davon entfernt, nur einen Funken Mitleid zu empfinden."

Die Göttin betrachtete nachdenklich den silbernen Flitzer. „Month ist noch bei euch?"

„Er bleibt auch", verriet Leon. „Er hat Gefährtin und Häuschen und kann es kaum erwarten, endlich wieder nach Hause zu kommen."

„Ich hätte nicht gedacht, dass er jemals Ruhe findet."

„Die Freude, Tochter, Enkel und seit kurzem auch Urenkel zu haben, hat den Schmerz verdrängt", erzählte Leon. „Ich bin stolz darauf, ihn und Upuaut in der Ahnenreihe zu haben."

„Von dem habe ich auch ewig nichts mehr gehört", überlegte Neith laut.

Leon blinzelte. „Darina wird es verschmerzen."

„Das steht völlig außer Zweifel!", lachte die Göttin. „So, nun will ich euch nicht weiter aufhalten. Kommt gut nach Hause und grüßt die anderen von uns." Sie schaute durch das Panzerglas der Panoramascheiben, bis der winzige glänzende Punkt in der Schwärze des Alls verschwand.

Am Ziel aller Wünsche

Die Atlan strömten zum Landeplatz. Kaum dass die Drakon losgeflogen waren, um die Heimkehrer zu begleiten. Völlig erstaunt sahen sie zu, wer da der Kanzel entstieg.

„Ich fasse es nicht!", rief Horus. „Hat Month tatsächlich noch einmal seinen Gleiter geopfert!"

„Das ist ihm nicht schwergefallen, denn er hat dem spitzenmäßigen Piloten überhaupt erst den Vorschlag gemacht!", verriet Leon.

„Du bist als Beobachter dabei?"

„Nein, Ariel fliegt einen Krankentransport. Mich hatte der Caiphas erwischt und er musste mich flicken. Wir haben auf Mitri getankt und inzwischen geht es mir wirklich wieder gut. Viele liebe Grüße von Neith und ihren Leuten!"

Lilly flog mit ihrem Töchterchen Leon förmlich in die Arme. „Wir haben uns solche Sorgen gemacht! Laura hat ganz furchtbare Dinge gesehen!" Sie streichelte genau die Stelle, an der der Staub zugeschlagen hatte.

Ariel und Leon warfen sich erstaunte Blicke zu.

„Was hat sie denn gesehen?", fragte Leon.

Die Antwort bekam er von seiner Schwester. „Du hast inmitten einer Staubwolke gestanden und dich plötzlich aufgelöst. Es war grauenvoll."

„Viel hätte wohl auch nicht daran gefehlt, wäre Ariel nicht gewesen", erwiderte Leon leise. „Er hat mir das Laben gerettet."

„Wie? Was? Erzählt!", riefen alle durcheinander, und die jungen Männer entschlossen sich, Hologramme zu erzeugen, weil Worte zu finden, ziemlich schwierig war. Zuerst berichtete Leon über die Vernichtungsaktion, danach zeigte Ariel, wie es Leon ergangen war.

Kaum endete der Bericht, sprang Tanit auf, warf sich in seine Arme. „Ich liebe dich!"

Vor Ariels Augen dreht sich die ganze Welt in einem bunten Wirbel.

„Nun ist er eindeutig geschockt", schmunzelte Leon unter den Lachsalven der anderen.

Maris' Sohn drehte sich mit Tanit im Kreis. „Idun muss hellseherische Fähigkeiten haben." Er zog den Apfel aus der Tasche.

Tanit hauchte ihm einen zärtlichen Kuss auf die Wange. „Wir sind dann heute Abend mal nicht zu sprechen."

Das Gelächter flammte erneut auf, denn jeder wusste inzwischen, welche Wirkungen die Äpfel noch entfalteten.

Leon klopfte Ariel auf die Schulter. „Alles Glück dieser Welt wünsche ich euch!"

Safi und Maris grinsten breit und genüsslich. Zwei Mal die Sorge weniger, der Nachwuchs könnte Dafa verlassen.

Ariel wandte sich an seinen Vater. „Mir wäre es lieber, wenn du Leon noch einmal gründlich untersuchst. Nicht auszudenken, wenn ich etwas übersehen hätte!"

Leon nickte zum Zeichen des Einverständnisses, weil ihn Ariel derart flehend anschaute, dass er glatt Mitleid bekam.

„Alles bestens", sagte Maris nach wenigen Augenblicken. „Nach einem Kontakt mit dem Caiphas ist man in der Regel mehrere Tage völlig aus der Spur. Leon hat es aber schon fast überstanden."

Ariels Miene hellte sich gleich noch um ein paar Nuancen auf. „Perfekt, jetzt kann ich ungestört mein Glück genießen." Er zog Tanit auf seinen Schoß, legte seine Wange an die ihre und strahlte mit der Sonne um die Wette.

Als am nächsten Tag der Großgleiter landete, standen alle festlich gekleidet bereit und nun fand auch die übliche Party auf dem Festplatz statt, die man am Vortag auf Bitte Leons bis dahin verschoben hatte.

„Schaust du gar nicht nach, ob an deinem Flieger alles in Ordnung ist?", fragte Horus Month.

„Warum sollte ich? Ariel beherrscht ihn bestens. Außerdem hätte er mir gesagt, wenn irgendetwas nicht stimmen würde."

Tanit nickte freudig. Ariel hatte sich wirklich die Achtung aller hart erarbeitet. Der steckte im Augenblick mit Safi, Maris und Imset die Köpfe zusammen wegen des anstehenden Hausbaus. Sechs Mütter mit Säuglingen verteilten den Nachwuchs gerade gerecht auf die drei Drakon.

„Na ja, die nächste Generation kommt in rund zweihundert Jahren", stellte Drakos lakonisch fest, als er sich mit um die Betreuung der Kleinen drängelte. „Die Eigenen sind doch etwas anders in der Handhabung." Er blinzelte schelmisch.

Zwischen den Tischen schnüffelten die Hunde herum und auch

Borsti, der inzwischen zum *Hund ehrenhalber* erklärt worden war und nur noch nachts in das Gatter im Wald musste. Zeitweise gefiel es ihm dort allerdings besser, nämlich genau dann, wenn die Sauen brünftig waren.

Natürlich kehrte er dann den ganzen großen Helden heraus, zumal er sich nur mit höchstens einem weiteren Eber um die Damen prügeln musste. Später landete der Nebenbuhler ja doch am Bratspieß, während sich Borsti im Glanz seiner vielen Nachkommen sonnte.

Noch jemand stellte sehr erstaunt fest, dass er bald Familienzuwachs bekommen würde – Cheiron. Eos machte keinen Hehl daraus, schwanger zu sein. Allerdings verriet sie nicht, wer der Vater war. Ihi war am Boden zerstört. Tagelang vergrub er sich in seinem Zimmer und spielte nicht einmal auf seiner Panflöte. Es schien zudem, als würde halb Atla rätseln, warum Eos schwieg.

Nicht einmal Danaë und Cheiron fanden heraus, wer denn der Erzeuger gewesen sein könnte. Gelinde gesagt, war es ihnen auch völlig egal, solange Eos glücklich war. Und das war sie so offensichtlich, dass die Neugier der anderen noch mehr angestachelt wurde. Schließlich fiel auf, dass Ahab immer verschlossener, aber eindeutig verantwortungsvoll wurde.

Und eines Abends stand er vor Leons Tür. Der Magier musterte den späten Gast ziemlich überrascht, bat ihn aber herein und Lilly servierte Getränke und Gebäck.

„Ich bin aus vielerlei Gründen hier", begann Ahab leise zu sprechen. „Zuerst möchte ich mich vor allem bei Lilly, aber auch bei dir entschuldigen. Wie es sich anfühlt, wenn die eigenen Gefühle mit Füßen getreten werden, habe ich erst in den letzten Wochen wirklich begriffen. Es tut mir alles so leid."

„Wir vergeben dir", sagte Lilly. „Nicht jeder hat den Mut, seine Fehler so zu bereuen."

Ahab seufzte.

„Was ist passiert?", fragte Leon teilnahmsvoll.

„Ich bin das erste Mal an eine Frau geraten, bei der ich gründlich den Kürzeren gezogen habe. Sie hat sich vermutlich mit voller Absicht auf meine Spielchen eingelassen und plötzlich den Spieß umgedreht. Ich bin ziemlich sicher, dass sie von mir schwanger ist. Sie will nicht einmal mit mir reden, dabei würde ich doch so gern die ganze

Verantwortung für dieses kleine Wesen übernehmen." Völlige Verzweiflung sprach aus Ahabs Blick.

„Und du erwartest jetzt von mir…?", fragte Leon nachdenklich.

Ahab hob die Hände. „Ja, das weiß ich eigentlich auch nicht so genau. Vielleicht einfach nur Trost. Ihr seid die Einzigen, mit denen ich überhaupt reden kann, glaube ich."

„Wer ist denn die geheimnisvolle Schöne?"

„Eos", sagte Ahab kleinlaut.

Leon hob überrascht den Kopf. „Ach schau an! Damit hab ich nun wirklich nicht gerechnet, obwohl jeder weiß, dass sie ein Kind erwartet. Und nun hast du Angst vor ihrem Vater?"

„Ja und nein."

„Der einzige Rat, den ich dir geben kann, ist, geh zu Cheiron, rede mit ihm und versuche auf keinen Fall, Eos unter Druck zu setzen. Dann hast du endgültig verspielt."

„Danke. Das werde ich machen." Ein winziges Lächeln huschte über Ahabs Gesicht. Er machte sich auch sofort auf den Weg. Es war zwar spät, aber nicht zu spät, für Besuche.

Cheiron schaute genau so erstaunt wie Leon, wer da an seiner Tür klopfte. Und genau wie dieser bat er den ungewöhnlichen Gast herein. Ahab stammelte ein paar Worte der Entschuldigung, ehe er zum Kern der Sache kam. Cheiron hörte schweigend zu.

Plötzlich öffnete sich die Tür und Eos trat herein. Ahab wechselte seine Farbe wie eine bengalische Wunderkerze. Cheiron deutete auf einen freien Stuhl.

„Du kommst gerade recht. Ahab ist der Meinung, der Vater deines Kindes zu sein", wandte er sich in halb fragendem Ton an sie.

Ein amüsiertes Lächeln in den Mundwinkeln, erwiderte Eos. „Dieser Meinung bin ich auch."

Was Cheiron etwas überrumpelte, ließ Ahab tief ausatmen, hatte er doch schon befürchtet, sie würde selbst das weit von sich weisen.

„Und du bist gekommen, weil…?" Eos schaute Ahab mit zusammengezogenen Augenbrauen an.

Diese offene Frage erinnerte ihn an Leon und den Satz *…versuche auf keinen Fall, Eos unter Druck zu setzen…*

„Ich bin hier, weil ich die Verantwortung für unser Kind mit übernehmen möchte."

Ohne ein Gefühl nach außen zu zeigen, erwiderte Eos: „Danke, das ehrt dich, aber ich habe kein Interesse."

Ahabs Mundwinkel zuckten und Cheiron merkte, wie sehr dieser, die Tränen niederkämpfte. Ahab erhob sich. „Dann will ich nicht weiter stören. Ich wünsche dir alles Gute." Mit hängendem Kopf verließ er das Haus.

An der nächsten Biegung versperrte jemand seinen Weg. In der Dunkelheit war nicht allzu viel zu erkennen und so ging er langsam auf die Gestalt zu, die keine Lust zu haben schien, für ihn einen Schritt beiseitezutreten.

„Eos???"

„Genau die", bekam er zur Antwort. „Ich wollte nur mit eigenen Augen sehen, dass dein Bedauern echt ist. Wenn du Zeit hast, können wir ja einen kleinen Bummel an den Strand machen." Sie fasste nach seiner Hand.

Ahab drückte die ihre dankbar. „Selbst wenn ich keine hätte, würde ich sie mir sofort nehmen."

Sie gingen schweigend zum Meer hinunter. Plötzlich schaute ihn Eos von der Seite an. „Heute gar keine Schwüre auf tiefe Liebe und ewige Treue?"

Ahab lachte. „Erstens stehst du nicht auf solches Geschwätz, zweitens würdest du es mir nicht glauben und drittens weiß heute noch keiner, was die Ewigkeit bringt. Ich möchte ganz einfach für dich und das Kleine da sein, solange du mich an deiner Seite duldest."

Eos legte ihm die Arme um den Nacken. „So gefällst du mir in allen Punkten", stellte sie erfreut fest und küsste ihn zärtlich.

„Am liebsten nähme ich dich heute gleich mit nach Hause", überlegte Ahab laut.

„Dann gehen wir noch einen Augenblick zu meinen Eltern, damit sie sich keine Sorgen machen", fügte Eos hinzu.

„Nichts lieber als das!" Ahab schlug sofort den Weg dahin ein.

Das gemeinsame Auftauchen der beiden brachte Danaë nun völlig aus dem Konzept, zumal ihr Cheiron soeben vom Ausklang des Abends berichtet hatte. Er erschien auch sofort an der Tür, um das Wunder dieser schier unglaublichen Versöhnung zu bestaunen. Und beide schauten lange dem Pärchen hinterher, das, Hand in Hand, gemächlich durch die Siedlung spazierte.

Kaum in Ahabs Haus angekommen, sagte Eos: „Auch, wenn es dich jetzt vielleicht kränkt, ich bin furchtbar müde."
„Tut es nicht. Ich weiß, dass das Krümelchen seine Ruhe haben muss." Er deckte sein Bett auf, zog Eos an seine Seite, wo sie auch sofort einschlief. Ahab begnügte sich damit, ihre warme Haut und hin und wieder die Tritte winziger Babyfüße zu spüren. Er lag noch ewig wach und grübelte über sich und Eos nach, die ihn sofort verlassen würde, bräche er sein Wort.

Mit dem Sonnenaufgang erwachte Eos, sich fest in Ahabs Arme schmiegend und auf zärtliches Streicheln hoffend. Er war auf der Stelle hellwach und sofort hingebungsvoll bei der Sache. Natürlich hatte er sich damit die Belohnung, der besonderen Art, verdient, welche er sich sofort holte, mit dem Bonus, am Abend noch mehr zu bekommen. Ahab sprang aus dem Bett und tauschte bei einem Nachbarn etwas Schafskäse gegen einige Hühnereier ein.

Als Eos von der Morgenwäsche am Brunnen kam, stand das Frühstück auf dem Tisch und Ahabs Gesicht zierte ein glückliches Lächeln. Etwas später versorgte er seine Schafe, wobei ihm Eos half.

Logisch, dass fast alle Nachbarn an den Gartenzäunen klebten, um ja nichts zu verpassen, denn das da drüben war die Sensation schlechthin.

„Ich muss heute noch ein Geschenk zu sehr geschätzten Leuten bringen", erklärte Ahab geheimnisvoll und packte Schafskäse ein.

„Wenn es etwas richtig Besonderes sein soll, dann tausche diesen Käse bei meinem Vater gegen eingelegte Würfel. Damit punktest du garantiert noch mehr."

„Super Idee!" Ahab griff das Bündel und machte sich mit Eos auf den Weg.

Cheiron hatte genügend Vorrat und freute sich über so viel Nachschub an Rohmaterial. „Ihr seht glücklich aus", stellte er mit einem Schmunzeln fest.

Beide nickten.

„Und die Nachbarn haben reichlich Gesprächsstoff", lachte Eos. „Die haben mindestens genau so verblüfft geguckt, wie ihr beide." Sie blinzelte Ahab schelmisch zu, der lustig die Schultern hob.

Allerdings guckte sie selber verblüfft, als Ahab genau auf Leons Häuschen zusteuerte, Lilly das Päckchen über den Gartenzaun reichte: „Ich habe euch etwas mitgebracht. Noch einmal vielen Dank!"

Lilly nahm es erfreut entgegen. „Pass gut auf Eos auf und bereite ihr keinen Kummer."

Eos schüttelte ungläubig den Kopf. „Jetzt verstehe ich gar nichts mehr."

„Ich habe mit allen, denen ich übel mitgespielt habe, reinen Tisch gemacht", erklärte Ahab. „Die beiden haben mir verziehen und mir den unschätzbaren Rat gegeben, dich niemals unter Druck zu setzen."

„Sie wussten davon?"

„Nein. Ich war gestern Abend in meiner völligen Verzweiflung hier und habe mich bei ihnen buchstäblich ausgeheult", seufzte Ahab. „Danach bin ich gleich zu deinem Vater gegangen, um auch das noch irgendwie ins Lot zu bringen. Der Mut der Verzweiflung bringt manches zuwege."

Eos hauchte ihm einen Kuss auf die Wange, von unzähligen Augen beobachtet. Cheiron und Danaë waren schon mitten in den Vorbereitungen für das Fest zu Ehren des neuen Paares. Die Drakon teilten sich in die Arbeit mit Fischfang, Holz und Früchte holen. Einige Mädchen pflückten mehrere große Körbe voll Obst und Chima trug sie in die Siedlung, wie anschließend auch die Pflückerinnen, die diesen Service mit Freuden annahmen.

Leon und Lilly halfen Ahab dabei, seine bisherige Isolation zu durchbrechen, indem sie sich mit an seinen Tisch zu Eos, Danaë und Cheiron setzten. Ariel und Tanit kamen hinzu und bald war eine angeregte Unterhaltung im Gange.

„Wo steckt eigentlich Ihi?", fragte Sami plötzlich. „Ihn habe ich heute noch gar nicht gesehen."

„Der wird sich in den finstersten Winkel verkrochen haben", vermutete Neri. „Hoffentlich bricht ihm das heutige Freudenfest nicht endgültig das Herz. Er ist aber auch übersensibel."

Horus nickte. „Ich hab ja auch viel Verständnis, aus den ganz bekannten Gründen, aber irgendwo muss ja mal der Verstand wieder einsetzen. Er übertreibt wirklich und langsam wird es lächerlich."

Dina rieb sich die Nasenspitze. „Ich rede mit ihm."

„Weißt du denn, wo er steckt?"

„Ich dachte, du, als sein Vater und Magier, könntest seine Energie orten", schmunzelte Tamus Tochter.

Horus lachte amüsiert. „Na, du gehst ja forsch ran."

Dina zuckte mit den Schultern. „Vielleicht hilft ihm eine kleine Schocktherapie. Die hätte nur für dich, unter Umständen, einen Nachteil – du müsstest mich als Schwiegertochter ertragen."

Neri kicherte. „Das erträgt er sicher leichter, als einen Sohn, der schlimmer als eine Mimose reagiert. Meinen Segen hast du."

„Gut, zu wissen", blinzelte Dina. „Wo steckt er denn nun?"

Horus blies geräuschvoll die Luft aus. „Na gut. Weil du es bist. Er ist am Ende der alten Schafweide, ganz hinten, wo das Gestrüpp einen regelrechten Irrgarten bildet."

„Bin schon unterwegs!" Dina winkte ihm zu und lief los.

„Ich möchte wissen, was sie vorhat", murmelte Horus.

Neri lachte hellauf. „Ich hab da so eine Ahnung. Immerhin ist sie eine Frau, die genau weiß, was sie will. Und jetzt will sie ihn."

Dina war nicht umsonst die Tochter eines Kriegerpaares. Von zart bis hart konnte sie austeilen, aber auch einstecken. Ihis magische Musik gefiel ihr, sein verträumter Blick ließ auch sie träumen. Wenn er sich auf etwas festgelegt hatte, dann gab es für ihn nur ein Ziel.

Dina spitzte genüsslich die Lippen. Man musste sich doch nur vor das Ziel schieben, dieses völlig verdecken und den Jäger auf ein anderes Bild fixieren – und das wollte sie in diesem Fall buchstäblich. Die wehmütige Melodie trug ihr der Wind schon auf halber Strecke entgegen.

Sie gab sich nicht die Mühe des Anschleichens. Im Gegenteil, sie lief quer über die Koppel, sprang über den Bach und setzte sich stumm neben den Musikanten. Ihi schien sie nicht einmal zu bemerken. Wohl länger als eine halbe Stunde hörte sie zu, rückte etwas näher und legte ihm den Kopf auf die Schulter.

Jäh endete die Musik und Ihi schaute sie mit weit aufgerissen Augen an. Dina musste sich das Lachen verkneifen.

„Oh, ich wollte dich nicht stören", flötete sie mit einem Augenaufschlag, der selbst einen Stein erweicht hätte. „Warum kommst du nicht mit zum Fest?"

„Da hab ich nichts zu suchen", murmelte Ihi.

Dina stand auf. „Hat dir eigentlich schon mal jemand gesagt, dass es auf Dafa nicht nur eine Frau gibt?" Sie öffnete die Schulterspangen ihres Gewandes und ließ es einfach zu Boden gleiten.

Mit tellergroßen Augen starrte Ihi auf den schlanken nackten Körper genau vor sich. Er merkte nicht einmal, wie ihm die Panflöte aus den Fingern rutschte. Dina hielt ihm beide Hände hin und Ihi ließ sich fast willenlos auf die Füße ziehen. Sie trat noch einen Schritt näher auf ihn zu.

Mit den Worten: „Du solltest ganz einfach mal mit was anderem, als auf der Flöte spielen", streifte sie auch ihm das Faltengewand ab, dann spürte er auch schon die Wärme ihres Körpers auf seiner Haut.

Fast mechanisch fasste er nach ihrer knackigen Kehrseite und hatte im selben Augenblick buchstäblich verloren. Seine Hände machten sich selbstständig, nach und nach auch der Rest des Körpers, und schnell stellte er fest, dass diese Art Spiel einen besonderen Reiz hatte. Dina zeigte keine Ambitionen, schnell aufs Fest zurückzukommen, obwohl Ihi schon jetzt an ihr klebte, wie eine Fliege am Sonnentau. Schließlich war sie die Letzte aus ihrem Freundeskreis, die noch keinen festen Gefährten hatte, zumindest bis vor wenigen Minuten.

Ihi überzeugte sie recht schnell davon, dass er erheblich mehr drauf hatte, als begnadet zu musizieren. Kein Wunder, mit einer Liebesgöttin als Mutter, fiel es Dina plötzlich ein. Viel zu oft vergaß man hier, dass Neri eigentlich Hathor war.

Als Ihi schließlich Dina kund tat, sie nicht mehr freiwillig hergeben zu wollen, freute sie sich natürlich noch mehr über ihre gelungene Eroberung.

„Gehen wir noch ein bisschen feiern?", fragte sie, als sie in ihre Gewänder schlüpften.

„Nichts lieber als das!" Ihi steckte die Panflöte in die Tasche und sprang, mit Dina auf dem Armen, über den Bach. Zielstrebig näherten sie sich dem Tisch des anderen frisch verliebten Paares. „Habt ihr noch zwei Plätzchen für uns frei?"

„Sonnenplätzchen oder welche zum Hinsetzen?", blinzelte Eos und rückte ein Stück, damit sich die Neuankömmlinge setzen konnten.

„Bitte in umgekehrter Reihenfolge", antwortete Dina und lachte fröhlich.

Ahab reichte ihr die Tonschüssel mit dem Gebäck. Dina drehte sich zum Tisch der Magier um, blinzelte Neri verschwörerisch zu und schenkte Horus ein breites, sehr genüssliches Grinsen.

Sie hat offensichtlich entdeckt, was noch hinter seiner unscheinbaren Fassade schlummerte, hörte Neri Horus' Stimme in ihren Gedanken.

Auf alle Fälle hat sie die ultimative Zufriedenheitsgarantie, kam sofort zurück.

„So, wie es heute Abend aussieht, haben alle ihr persönliches Glück gefunden", resümierte Leon, in die Runde blickend. „Und sogar ohne den faulen Zauber von einem Caiphas-Splitter." Dann schmunzelte er. „Na ja, etwas Gutes hat er zuwege gebracht, Ariel und Tanit haben zueinandergefunden."

Neri lachte. „Du bist wie dein Großvater Imset, der hat auch jeder Katastrophe noch etwas Positives angerechnet."

„Darauf sollten wir anstoßen, denn das ist auch eines der Geheimnisse unseres Clans!", rief Sobek und hob seinen Weinbecher.

„Auf Horus' Drachenclan!", antworteten die Feiernden und prosteten ihm und den erfreuten Drakon zu.

ENDE

Das große Magier-Lexikon

Ahab	Atlan, Schafhirte
Alba	Hauptstadt des Kontinents Kantar auf Tarronn
An-Sam	erster Drakonat
Anubis	Tarronn, Sohn von Osiris und Nephtys, Herr der Unterwelt, Gefährte von Schepen-Hor
Apophis	Dämon, tritt meist als Schlange in Erscheinung
Ariel	Atlaronn, Sohn von Maris und Jani
Arko	Atlan, Künstler der Schnitzerei und Metallbearbeitung, Gefährte von Kira
Aron	Atlan, Schüler Solons, Gefährte von Mara, Vater von Mona
Athene	Herrin des Wissens und der Weisheit, vom Volk der Olympier auf Helion
Atla	Planet in der Caiphas-Galaxie, Name der Zufluchtsinsel der Atlan auf der Erde
Atlamat	Mineral, welches auf dem Planeten Atla Unsterblichkeit verleiht, 300 g erzeugtes Atlamat können einen Atlan auf der Erde unsterblich machen
Atlan	Volk aus der Caiphas-Galaxie, Bewohner von Atla werden auf der Erde nur ca. 3000 Jahre alt, dort leben nur noch 10.000 Personen, 1500 können nach Tarronn gerettet werden, alle zweihundert Jahre kann eine Atlan ein Kind gebären
Beji-Baum	Gewächs auf Tarronn - hat riesige essbare Blätter, limonenartiger Geschmack, besonders aromatisch
Bele	Fluss auf Atla
Binti-Amun	Streitross von Hatik / Imset
Bragi	Ase, Iduns Mann, Gott der Dicht- und Redekunst
Caiphas	schwarzer Planet in der gleichnamigen Galaxie, schwarzmagische, zerstörerische

	Energie, Splitter dringen in viele Galaxien vor
Cheiron	Zentaur, Gefährte von Danäe
Chima	Drakon, Tochter von Siri und Drakos
Chnum	Tarronn, Schöpfergott
Dafa	Kontinent auf Tarronn, neue Heimat der Atlan
Danaë	Menschenfrau, Gefährtin von Cheiron
Darina	Tarronn, Großmutter von Zaid, Gefährtin von Horus
Dina	Atlaronn, Tochter von Sara und Tamu
Drachen (irdische)	nur alle 50 Jahre Nachwuchs
Drakon (interstellare Drachen)	Drachenwesen, Hüter im Universum, alle 300 Jahre Nachwuchs
Drakonat	Drachenmann, höchstes Wesen in der Caiphas-Galaxie, (Imset, Sobek, An-Sam)
Drakonium	Mineral, welches nur in den Schalen von Dracheneiern vorkommt, kann in Atlamat umgewandelt werden, 500 g Drakonium ergeben 80 g Atlamat
Duamutef	Tarronn, Horussohn, zweitältester Bruder von Hatik/Imset, Kanopenwächter: Schakal-Magen-Osten, Befehlshaber im östlichen Teil der Caiphas-Galaxie
Eeje	Drakon-Weibchen auf Atla
Fabia	Mutter von Neri
Farin	Tarronn, Chef der Wetterstation in der Eiswüste
Faruk	Streitross von Ramses II.
Fatma	Tarronn, Horus' sterbliche Geliebte, er rettet sie auf die Erde, Ahnfrau von Schep-en-Hor
Forseti	Ase, Gott für Recht und Gesetz auf Asgard
Frigg	Asin, Frau Odins
Ga-Rel	Sohne des Re, im christlichen Glauben Erzengel Gabriel
Geheime Bücher der Schöpfung	enthalten das gesamte Weltenwissen aller Galaxien
Golddorsche	Riesenfische auf Tarronn

Große Verborgene	Re und seine Söhne Ga-Rel, Mi-Kel, Ur-Lel, Ra-El
Hapi	Tarronn, Horussohn, drittältester Bruder von Hatik/Imset, Kanopenwächter: Affe-Lunge-Norden, Befehlshaber im nördlichen Teil der Caiphas-Galaxie
Hatik / Imset	Tarronn, Drachenmann, jüngster Horussohn, Kanopenwächter: Menschenkopf
Hathor / Neri / Nefertari	Atlan, Seherin / Magierin, später Nefertari - Lieblingsfrau Ramses II, Gefährtin von Hatik/Imset, Mutter von Merit-Amun, Sobek und Ihi
Heimdall	Wächter von Asgard
Helion	Galaxie und Planet im Südlichen Universum, bei zehnfacher Lichtgeschwindigkeit 2 Monate von Tarronn entfernt, auch Bezeichnung der Bewohner
Helis	Zentralgestirn der Atla-Galaxie
Hippomaia	unsterbliche Stute, Tochter von Cheiron und Danaë
Honig-Springer	Nektar sammelnde Insekten auf Tarronn
Horus	Tarronn, ranghoher ägyptischer Gott, Schutzherr von Hatik, Vater von Hatik/Imset, Duamutef, Kebechsenef und Hapi, sowie von Ihi
Horussöhne	Tarronn, Imset, Duamutef, Kebechsenef und Hapi, Kanopenwächter, Später kommt Ihi dazu
Hüterinnen	Mara, Kira
Hydra	Schalentier mit unzähligen Tentakeln, uralt
Idun	Asin, Göttin der Jugend und der Unsterblichkeit
Ihi	Sohn von Neri und Horus
Imset	Taronn, Horussohn -> siehe Hatik
Isis	Tarronn, Urmutter, Gefährtin von Osiris, Mutter von Horus, Mutter seiner 4 älteren Söhne, Halbschwester von Neri
Jaka-Rinde	Gewächs auf Tarronn, desinfizierende / heilende Baumrinde

Jako	Tarronn, Mitglied in Horus' Crew, war mit Sobek auf der Erde
Jamal	Chef der Landebasis bei Osiris, dessen rechte Hand
Jani	Freundin von Zaid, Gefährtin von Maris, interstellare Biologin, Mutter von Ariel
Kantar	Hauptkontinent von Tarronn
Kebechsenef	Tarronn, Horussohn, ältester Bruder von Hatik/Imset, Kanopenwächter: Falke-Unterleib-Westen, Gefährte von Luna, Vater von Lilly, Befehlshaber im westlichen Teil der Caiphas-Galaxie
Kira	Atlan, Hüterin, folgt Neri nach Ägypten, Gefährtin von Arko
Lara	Atlan, Gefährtin von Talos, Kräuterexpertin, Mutter von Sara
Laura	Atlaronn, Zwillingsschwester von Leon, Tochter von Sobek und Zaid
Leon	Atlaronn, Zwillingsbruder von Laura, Sohn von Sobek und Zaid
Letan	abtrünniger Drakon, auf die Erde verbannt, von Imset getötet
Lia	erstes Drakon-Weibchen, Gefährtin von Drakos
Liksia-Ruten	Weidenähnliche Ruten, epiphytische Pflanzen, wachsen auf den höchsten Urwaldbäumen auf Tarronn
Lilly	Atlaronn, Tochter von Luna und Kebechsenef
Loki	Ase, Gott der Lüge
Luna	Atlan, Gefährtin von Kebechsenef, Tochter von Mira, fertigt Ritual- und Prunkgewänder, Mutter von Lilly
Maat	Tarronn, Göttin der Ordnung und Wahrheit
Mabazom	Gewächs auf Tarronn, Lauchähnliche Grasart mit leckerem Saft, stammt ursprünglich von Caiphas

Mara	Atlan, Hüterin, Gefährtin von Aron, einzige Kriegerin der Atlan, Mutter von Mona
Maris	Atlan, Junge auf Atla-Insel, Materiewandler, Später Heiler, Gefährte von Jani, Vater von Ariel, Freund Sobeks
Marty	Vater von Maris
Merit-Amun	Atlan, älteste Tochter von Nefertari, einziges Kind mit atlanischem Blut, Mutter von Tanit, Gefährtin von Safi
Midard(-Schlange)	Lokis Sohn
Mi-Kel	Sohn des Re, im christlichen Glauben Erzengel Michael
Mira	Atlan, Mutter von Luna und Sami, Weberin, Gefährtin von Solon
Mitri-Basis	Raumbasis von Tarronn, von Neith befehligt
Mona	Atlan, Tochter von Mara und Aron
Month	Sohn des Re, Vater von Zaid, Kriegsgott, falkenköpfig
Nala	Hündin von Sobek, hat Imset von der Erde mitgebracht, Mutter von Sita, Tina und Nubi
Neferem	ägyptischer Soldat
Neri	Seherin der Atlan, auch Nefertari und Hathor, Gefährtin von Imset, Mutter von Merit-Amun, Sobek und Ihi
Neith	Hochrangige Kriegsgöttin, befehligt die Raumbasis Mitri
Nubi	Hündin von Luna, Tochter von Nala, gleicht Anubis' Namenshieroglyphe
Odin	Ase, König von Asgard
Osiris	Tarronn, Gefährte von Isis, Vater von Horus, Ziehvater von Anubis, König von Tarronn
Pepi	ägyptischer Unteroffizier im Außenposten
Puurkii	Ufer-Beutler, Säugetier mit Federn, transportiert im Bauchbeutel Vorräte
Ra-El	Sohn des Re, im christlichen Glauben Erzengel Raphael

Raia	ägyptischer Offizier der Streitwagentruppen
Rami / Ramses II.	Atlan, Sohn von Solon, später Pharao Ramses II
Riana	Orchideensammlerin aus Tiri
Riva	atlanische Geliebte von Thor
Ron	Tarronn, Mitglied in Horus' Crew, war mit Sobek auf der Erde
Rula-Beeren	Gewächs auf Tarronn, winzige rote Beeren, die in dichten Trauben wachsen
Sachmet	Niedere Kriegsgöttin, sät überall Zwietracht
Safi	Atlan, Begleiter von Neri, Gefährte von Merit-Amun, bester Freund von Imset, Vater von Tanit
Sami	Atlan, Sohn von Solon und Mira
Sara	Atlan, Tochter von Talos und Lara, Gefährtin von Tamu
Sarion-Galaxie	mehrere Lichtjahre von Tarronn entfernt
Schep-en-Hor	Mensch, Gefährtin von Anubis, Nachfahrin von Horus
Seschat	Tarronn, Architektin / Vermessungsexpertin, Kurzromanze mit Horus
Seth	Tarronn, seit dem Mordversuch an Osiris geächtet
Sif	Asin, Thors Frau
Siri	Drakon-Weibchen, Gefährtin von Drakos, stammt von Atla
Sita	Hündin von Sara, Tochter von Nala
Sobek	Atlaronn, Sohn von Neri und Imset, Drakonat von Geburt an, Herr aller Echsen, Gefährte von Zaid, Vater von Laura und Leon
Solon	Atlan, Ältester der irdischen Atlan, Magier, Gefährte von Mira, Vater von Rami und Sami
Taba	Einer der Mond von Tarronn
Tabea	Tarronn, Mutter von Zaid

Takin-Früchte	Gewächs auf Tarronn, apfelgroße, blutrote Früchte, mit dünner Hülle und viel blutrotem Saft
Talos	Atlan, Magier, Gefährte von Lara, Vater von Sara
Tamu	Tarronn, Kämpfer, Mitglied in Horus' Crew, war mit Sobek auf der Erde, Gefährte von Sara
Tana	Technikerin bei Jamal, später dessen Gefährtin
Tanit	Atlan, Tochter von Merit-Amun und Safi, Blutsschwester von Siri
Tanita	Drakon-Weibchen auf Atla
Tappa-Falle	Magische Falle, die nur der Besitzer wieder öffnen kann, im ganzen Universum geächtete Waffe, Kästchen mit blutrotem Deckel
Taris	Außenbasis am Rande der Caiphas-Galaxie, untersteht Horus
Taro	Drakon-Männchen auf Atla
Tarronn	Planet und Volk in der Caiphas Galaxie (Heimat des Horus-Clans)
Taweret	Tarronn, Tochter von Darina und Horus
Tero	Lehrmeister auf Atla
Thor	Ase vom Planeten Asgard, Sohn Odins
Tigra	Tarronn, Technikerin bei Jamal
Tim	Tarronn, Mitglied in Horus' Crew, war mit Sobek auf der Erde
Tina	Hündin von Merit-Amun, Tochter von Nala
Tiri	Ort im Westen von Kantar, Rianna lebt hier
Tobi	Atlan, Schüler der Magier, Verräter, für den Tod von Rami verantwortlich, wird von Sobeks Drachenflamme pulverisiert
Torn	Tarronn, Chef der Reparaturbrigade auf Taris
Troiden	Bezeichnung der atlanischen Seherinnen
Tuul-Wurzel	Heilendes Gewächs auf Tarronn

Upuaut	Kriegs- und Totengott, Großvater von Zaid
Uräus	Orakel von Tarronn, Verkünderin, eine der Schicksalsgöttinnen, Urmutter
Ur-Lel	Sohn des Re, im christlichen Glauben Erzengel Uriel
Wapi	Vierbeiniges Säugetier auf Atla, hat 4 gewundene Hörner
Zaid	Tarronn, Gefährtin von Sobek, interstellare Botanikerin Mutter der Zwillinge Laura und Leon
Zentaur	Pferdemann -> siehe Cheiron
Zeus	König von Helion, vom Volk der Olympier

Sina Blackwood
(Pseud.)

1962 in Sebnitz geboren, verbrachte sie ihre frühe Kindheit inmitten der Natur. Das hat sie geprägt, spiegelt sich auch in ihren Werken wider. Durch den Umzug ihrer Familie nach Dresden entdeckte sie ihre Liebe zu Museen und Kunstsammlungen. Nach der EOS (heute Gymnasium) und der Lehre zur Wirtschaftskauffrau im Einzelhandel verschlug es sie für einige Jahre an die Ostsee. Inspiriert durch die Schönheit der Landschaft begann sie mit dem Schreiben – und hörte nicht mehr auf. Bis Januar 2016 veröffentlichte sie 30 Bücher, sowie zahlreiche Kurzgeschichten in Anthologien und Online-Magazinen. Seit dem Jahr 1996 lebt sie in Chemnitz. Sie ist Mitglied im Freien Deutschen Autorenverband und der Künstlervereinigung Fundus Artifex.

Kontakt:

Mail: reni.dammrich@t-online.de
Web: http://www.reni-dammrich-geschichtenzauber.de

Weitere Drachenabenteuer finden Sie hier:

ISBN-13: 978-3-73476-805-7

Preis: 9,99 EUR

19 x 12 cm, 268 Seiten

ISBN-13: 978-3-73863-251-4

Preis: 9,99 EUR

19 x 12 cm, 260 Seiten

ISBN-13: 978-3-7392-2523-4

Preis: 8,99 EUR

19 x 12 cm, 248 Seiten